Claudia Keller

Den Teufel an die Wand

Claudia Keller

Den Teufel an die Wand

Roman

Blanvalet

Umwelthinweis:
Dieses Buch und der Schutzumschlag wurden auf chlorfrei gebleichtem Papier gedruckt.
Die Einschrumpffolie (zum Schutz vor Verschmutzung) ist aus umweltschonender und recyclingfähiger PE-Folie.

Der Blanvalet Verlag ist ein Unternehmen
der Verlagsgruppe Random House

1. Auflage

Satz: DTP Service Apel, Hannover
Druck und Bindung: GGP Media, Pößneck
Printed in Germany
ISBN 3-7645-0136-7
www.blanvalet-verlag.de

1

Nur wer die Sehnsucht kennt, weiß, was ich leide!

Am Abend vor ihrem zweiundfünfzigsten Geburtstag traf Teresa Specht endlich den Mann, auf den sie seit ihrem siebzehnten Lebensjahr gewartet hatte.

Der Pfeil der Liebe traf sie spät, aber nicht unerwartet. In der Jahrzehnte andauernden Ereignislosigkeit, in der ein Jahr dem anderen gefolgt war, ohne dass sich das Blatt gewendet hätte, hatte sie sich eingeredet, dass alles seine Zeit brauche und man die Dinge nicht forcieren solle. Wer in Panik geriet, machte Fehler. Wer sich Hals über Kopf in ein Abenteuer stürzte, würde es später bereuen.

Dies schien so etwas wie ein Gesetz zu sein.

Teresa, mit ihrer tiefen Abneigung gegen Unordnung, sagte sich, dass es geschickter sei, die Dinge nacheinander in die Wege zu leiten und das Leben einem Plan folgen zu lassen. Was in ihrem Fall hieß: Schulabschluss, Bürolehre, Stadtverwaltung.

In Mußestunden erfreute sich Teresa an der Auflösung des schwesterlichen Ehelebens.

Teresa hasste Rosalie, die ihr vor fünfunddreißig

Jahren jenen Mann ausgespannt hatte, der der Richtige gewesen wäre und sich in einem gemeinsamen Leben mit ihr zum perfekten Ehemann und Vater entwickelt hätte – und nicht zu jenem unzuverlässigen Draufgänger, zu dem er an der Seite Rosalies verkommen war.

Im hinteren Teil des elterlichen Reihenhausgartens, zwischen Rhododendrenbusch und Rhabarberbeet, hatte Ben sie geküsst.

»Wir werden später ein eigenes Haus und einen Rosengarten haben«, hatte Teresa in sein Ohr geflüstert, und er hatte ihr im fahlen Schein der Straßenlaterne zugelächelt und spielerisch eine ihrer dünnen Haarsträhnen durch die Finger gleiten lassen. Dann hatte er ihr jenes Bleigewicht ins Herz gesenkt, an dem sie künftig zu tragen hatte.

»Du kannst uns natürlich jederzeit besuchen, Schwägerin.«

Ben plante, sich in Kürze offiziell mit Rosalie zu verloben, und genoss die letzten Tage in freier Wildbahn.

Er hatte sich noch einmal durch die Reihen der Vorstadtmädchen geschlafen und nebenbei herausfinden wollen, was es eigentlich mit Rosalies Schwester auf sich hatte, die so ganz anders war als alle Frauen, die er kannte. Er hatte das Geheimnis nicht lüften können, aber die Begegnung auf dem ausrangierten Sofa in der Laube des elterlichen Schrebergartens hatte eine verblüffende Erkenntnis gebracht: Unter dem flachen Busen der unscheinbaren Teresa schien ein geradezu Angst erregendes Feuer zu lodern.

Ein verzehrendes Feuer, wie er schaudernd feststellen musste.

Während sich Ben und Rosalie am Abgrund ihres Ehelebens entlang stritten – Teresa konstatierte zufrieden, wie das Feuer in den Augen beider Gatten erlosch, die Stimmen blechern wurden und die Kosenamen an Süße verloren –, nahm ihr eigenes Leben den ruhigen Verlauf, den es einmal eingeschlagen hatte.

Sie bestieg jeden Morgen um acht Uhr dreißig die S-Bahn, fuhr zwei Stationen Richtung City und stieg am Stadthaus aus. Sie teilte ihr Büro mit Chris, einer jüngeren Kollegin, die während der Dienstzeit lange Telefonate mit ihrem Lover führte und gern von den zusätzlichen Eroberungen erzählte, die sie mithilfe des Internets machte. Schließlich heiratete sie Bernhard Schlüter, einen Kollegen aus der Verwaltung, und verließ ihren Arbeitsplatz, ohne dass dieser neu besetzt wurde.

Teresa Specht rückte auf.

Anstelle von Chris teilte sie das Büro künftig mit einer Reihe kleiner Bäumchen, die sie aus den Kernen von Apfelsinen zog. Sie wuchsen auf der Fensterbank zu stattlichen Pflanzen heran, bis sie während eines Urlaubs vom Hausmeister vernichtet wurden, weil sie die Arbeit der Putzfrauen behinderten.

»Sie können Ihre gärtnerischen Triebe zu Hause ausleben, Frau Specht«, hatte er gesagt. »Und nehmen Sie die Ansichtskarten von der Wand, hier wird in Kürze renoviert.«

Wortlos gab Teresa die Aufzucht von Apfelsinenbäumchen auf. Sie schmückte den Schreibtisch nicht mehr mit einem Blumenstrauß und kaufte keine neue Kaffeemaschine, als die alte den Geist aufgab.

Die wenigen Ansichtskarten, die sie im Laufe des Jahres erhielt, pinnte sie nicht mehr an die Wand hinter ihrem Schreibtisch, sondern entsorgte sie, nachdem sie den Text kurz überflogen hatte.

An sonnigen Tagen nahm sie, auf der Fensterbank sitzend, ihr Frühstück ein, wobei sie den Blick über die Dächer der Stadt schweifen ließ.

In unmittelbarer Nähe des Büros befand sich der städtische Kindergarten. Das Gelächter der Kleinen klang wie Vogelgezwitscher zu ihr herauf.

Manchmal überfiel sie eine tiefe Traurigkeit, von der sie nicht wusste, woher sie kam.

Mit dem gleichen Kribbeln, mit dem andere auf die Verkündung der Lottozahlen warten, erfüllt von der unverzichtbaren Hoffnung, dass sich ihr trostloses Dasein von einer Minute zur anderen ändern möge, näherte sich Teresa jedem Urlaubsziel.

Nur im Urlaub, in einer anderen Galaxie, davon war sie inzwischen überzeugt, konnte sich das Wunder einer lebensverändernden Begegnung entfalten.

Der Gedanke an die jeweils nächste Reise gab ihr die

Kraft, das Jahr durchzustehen und jenem Tag entgegenzuleben, an dem die Pflicht von der Lust abgelöst wurde.

Pflicht – das waren der Job, der Haushalt, die ewig gleichen Gänge zu Supermarkt, Reinigung und Schuster. Das waren Vorsorgeuntersuchungen, Zahnarzt und Friseur, Handwerker und Wartungsdienste. Es war der Ablauf einer gleichförmigen Woche, der ein gleichförmiges Wochenende folgte.

Wochenenden, die Teresa nutzte, um ihre Kleidung in Ordnung zu bringen, vorzukochen und durch den Stadtpark zu laufen.

Es hatte eine Zeit gegeben, in der Teresa den Spaziergang unterbrach, um im Parkcafé einen Kaffee zu trinken, aber sie hatte die Gewohnheit aufgegeben, als auch der Spaziergang und der Cafébesuch zur Pflicht geworden waren.

Gegen die Pflicht setzte sie die Lust.

Lust, das waren die Prospekte, die sie stapelweise aus den Reisebüros nach Hause schleppte. Lust waren die Vorbereitung der jeweils nächsten Reise und die belichteten Filme, die sie als Beute mit nach Hause brachte. Lust waren Einkäufe, die sommerliche Gefühle hervorriefen: leichte Kleidung, Strandsandalen und Badekappen.

Denn vielleicht würde ihr das Wunder in diesem Sommer begegnen. Aber die Jahre vergingen, und nichts geschah.

Urlauber reisten paarweise an und klammerten sich

aneinander. Frauen streiften über die Strände und wurden fündig, so sie jung und gut gebaut oder alt und schwerreich waren. Singles bildeten Gruppen und besichtigten Kunstschätze und Kathedralen.

Teresa führte ein Reisetagebuch, in das sie die Namen der Orte, die Preise des Hotels und die wichtigsten Sehenswürdigkeiten eintrug.

Von menschlichen Begegnungen berichtete sie nie.

Mit der Geduld eines Reptils wartete Teresa ihre Zeit ab und nahm es hin, dass alle um sie herum heirateten, Kinder in die Welt setzten und sich ein Nest bauten.

Schnellentschlossene ließen sich scheiden und heirateten erneut. Häuser wurden aufgegeben und durch andere ersetzt.

Fotos unbekannter Babys flatterten ins Haus.

Teresa schenkte jedem Foto eine Anstandsminute der intensiven Betrachtung, ehe sie es zerriss und in den Papierkorb warf.

Das Verschicken von Bildern würde ihrer Erfahrung nach spätestens nach der Einschulung ein Ende haben, und mit Fotos des Zweitgeborenen würde sie kaum noch belästigt werden.

Eingeladen wurde sie nie.

Nach den Ehefrauen begann Teresa auch die Mütter zu hassen.

Als Rosalie ihr weinend mitteilte, dass Ben eine Geliebte habe und Kathi, ihre Älteste, den höheren Schulabschluss nicht schaffen werde, schien dies die gerechte Belohnung dafür zu sein, dass sie sich in der Rolle der scheinbar interessierten Zuschauerin so tapfer gehalten hatte.

»Ich würde Kathi von der Schule nehmen und sie eine Ausbildung machen lassen«, schlug sie vor und reichte Rosalie ein Taschentuch. »Die Stadtverwaltung …«

»Ich glaube nicht, dass gerade du geeignet bist, diesbezüglich Ratschläge zu erteilen«, erwiderte Rosalie.

Teresa antwortete nicht, aber sie hatte verstanden. Zuhören durfte sie jederzeit. Eine Meinung zu äußern, das stand ihr nicht zu.

Als sie neununddreißig Jahre alt wurde, unternahm sie mehrere Anläufe, das Ruder herumzureißen.

Sie schaltete eine Kontaktanzeige, auf die sich zwei Herren meldeten. Der eine suchte eine kapitalkräftige Partnerin zur Gründung eines Geschäftes, der andere war verheiratet.

Die Einladung zum gemeinsamen Wandern an den allein stehenden Vermögensberater, der die Wohnung gegenüber bewohnte, wurde erstaunt abgelehnt.

»Ich soll mit Ihnen spazieren gehen?«, hatte Wolf Schröder gefragt. »Aber um Gottes willen, warum denn?«

Eines Abends rief sie Ben an, der sich inzwischen eine eigene Wohnung gemietet hatte.

Der Hörer wurde abgenommen, und Fetzen von Musik drangen in Teresas Stille.

You get what you see.

Eine Frau lachte schrill.

Jemand rief: »Benny, der Schampus ist alle.«

Ohne ihren Namen zu nennen, legte Teresa den Hörer zurück auf die Gabel.

Sie klappte das Bügelbrett auf und begann die Blusen für die kommende Woche zu bügeln.

You get what you see …

Im Fernsehen lief die hundertste Folge einer Familienserie.

Wem schenkt man sein Herz, wenn niemand da ist, der es haben will?

Topfpflanzen bieten sich an, oder Kuscheltiere.

Teresa leistete sich einen Gummibaum, den sie »Benny« nannte und dessen grünfleischige Blätter sie regelmäßig polierte. Manchmal sprach sie mit ihm oder spielte ihm Beethovens Neunte vor, was nicht verhinderte, dass immer mehr Blätter gelb wurden und zusammengerollt auf dem Teppich lagen, wenn sie am Abend nach Hause zurückkehrte.

2

Was gibt uns wohl den schönsten Frieden, als frei am eignen Glück zu schmieden?

Nachdem auch der fünfundvierzigste Geburtstag verstrichen war, ohne dass sich an ihrer Situation etwas geändert hatte, fand Teresa, dass sich das Problem allmählich lösen müsse. Sie ging ja nicht nur ohne Mann durchs Leben, ihr fehlte auch ein Freundeskreis.

Am Abend nahm sie Papier und Bleistift und stellte eine Liste all derjenigen zusammen, die ihr nahe standen.

»Rosalie«, schrieb sie mit zusammengepressten Lippen. »Lydia Tanner …«

Sie stellte fest, dass ihr Rosalie nicht wirklich nahe stand und Lydia Tanner eine reine Zweckfreundschaft war, geschlossen zwischen zwei allein stehenden Frauen, die hin und wieder einen Urlaub miteinander verbrachten.

Teresa überlegte, ob sie einen weiteren Namen unter den von Lydia setzen könnte, aber ihr fielen nur die Namen der anderen Hausbewohner und die der Kollegen ein, die sie hin und wieder auf den Fluren des Stadthauses traf.

Es musste etwas geschehen, aber was?

Teresa begann, die Leihbücherei aufzusuchen und ein oder zwei Stunden in der angeschlossenen Lesehalle zu verbringen, weil ihr jemand gesagt hatte, dass die dort sitzenden Rentner einer Bekanntschaft nicht abgeneigt seien.

Überdies könnten sie lesen, und das sei doch schon ein Pluspunkt, wenn man bedächte, was sonst so »in freier Wildbahn« herumlaufe.

Was »in freier Wildbahn« herumlief, konnte Teresa nicht beurteilen, da sie die freie Wildbahn nicht kannte, aber dass von den Greisen, die sich hinter den Zeitungen versteckten oder stumpf vor sich hinstierten, keiner infrage kam, sah sie sofort.

Dennoch gewöhnte sie sich an, die Bücherei einmal in der Woche aufzusuchen, sich in eine der Leseecken zurückzuziehen, in Atlanten und Reisebüchern zu blättern und die anderen Bibliotheksbesucher zu beobachten.

An einem Nachmittag bemerkte sie eine Dame, die selbstvergessen in einem Buch las, aus dem sie ganze Passagen abschrieb. Manchmal hob sie den Blick und starrte eine Weile vor sich hin, versunken in eine innere Welt.

Es dämmerte bereits, als die Dame die Lektüre zur Seite legte und die Bücherei verließ.

Teresa erhob sich, ging zu deren Platz hinüber und nahm das Buch zur Hand.

Es trug den Titel: »Die andere Seite der Macht«.

Untertitel: »Nutze dein Unterbewusstsein«.

Der Autor war Cary William Curson.

Teresa schlug die erste Seite auf.

»Wenn Sie dieses Buch gelesen haben, wird sich Ihr Leben verändern. Wenn Sie mithilfe dieses Buches Ihr Unterbewusstsein aktiviert haben, wird jeder Ihrer Wünsche in Erfüllung gehen. Sie können sich den Staatspräsidenten von Burma bis in Ihr Bett hineinwünschen, wenn Sie sich sein Bild nur fest genug einprägen.«

Teresa war es nicht gewöhnt, nach den Sternen zu greifen. Ihr hätte der Vermögensberater von gegenüber genügt, und sie hatte sich viele Abende detailliert vorgestellt, wie es wäre, wenn er über den Flur kommen und den Finger auf den Klingelknopf zu ihrer Wohnung legen würde.

Aber anstatt bei ihr hatte er an der Wohnung im Parterre geklingelt, in die die junge Lehrerin gezogen war, und kurz darauf hatte er sie geheiratet.

Es war eine Junihochzeit voller Rosen gewesen, und dass Rosen Dornen hatten, hatte Teresa ein wenig getröstet.

Das schlechte Ergebnis ihres intensiven Wunschdenkens gab Teresa zu denken, aber die Zeit verflog, und irgendwann konnte sie es sich nicht mehr leisten, an der Existenz von Wundern zu zweifeln.

Geschockt von der plötzlichen Gewissheit, dass das Leben endlich und auch ihre Zeit begrenzt war, wurde der Glaube an Cursons Lehre zwingend notwendig. Auch hatte er für ihr Versagen auf dem Gebiet des suggestiven Wunschdenkens eine einfache Erklärung: Teresa hatte sich den Geliebten nicht intensiv genug vorgestellt.

Wie sollte das Unterbewusstsein tätig werden, wenn nicht eindeutig feststand, wie der Typ beschaffen sein sollte, den es herbeizudenken galt?

Zugegebenermaßen war sie nach Dienstschluss oft müde gewesen und hatte die Übungen ausfallen lassen.

Von nun an nahm sie sich jeden Abend eine halbe Stunde Zeit, um in ihrem Kopf das Bild des Zukünftigen entstehen zu lassen. Sie nannte ihn »Mathias«, nach ihrem verstorbenen Vater, was nicht gut war, denn die Vision nahm automatisch die väterlichen Gesichtszüge an, die sich im Laufe weniger Wochen überdies veränderten.

Anfangs hatte Mathias dichte dunkle Haare gehabt, war aber rasch gealtert, und anstelle der feschen Tolle war ihm nur ein Haarkranz geblieben, der sich grauweiß-meliert über den Ohren kräuselte.

Was nicht alterte, war sein Mund.

Mathias' Lippen waren jung, wie die von Ben es gewesen waren, als er sie zwischen Rhododendronbusch und Rhabarberbeet im Garten ihrer Eltern geküsst hatte.

Als sie ihren fünfzigsten Geburtstag nahen sah, beschloss Teresa, das Problem dreidimensional anzugehen. Laut Curson sollte man den Boden, auf dem die Realisierung eines Wunsches stattfinden sollte, gut vorbereiten.

Wünschte man sich ein Reitpferd, so war es unumgänglich, vorher aufs Land zu ziehen, und wollte man in einer Modeboutique Haute Couture verkaufen, so würde sich wiederum ein Geschäft in einem Dorf nicht lange halten.

Wie also sah das Bild aus, dem Teresa sich in ihren Träumen hingab? In welcher Kulisse traf sie sich am häufigsten mit dem Geliebten?

Die Frage war nicht schwer zu beantworten, denn wenn man das Doppelbett einmal außer Acht ließ, das zu visualisieren unmöglich war, da es sich in völliger Dunkelheit befand und Teresa sich sogar in ihren Träumen den Wunsch versagte, die Szene zu beleuchten, so traf sie sich meistens mit Mathias an einem sonnigen Frühlingsmorgen.

Sie saßen an einem schön gedeckten Tisch im Garten und frühstückten – inmitten blühender Forsythien.

Das Suchen und Finden der neuen Behausung machte keine Schwierigkeiten. Teresa folgte Cursons Regeln, als sie sein Prinzip »Wisse genau, was du suchst« anwandte, und nur wenige Wochen später besichtigte sie ein zweistöckiges Haus mit Garten.

Das Haus befand sich in einer stillen Straße in einer Reihe von Häusern gleicher Art, aber das spielte keine Rolle. Es war exakt das Zuhause, das sie für sich und Mathias gesucht hatte.

Teresa nahm diesen Umstand als Beweis dafür, dass Cursons Lehre funktionierte.

Das Häuschen hatte unten ein geräumiges Wohnzimmer, eine Einbauküche, Bad und Gästetoilette und ein Zimmer, das Mathias als Arbeitszimmer dienen würde.

Teresa ließ dieses Zimmer unmöbliert. Mathias sollte kein fertig eingerichtetes Haus vorfinden, sondern Raum haben für persönliche Gestaltung.

Außerdem hatte er ja irgendwo ein Zuhause und würde einige der gewohnten Gegenstände mitbringen wollen.

An dieser Stelle drängte sich eine unangenehme Frage auf: War Mathias eigentlich verheiratet?

Eine Frage, die Curson unbeantwortet ließ.

Dass die Einrichtung ihrer bisherigen Behausung reichlich abgenutzt war, war in der alten Wohnung nicht weiter aufgefallen, aber nun waren die Möbel dem Sonnenlicht ausgesetzt, und Teresa musste ihrem sparsamen Herzen mehrere Stöße versetzen, bis sie imstande war, sich nach neuen Möbeln umzusehen.

Die Couchgarnitur aus Büffelleder, die sie nach langer Überlegung wählte, platzierte sie an die Hauptwand des Wohnzimmers, mit Blick auf den Bücherschrank, den sie von ihrem Vater geerbt hatte und auf dessen unterem Brett die stattliche Reihe nummerierter Fotoalben einen Platz fand.

Direkt darüber standen achtzehn Jahrgänge *Das*

Beste, Ergebnis der Sammelleidenschaft einer lange verstorbenen Cousine, und darüber der große Brockhaus aus dem Jahre siebenundfünfzig, Band für Band zusammengetragen.

Ganz oben waren die Reisebücher untergebracht, und in der zweiten Reihe die Abenteuerromane und Schilderungen von Expeditionen mit ungewissem Ausgang, Teresas bevorzugte Lektüre, die sie ebenso geheim hielt wie die ihrer Kitschromane.

Neben dem Schrank in der rechten Ecke, halb schräg, stand der Fernseher, ein älteres Modell, das selten in Betrieb war, und daneben bekam »Benny«, der in der Düsternis der alten Wohnung beinahe aufgegeben hatte, eine letzte Chance.

Das Schlafzimmer, bestehend aus einem sechstürigen Kleiderschrank, Nachtkonsölchen und Doppelbett, alles in einem freundlichen Esche-Imitat, übernahm sie von ihren Vorgängern. Die Bettelbachs wollten in ein Altersheim ziehen, in dem das Mitbringen eigener Möbel unerwünscht war.

Sie hatten ihr das Schlafzimmer geschenkt.

Anfangs war es ein wenig merkwürdig, sich abends in einem Zimmer zur Ruhe zu legen, in dem ein fremdes Paar geschlafen, gelitten und bis zuletzt geliebt hatte.

Die Gegenstände in der Nachttischschublade, die die Bettelbachs vergessen hatten, sprachen jedenfalls dafür.

Teresa hatte sie, auf der Bettkante hockend, mit klopfen betrachtet. Sie waren ein Zeichen dafür, dass das eheliche Leben vom Alter unberührt blieb.

Mit einem warmen Gefühl in der Herzgegend legte Teresa Cursons Ratgeber zu den anderen Dingen in die Schublade ihres Nachttisches und sich selbst in Frau Bettelbachs Bett.

Die Stelle, die sie abends vor dem Einschlafen regelmäßig lesen würde, hatte sie rot markiert: »Mache dir bei der Visualisierung deines Partners eines deutlich: Der Mann ist keine Vision, er lebt! Vielleicht auf einem anderen Kontinent, vielleicht in der Nachbarstadt.

Vielleicht ganz in deiner Nähe!

Möglich, dass er schon morgen deinen Weg kreuzt.«

Um für die bevorstehende Begegnung gerüstet zu sein, erstand Teresa in der Wäscheabteilung des örtlichen Kaufhauses einen seidenen Unterrock.

Dann stellte sie Überlegungen an, in welchem Urlaubsort ihr ein Mann wie Mathias – gebildet, mittleren Alters und konservativ – am ehesten über den Weg laufen könnte.

Sie entschied sich für Karlsbad.

3

Bist du in deinem Hause Fürst? Ich bin's!

Mathias Herrwinkel betrachtete sich im Spiegel und war mit dem Ergebnis seiner Bemühungen zufrieden. Er fuhr mit zwei Fingern glättend über die Brauen und zupfte mit dem Stilkamm seiner Frau die Locken hinter den Ohren zurecht. Dann strich er sich mit der Hand prüfend über die Stirn.

Das Haar war inzwischen stark zurückgewichen, aber Mathias Herrwinkel gehörte zu den Männern, denen eine Halbglatze gut steht.

Sie krönte das Gesicht des Intelligenzlers, und die gute Kopfform mit dem lockigen, melierten Haarkranz (Pfeffer und Salz nannte seine Frau Lisa diese Farbe) hatte ihm im Alter einen kleinen künstlerischen Touch verliehen. Die kraus hinter den Ohren abstehenden Haarbüschel zeugten von Wissen, Humor und Freigeist.

Dass in der Brust des Historikers ein heimlicher Künstler wohnte, der darauf lauerte, endlich ans Licht zu kommen, ahnte niemand. Man konnte es allenfalls an den originellen Weihnachtsgeschenken erkennen, die Mathias am Ende eines jeden Jahres an gute Freunde verteilte.

Die kleinen Taschenkalender waren handgeschrieben und koloriert und enthielten für jede Woche einen Aphorismus, den Mathias selbst ersonnen hatte. Wenn der Job an der Uni, die Vorträge und die Arbeit an der Fachzeitschrift, für deren Leitartikel er verantwortlich war, erst vorüber wären (was er sich allerdings vor Beendigung des sechsten Lebensjahrzehnts nicht vorstellen konnte), dann wollte Mathias Herrwinkel Bücher schreiben. Zuerst seine Memoiren, später eine Anthologie mit dem Titel »Kuriositäten der Geschichte«. Zusätzlich wollte er seine Aphorismensammlung erweitern: »Gedankensplitter von Mathias Herrwinkel«.

Für ihn sollte noch einmal ein ganz neuer Lebensabschnitt beginnen.

Er würde keine Anzüge mehr tragen, sondern Cordhosen und Rollkragenpullover, lässig weiche Jacketts und Kaschmirschals. Die beiden frei wehenden Schalenden, die er deutlich vor sich sah, galten ihm als Symbol der Freiheit.

Aber das war eine Vision.

Letztendlich, und das war ihm im tiefsten Inneren klar, würde es ihm schwer fallen, das Leben als eine bekannte Persönlichkeit in einer Kleinstadt aufzugeben: das wohlige Gefühl der Zugehörigkeit, die Präsidenten- und Vorstandsmitgliedschaften, das Lächeln, das Grüßen und das Auf-Schritt-und-Tritt-erkannt-werden, wenn er durch die Straßen von Eppenhofen ging.

Denn dass er sich die Stadt zu Eigen gemacht hatte, stand außer Frage:

Mathias Herrwinkel spielte jeweils tragende Rollen im Geschichtsverein, bei den Bankern und Rotariern, und er eröffnete alljährlich den Herbstball und die Golfsaison. Er hielt viel beachtete Reden bei allen nur erdenklichen Anlässen und war überdies für seine Nachrufe berühmt, die niemand so geschliffen zu schreiben wusste wie er.

Sein Leben bewegte sich in einem festen Raster von Sitzungen, Tagungen, Reisen, gesellschaftlichen Verpflichtungen, Vorträgen, beruflichen und privaten Treffen – und deren Wiederholungen.

Und bei nahezu jeder Beerdigung stand er in der ersten Reihe.

Mathias Herrwinkel beendete seine Morgentoilette, indem er sich Rasierwasser auf die Wangen klopfte und in sein Jackett schlüpfte.

Der perfekte Sitz der maßgeschneiderten Jacke gab ihm wie stets das gute Gefühl, den Anforderungen des Tages gewachsen zu sein. Im Schlafzimmer warf er einen letzten Blick in den Spiegel: perfekt!

Sein Äußeres signalisierte jedem, den er traf, dass der Lebensweg, den er eingeschlagen hatte, der richtige gewesen war, dass er die Dinge in der Hand hatte und dass dies auch in Zukunft so sein werde.

Nur die Haarbüschel hinter seinen Ohren wiesen darauf hin, dass es auch für Mathias Herrwinkel mehrere Möglichkeiten gegeben hätte, das Leben zu bestehen, und dass noch nicht aller Tage Abend war.

Mathias schloss automatisch den zweiten Knopf seiner Jacke, straffte die Schultern und stieg die Treppe zum Erdgeschoss hinunter. Das ehemals recht bescheidene Haus *An den Hainbuchen*, das er und Lisa seit dreißig Jahren bewohnten und das im Laufe der Zeit durch zwei Anbauten erweitert worden war, hatte sich zu einem beliebten Familienzentrum gemausert.

Darüber hinaus war es das Zentrum seines Lebens: großzügig, Geborgenheit vermittelnd und vorzeigbar.

Das Esszimmer mit der Durchreiche zur Küche und dem Blick in den Garten war anlässlich seines fünfzigsten Geburtstags neu möbliert worden

Chippendale statt Teak und anstelle des rustikalen Tellerregals ein großer Geschirrschrank, hinter dessen Butzenscheiben das Familienporzellan für besondere Anlässe aufbewahrt wurde: Hutschenreuther mit Reliefrand.

Während er an der Stirnseite des ovalen Tisches Platz nahm, kam Lisa auf ihn zu und begrüßte ihn mit dem »Frühstückskuss«, einer Zeremonie, die sie an ihrem Hochzeitstag eingeführt und dreiunddreißig Jahre lang beibehalten hatten. In der gut gelaunten Eile, in der sie alles tat, lief sie in die Küche und kehrte mit dem vorbereiteten Frühstückstablett zurück. Sie legte ihm ein Brötchen auf den Teller und schenkte den Kaffee ein.

Die schnelle Perfektion, mit der Lisa den Alltag meisterte, war die Eigenschaft, die Mathias am meisten an ihr schätzte. Lisa hatte ein »Händchen für die Dinge« und zeigte Persönlichkeit, ohne ihren Mann in den

Schatten zu stellen. Niemals musste Mathias sich sorgen, dass Lisa ihn blamieren würde, so wie Kollege Bayer, dessen Frau durch ein zu schrilles Lachen, ungeniertes Flirten und eine zu kräftige Ausdrucksweise auffiel und die das Wort nicht mehr abgab, wenn sie es erst einmal erobert hatte.

Mathias Herrwinkel, in seinen Bewegungen nicht weniger effizient als seine Frau, warf einen Blick in die Zeitung, schob sich den Rest des Brötchens in den Mund, trank den Kaffee und erhob sich.

»Auf in den Kampf.«

Lisa sah lächelnd zu ihm auf.

Er sah gut aus!

Stolz blickte sie ihm nach. Die beiden Haarbüschel rechts und links der Ohren sahen aus wie kleine Flügel.

Im Gegensatz zu vielen Männern wusste Mathias Herrwinkel, was er an seiner Frau hatte. Ohne Lisa wären seine Karriere, das Haus, die wohlgeratenen Töchter und das, was er seine »innere Sicherheit« nannte, nicht zu machen gewesen. Er nahm sich vor, in der Rede zum Abschied seines Universitätslebens, die er in zwei Jahren halten würde, darauf hinzuweisen.

»All das« – hier würde er eine wirkungsvolle Pause einschalten – »und noch viel mehr« – Lächeln ins Publikum – »verdanke ich meiner Frau Lisa, ohne die ich heute nicht an diesem Platz stünde. Zumindest nicht so frisch und so fröhlich.« Während er zur Garage eilte, hörte er den Beifall.

Nachdem ihr Mann gegangen war, trank Lisa Herrwinkel eine letzte Tasse Kaffee und steckte sich die erste der drei Zigaretten an, die sie sich pro Tag erlaubte.

Sie genoss die Ruhe vor dem Sturm, die Zeit der kleinen Laster.

Während sie rauchte, blätterte sie in ihrem Terminkalender. Auch dieses Büchlein war ein Geschenk ihres Mannes, wöchentlich versehen mit klugen Gedanken, die er für sie persönlich ausgesucht hatte.

Diese Woche begann mit dem Hinweis: »Unser wahres Leben sind unsere Träume«, ein Satz, der Lisa lächeln ließ, denn sie hatte nur einen Traum: dass ihr »wahres« Leben so bleiben möge, wie es war.

Mathias Herrwinkel betrat die Universität mit einem ähnlichen Gefühl, mit dem er auch sein Haus *An den Hainbuchen* betrat: Alles mein!

Er bestieg den Fahrstuhl, ärgerte sich wie jeden Morgen über herumliegendes Papier und neue Graffiti, mit denen die Wände beschmiert waren. Die Parolen wurden überdies immer primitiver und hatten in der letzten Woche ihren Tiefstand erreicht. *Fuck your university.*

An die Nachteile, die die Öffnung für die breiteren Schichten, für die er als junger Mann gekämpft hatte, mit sich brachten, hatte damals niemand gedacht. In seinem tiefsten Inneren wünschte er sich die Zeiten zurück, in denen sich der Staat eine Elite hielt, zu der er, das stand außer Zweifel, an exponierter Stelle gehört hätte. Angewidert hakte sich sein Blick an dem Kaugummi fest, den jemand neben dem Knopf zum fünften Stock platziert hatte.

Der Fahrstuhl hielt, und Mathias entspannte sich. Eilig durchschritt er den Gang, und mit dem Öffnen der Glastür am Ende desselben, ausgewiesen durch das Messingschild mit seinem Namen, ließ er die Welt der Banalitäten hinter sich und betrat gehobenes Terrain.

Um sein Büro zu erreichen, durchquerte er den kleinen Besucherraum, ausgestattet mit zwei Ledersofas und einem Glastisch, an der Wand die Ludwig-Kirchner-Grafik, die er selbst ausgesucht hatte, und öffnete dann die Tür zu dem Refugium, in dem er sich am sichersten fühlte.

Er hatte sich schon einmal gefragt, wohin er flüchten würde, wenn der letzte Tag der Menschheit aufgerufen würde, und automatisch war ihm der Platz hinter diesem Schreibtisch eingefallen.

Ein Platz in einem tiefen Ledersessel mit Blick auf das Regal mit historischen Werken und einer Galerie von Familienbildern und weiter zum Fenster hinaus über die Dächer seiner Stadt. Ein Blick, der sowohl nach Süden als auch nach Wesen ging, denn Herrwinkels Büro lag, als Zeichen seines besonderen Ranges, in einem der begehrten Eckräume.

Die Tür öffnete sich, und der Kopf von Frau Fröhlich erschien. Mathias hob die Augen von dem Vortrag, den er heute Nachmittag halten wollte.

»Ja?«, fragte er über den Rand seiner Brille hinweg, indem er die Brauen leicht hob.

Frau Fröhlich formte die Lippen zu einem lautlosen Wort.

»Kaffee?«

Mathias antwortete mit einem milden Lächeln.

Das Lächeln bedeutete: »Ja!«

Ähnlich wie mit Lisa verstand er sich auch mit Frau Fröhlich ohne Worte.

Es dämmerte bereits, als Mathias den Wagen durch die Stadt lenkte.

Er fühlte sich wohl.

Der Vortrag, den er heute Nachmittag vor versammeltem Haus gehalten hatte, war ein voller Erfolg gewesen, denn Mathias war ein blendender Rhetoriker. Er wusste die Stimme an den richtigen Stellen zu heben und fühlte instinktsicher, wann er eine Pause einlegen und den Blick ins Publikum richten musste. Und er versäumte es nie, seinen Reden jenen kleinen persönlichen Touch zu verleihen, mit dessen Hilfe er, wie er zu sagen pflegte, »über die Rampe kam«.

»Über die Rampe zu kommen«, das bedeutete, nicht nur das Hirn, sondern auch das Herz seiner Zuhörer zu erreichen. Dies war ihm nie schwer gefallen, und wenn er den herzlichen Applaus hörte, der jede seiner Reden am Schluss krönte, so dachte er manchmal, dass vielleicht ein guter Schauspieler aus ihm hätte werden können.

Er tastete nach seinem Terminkalender und schlug die Seite des heutigen Tages auf.

Das Wort Theater war mit einigen Rufzeichen versehen. Die Rufzeichen bedeuteten: Nicht vergessen, wichtig!

Also stand der Shakespeare-Abend heute an.

Er seufzte leicht, denn Theater schätzte er eigentlich nur, wenn er selbst der Darsteller war. Aber Lisa mochte es sehr, neben ihm in den blausamtenen Logensesseln zu sitzen, festlich gekleidet und zart nach *Soir de Paris* duftend.

Mathias seufzte noch einmal.

Shakespeare!

Das wurde ein Dreistundenabend. Er musste höllisch aufpassen, dass er nicht einschlief.

Die Gefahr einzuschlafen ergab sich nicht.

Lisa hatte den Theaterabend versehentlich auf den Abend gelegt, an dem auch der Jahrestreff ihrer Schulfreundinnen stattfand, der keinesfalls abgesagt werden durfte. So etwas wäre ihr früher nicht passiert.

»Ich werde alt«, hatte sie sich selbst mitgeteilt und Ann-Sophie gefragt, ob sie bereit sei, den Papa an ihrer Stelle zu begleiten. Ann-Sophie hatte ein wenig geseufzt und dann zugestimmt. Als Lieblingstochter des Vaters galt es, dann und wann Opfer zu bringen. Mathias' Müdigkeit, einschließlich der Langeweile, die ihn bei dem bloßen Wort Shakespeare heimlich zu überfallen pflegte, verflog auf der Stelle, als ihm Lisa die Programmänderung des heutigen Abends mitteilte.

Sie legte ihm die Arme um den Hals.

»Du zeigst dich doch gern mit deiner hübschen Tochter.«

Er grinste ironisch.

»Woher weißt du das?«

»Instinkt! Echte Frauen wittern die Rivalin.«

Lisa wertete es als Zeichen einer gelungenen Partnerschaft, dass sie noch immer miteinander lachen konnten.

»Na, solange sie Ann-Sophie heißt!«

Sie sah ihm nach, wie er federnd die Treppe hinaufeilte.

Schon der Name seiner Lieblingstochter erzeugte einen Zuwachs an Jugendfrische und Lust am Leben.

4

Was glänzt, ist für den Augenblick geboren.

Es hatte eine Zeit gegeben, in der Mathias weniger gern an seine älteste Tochter gedacht hatte. Sie war das Vorzeigekind im Kindergarten und später in der Schule gewesen, die beste Sprinterin im Hürdenlauf und das strahlende junge Mädchen, das die Siegerplakette beim Skirennen entgegennahm.

Ein Zauberkind ohne Allüren. War sie jemals in der Pubertät gewesen? Nicht, dass er sich erinnert hätte. Die Zeit der Pickel und Probleme war scheinbar spurlos an ihr vorbeigegangen, und nahtlos hatten sich Abitur und Medizinstudium aneinander gereiht.

Aber dann, nach dem ersten Staatsexamen, das ihn seines mittelmäßigen Ergebnisses wegen enttäuscht hatte, schien sie die Allüren nachzuholen.

Spätpubertät!

Wie alle Krankheiten, die den rechten Zeitpunkt verpasst hatten, war die Pubertät heftiger ausgefallen, als sie es normalerweise gewesen wäre.

Ann-Sophie hatte das Studium geschmissen, war in die linke Szene abgerutscht, hatte jegliche Arbeit verweigert und war schließlich mit einem Revoluzzer im Ausland verschwunden.

Einem Wortrevoluzzer, natürlich, der heute im Nobelviertel Hamburgs eine Sechszimmerwohnung mit Eichenparkett und Stuckdecken bewohnte.

Lisa hatte sich bei ihrer besten Freundin Gilda ausgeweint und ansonsten Haltung bewahrt.

Mathias hatte die Katastrophe weggelächelt.

»Die Jugend, die Jugend! Wenn ich da an uns denke …«

Er dachte gern an seine Jugend zurück, die ein exemplarisches Beispiel von angepasstem Verhalten und Funktionieren nach elterlichem Vorbild gewesen war: Abitur, Studium, erste Freundin, Examen.

Dann Lisa: Dreizimmerwohnung, Geburt von Ann-Sophie.

Hausbau! Künftig also *An den Hainbuchen*.

Hier war Bea geboren worden, die zweite Tochter. Wieder kein Sohn, aber hübsch und gesund.

Im Windschatten der älteren Schwester, die bald an Sohnes Stelle die Hoffnungen der Eltern erfüllen sollte, wuchs Bea relativ sorglos heran. Sie war keine gute Schülerin, gewann keine Medaillen, trat nicht im Laientheater auf. Nach dem eher mäßigen Abitur besuchte sie einige Semester lang eine Modeschule und eröffnete dann eine Boutique. Der Papa, sorgenschwer und an der Lieblingstochter hängend, hatte, ohne zu murren, gezahlt.

Er war zu diesem Zeitpunkt bereits abgehärtet und bescheiden geworden. Und er hatte seine Lektion gelernt: Kinder taugen selten dazu, das Leben der Eltern zu bereichern.

Es sollte sich dann alles regeln.

Ann-Sophie verließ ihren Revoluzzer und kehrte in den Schoß der Familie zurück. Anstatt Ärztin zu werden, heiratete sie einen Arzt mit wohlklingendem Namen: Bero C. Brenner.

Befreites Aufatmen in der Familie. Nach einem Ausflug in den Nebel der Unaussprechlichkeiten rückten sich die Dinge zurecht, nahmen Gestalt an und waren wieder vorzeigbar.

Verlobung und Hochzeit in der Krone, dem einzigen standesgemäßen Restaurant für Ereignisse dieser Art. Mathias hielt eine seiner berühmten Reden, mit der er den Vater des Bräutigams, einen schon etwas trockenen Juristen a. D., um Längen schlug.

Lisas Augen strahlten im alten Glanz. Sie hatte den Ausflug ihrer Ältesten in unbekannte Gefilde inzwischen als Jugendtorheit abgehakt, und das abgebrochene Studium schien mit der geglückten Gattenwahl bereinigt.

Ann-Sophie würde »ein Haus führen«, die Praxis eine erste Stadtadresse haben: Am Römer 1.

Ihren Namen hatte sie behalten. Nicht Brenner, sondern Herrwinkel.

Zukünftige Nachkommen würden ebenfalls kleine Herrwinkels werden. Die Summe, die der Papa zum Start ins neue Leben gespendet hatte, war nicht eben gering gewesen.

Bero C. Brenner musste das zugeben.

So bekam alles nachträglich einen Sinn.

Lisas Lächeln kehrte zurück.

Wie schön in diesem Jahr die Rosen dufteten.

Die Ankunft des ersten Enkels bestätigte vollends, dass der Lauf der Zeit die Dinge geregelt hatte.

Max-Mathias wurde im Januar geboren.

»Steinböcken ist Erfolg beschieden. Die wollen immer nach oben.«

Lisa schmolz dahin wenn sie sich im Lächeln des kleinen Thronfolgers badete, und Mathias förderte längst begrabene Wünsche ans Licht. Vielleicht würde der Enkel bringen, was ihm die Töchter versagt hatten. Genie, das weiß man, überspringt gern eine Generation.

Dr. med. Max-Mathias Herrwinkel.

Mathias rechnete aus, ob er den Ritterschlag noch erleben würde. Neunzig müsste er schon werden, aber diesbezüglich quälten ihn keine Sorgen. Er hatte nicht nur finanziell gut vorgesorgt, selbstverständlich war er auch bestens versichert und mit den bekanntesten Ärzten der Stadt schon lange auf Du. Aber mit den Nachfolgern auch?

Sie schienen ihm so geschäftsmäßig glatt zu sein, den Hinweis auf die Freundschaft zum Papa geschmeidig ignorierend. Zwei der Alten dagegen, denen er jahrzehntelang Freundschaft gewährt hatte, waren schon gestorben. Herzinfarkt!

Auch Mathias spürte in letzter Zeit oft so ein Ziehen zur linken Schulter hin.

Kann man sein Leben bis in alle Einzelheiten planen, damit jenes Kunstwerk daraus wird, das man vor seinem inneren Auge sieht?

Und wenn das Vermögen schmilzt?

Nicht an Verschwendungssucht, sondern an »den Zeiten«?

Lisa, seit jeher der Finanzminister der Familie, teilte seine Ängste nicht.

»Lisa Sorglos« nannten ihre Freundinnen sie gern, wenn sie donnerstagnachmittags im Café König zusammenkamen, um die neuesten Todesfälle und anderes Ungemach zu erörtern.

Die Damen kamen eben in das Alter, in dem man beginnt, sich Sorgen zu machen.

»Das Leben ist doch voller Risiken.«

»Für die Frauen …«

»Eher für die Männer, gesundheitlich …«

»Das größte Risiko im Leben eines Mannes ist eine heimliche Geliebte«, klärte Lisa die Freundinnen auf und dachte an ihren Vater, der an der Existenz einer geheim gehaltenen Geliebten gestorben war.

Er hatte das Doppelleben nervlich nicht mehr ausgehalten.

Zum Glück war Mathias anders.

Er schätzte die alten Werte: Erfolg im Beruf und ein gemütliches Zuhause.

Sie machte einen Gedankensprung.

»Schließlich kann man jedes Haus altengerecht umbauen lassen.«

»Niedrige Waschbecken ...«

»Beleuchtungsautomatik ...«

»Treppenlift ...?«

»In Anatolien«, sagte Mareike, »tragen die Jungen die Alten dorthin, wohin sie wollen.«

»Hier ist es umgekehrt.«

Über diesen Scherz lachte niemand.

Anatolien war weit.

Silvester wurde in diesem Jahr nach langer Zeit wieder einmal im Kreis der ganzen Familie gefeiert – wegen des Familienzuwachses, wegen der allgemein guten Lage und überhaupt. Es galt, die Familienbande, die sich während der Studienzeit der Töchter ein wenig gelockert hatten, wieder zu festigen, die alten Traditionen neu aufleben zu lassen.

Also »Karpfen polnisch« anstelle eines neumodischen Schnickschnacks. Salzkartoffeln und Sauergemüse.

Endlich wieder einmal den Lieblingsnachtisch aus den Kinderjahren: Wackelpudding in vier Farben mit Vanillesauce.

Mathias zündete sich nach Tisch eine Zigarre an – auch das ein beinahe vergessenes Ritual.

Er blies runde Kringel in die Luft und betrachtete durch den Rauch hindurch die Gesichter seiner Lieben: Das rosige, kaum gealterte Gesicht von Lisa, in dem die braunen Augen ebenso vertrauensvoll leuchteten wie am Tag ihres Kennenlernens. Daneben das schmale Gesicht von Ann-Sophie, blass und ungeschminkt, und das etwas spöttische seiner Tochter Bea. Er fühlte sich so warm und geborgen wie lange nicht.

Beim Bleigießen formten sich bei den drei Frauen lange, tropfenförmige Gebilde, Hinweis auf Geld und ein langes Leben. Einzig Mathias tauchte den Löffel mit der Bleilösung etwas zu hastig ins kalte Wasser.

Zischend und mit weit aufgerissenem Rachen zeigte sich ein Krokodil.

Erschrocken starrte die Familie das Ungeheuer an.

Man lachte ein wenig verlegen.

»Gefahr im Anzug«, wagte Bea eine Deutung. »Pass auf, dass du nicht gefressen wirst!«

»Ich plane, in Karlsbad einen Vortrag über *Goethe in Böhmen* zu halten«, setzte Mathias dagegen. »Vielleicht ist dies ein Hinweis darauf, das Maul nicht zu weit aufzusperren.«

Diese Deutung stellte alle zufrieden.

»Lass lieber Goethe sprechen.«

Alle lachten.

Lisa räumte den Tisch ab und stellte die Sektkelche zurecht. Noch fünf Minuten bis zum Jahreswechsel.

Im Hintergrund der Szenerie verbreiteten die Kerzen des Christbaums ihr mildes Licht.

5

Wenn auch ein Tag uns klar-vernünftig lacht, in Traumgespinst verwickelt uns die Nacht.

Teresa wuchtete den Koffer auf den Tisch und begann ihre Garderobe auszupacken. Zufrieden stellte sie fest, dass es genügend Kleiderbügel gab und die Schrankfächer für Pullover und Kleinkram ausreichten.

Mit einem zärtlichen Gefühl ließ sie den seidenen Unterrock durch die Hände gleiten.

Während der Fahrt nach Karlsbad hatte sie sich, in ihre Zugecke gelehnt, jene Szene vorgestellt, die ihr Leben auf den Kopf stellen würde: Die Szene, in der ihr Mathias die Kleider vom Leib riss.

Diese Szene, hundert Mal geträumt und nie realisiert, hatte ein Vorspiel, in dessen Bilder sich Teresa detailliert vertiefte:

Man lernte sich kennen, man unterhielt sich.

Das Thema war nahe liegend: Urlaubsort und Unterkunft.

An dieser Stelle hatte sie plötzlich Mathias' Stimme im Ohr.

»Und wo wohnen Sie?«

»Im Westend. Hotel Thomayer. Ich habe ein Einzelzimmer mit Blick auf die Russische Kirche. Es ist wunderschön.«

Und mit einem beherzten Sprung über die Grenze würde sie fortfahren: »Möchten Sie es einmal ansehen?«

Von da an geschah alles im Zeitraffer:

Beschleunigten Schrittes die Straße bergan, Hoteleingang, Fahrstuhl, Gang, Zimmer und …

Perfekt!

Der seidene Unterrock mit dem Spitzenbesatz hatte beinahe hundert Euro gekostet, aber laut Curson musste in das Geschäft des Lebens investiert werden.

»Auf Geiz reagiert jedes Glück mit Zurückhaltung.«

Teresa ließ die Seide mehrmals durch die Finger gleiten und hielt den Unterrock probehalber vor ihr Reisekostüm.

Es hatte das gleiche Modell auch in Flieder und in Schwarz gegeben, aber Flieder schien ihr zu verrucht, und Schwarz würde durch die weißen Blusen schimmern, die sie mit Vorliebe trug. Schließlich hatte sie sich für Haut entschieden, vorwiegend deshalb, weil Miederhose und Büstenhalter die gleiche Farbe hatten.

Mathias sollte nicht gleich zu Beginn des Liebesspiels durch einen verwirrenden Farbmix vom Eigentlichen abgelenkt werden. Teresa erlag der Versuchung, zog sich aus und streifte den seidenen Unterrock über die nackte Haut.

Es durchschauerte sie ein selten gespürtes Gefühl.

Sie ließ den Unterrock von den Schultern gleiten und

genoss, wie er an ihrem Körper hinunterglitt. Sie fing ihn mit dem Fuß auf und schleuderte ihn mit einer koketten Geste in die Höhe. An ihrem ausgestreckten Zeigefinger wirbelte sie ihn ein paar Mal durch die Luft und sah zu, wie er schließlich als hauchzartes Wölkchen auf das Bett segelte.

Aus dem quadratischen Spiegel, der über dem Waschbecken hing, blickte ihr ein rosig überhauchtes Gesicht entgegen. In ihren bernsteinfarbenen Augen flimmerte ein Licht.

Teresa rief sich zur Ordnung und kehrte in die gewohnte Rolle zurück.

Sie deponierte Tauchsieder, Tupperdosen, Teetasse und Brettchen im Schrankfach.

Dann wechselte sie die Glühbirnen aus.

Die Bettbeleuchtung, die man in den Hotels vorfand, reichte zum Lesen in den seltensten Fällen aus: matte Neonröhren, fest mit dem Kopfteil des Bettes verankert, oder Nachttischlampen mit lichtundurchlässigen Schirmen, wahlweise gefältet oder aus Leinenimitat, ergaben ein Licht, das gerade hell genug war, die Brille oder die Schlaftabletten zu finden.

Einmal hatte sie sich darüber beschwert und an der Rezeption eine hellere Lampe gefordert, bis sie über den Sachverhalt aufgeklärt wurde:

»Die meisten Gäste nutzen das Bett nicht zum Lesen, gnädige Frau. Sie gehen ins Bett, um zu schlafen oder um zu …«

Hier hatte sich der Rezeptionschef unterbrochen und sie mitleidig gemustert.

»Nun, dafür reicht die Bettbeleuchtung in der Regel aus.«

Teresa hatte vor Wut heimlich mit dem Fuß aufgestampft und gedacht, dass man eher einen Callboy vermittelt bekäme als eine ordentliche Leselampe, aber sie hatte gelächelt.

»Vielen Dank, das habe ich nicht gewusst.«

Von da an hatte sie neben Tauchsieder und Tupperdose mehrere Glühbirnen mit hoher Wattzahl im Gepäck, die Utensilien des späten Mädchens, das nicht ins Bett geht, um zu …, sondern froh war, sich mithilfe geeigneter Bettlektüre das Einschlafen zu erleichtern.

Nachdem das Nötige erledigt war, verließ Teresa das Hotel, um einen ersten Rundgang durch Karlsbad zu machen.

Sie hatte diesen Ort gewählt, weil sie mit Carys Hilfe (Teresa fühlte sich Cary William Curson inzwischen so nah, dass sie ihm das Du angeboten hatte) das Rätsel gelöst hatte, weshalb ihr Mathias bisher in keinem Urlaub begegnet war: Er hatte nicht zu den von ihr bevorzugten Orten gepasst.

Die Urlaube in den winterlichen Bergen mussten zum Flop werden, weil sie weder die Hänge hinunterrasen noch auf dem Eislaufplatz Pirouetten drehen konnte.

Etwaigen Interessenten hatte sie sich als dick vermummtes Individuum präsentiert, das einsam durch die Wälder stapfte. Ähnliches war im Sommer geschehen: Wanderurlaub in den Bergen. Rucksack, Wadenstrümpfe und der alte Stock mit den aufgenagelten Plaketten ließen einsame Wanderer nicht innehalten.

Zudem, wann war ihr ein einsamer Wanderer begegnet? Die meisten trabten brav an der Seite ihrer Mutti einher oder hatten sich Gruppen angeschlossen.

Karlsbad dagegen bot interessante Möglichkeiten. Es zog ein kulturell interessiertes Publikum an, und die Chance, dass ihr ein paar verwaist umherirrende Witwer über den Weg liefen, war groß.

Auch das Hotel hatte sie nicht enttäuscht.

Es war einmal eines der besten Hotels der Stadt gewesen. 1902 hatte sogar der Schah von Persien Quartier bezogen, aber das war lange her.

Heute merkte man dem Thomayer die sozialistische Vergangenheit an, aber es war auch in den Preisen sozial geblieben, und wenn man von dem etwas rauen Ton des Personals einmal absah, die Standardantwort auf jegliche Bitte schien »Nein« zu sein, wohnte es sich recht angenehm.

Für einen sehr zivilen Preis bewohnte Teresa ein geräumiges Zimmer mit Television und Bad. Von den vier Eisenbetten konnte sie sich das beste aussuchen. Im Bad gab es zwei Waschbecken und eine Dusche, die reichlich kaltes Wasser bot.

Die Fenster gaben den Blick frei auf die russisch-orthodoxe Kirche, deren Kuppel in der Sonne glänzte.

Mit einem raschen Blick in den Fremdenführer hatte sich Teresa über einige Details informiert, die ihr bei der Kontaktaufnahme mit Mathias von Nutzen sein konnten.

»Mein Zimmer bietet einen wunderbaren Blick auf St. Peter und Paul, eine russisch-orthodoxe Kirche, 1897 im klassischen byzantinischen Stil von Gustav Wiedermann erbaut.«

»Gustav Wiedermann, aus Wien?«, würde Mathias zögernd fragen, und sie würde sein Lächeln erwidern und sich gebildet und ein bisschen überlegen fühlen: »Nein, aus Franzensbad.«

Teresa schlenderte die König-Georg-Straße hinunter. Die schön renovierten Kurhäuser gaben ihr das Gefühl, selbst eine der illustren Damen zu sein, die zur Jahrhundertwende in Karlsbad kurten.

Der Ehemann würde in einigen Wochen nachkommen.

Bis dahin erfreute man sich an dem regen Gesellschaftsleben. Kurfürstin Auguste von Attersberg wurde für die nächste Woche erwartet. Frau Levetzkow mit den drei Töchtern Ulrike, Amalie und Berta war bereits eingetroffen.

Ein heimlicher Augenflirt mit Roman, dem glutäugigen polnischen Barpianisten, überbrückte die Tage, an denen sich nichts Besonderes ereignete. Seit einigen Tagen spielte Roman die glutvollsten Weisen nur noch für *sie*. Nachts träumte er von ihr.

Was Cary wohl davon hielt?

Cary schwieg.

Die detaillierte Vorstellung von Situationen, die in eine andere Epoche gehörten, konnte er nicht gutheißen.

Selbst die facettenreichste Fantasie würde die Zeit nicht zurückdrehen und Romans Schritte ins Hotel Thomayer lenken.

Eher kam der Fremdenführer infrage, der gerade eine gelangweilt dreinblickende Gruppe darüber informierte, dass die Kolonnaden, erbaut in den Jahren 1871 bis 1881 nach Plänen des tschechischen Architekten Josef Zitek, vernichtende Kritiken erhalten hatten.

»Man verglich den hundertzweiunddreißig Meter langen Bau mit den hundertvierundzwanzig Säulen mit einer Kegelbahn und einem Spargelbeet, nebenbei ein interessanter Hinweis darauf, wie die Spargelbeete der vergangenen Zeit ausgesehen haben mochten.«

Alle lachten.

»Damals war das Gemüse eben noch nicht so vergiftet wie heute. Ein einziger Spargel reichte für ein ganzes Regiment.«

Amüsiert nickten die Mitglieder der Gruppe mit den Köpfen. Teresa stellte sich für einige Minuten in die Nähe des jungen Mannes. Er warf ihr einen gleichgültigen Blick zu und beendete seinen Vortrag mit einem weiteren Scherzchen:

»Und jetzt wenden wir uns von den Bausünden der Vergangenheit ab und den Bausünden der Gegenwart zu. Schauen Sie einmal hinüber zum Kurhaus Thermal. Es wurde in den Jahren 1967 bis 1976, nach den Plänen des Architekten Vladimir Machonin erbaut. Wie man hört, soll er noch immer frei herumlaufen. Wenn Sie mir bitte folgen wollen.«

Die Gruppe ließ die Blicke zu dem Betonriesen hinüberschweifen, der wie ein Furcht erregender Wächter den Eingang des Kurzentrums dominierte.

Man gab pflichtschuldig Töne des Missfallens von sich und setzte sich in Bewegung.

Teresa schlenderte weiter. Im Grunde interessierte sie sich weder für Architektur noch für den geschichtlichen Hintergrund.

Sie war in Karlsbad, um einen Mann zu finden und darüber hinaus preiswert Decken und Gläser zu erstehen.

Beutelustig streifte ihr Blick die Auslagen der Geschäfte, vielleicht fand sich ein Schnäppchen.

Eine Kollegin aus der Stadtverwaltung hatte von einem Wochenendausflug nach Prag eine wunderschöne Decke für den Esstisch mitgebracht: handgeklöppelt, bodenlang und keine fünfzig Euro teuer. Auch in Karlsbad waren die Preise für Handarbeiten erfreulich niedrig. Die Leute hatten eben noch genügend Zeit, sich die Stunden mit derlei Arbeit zu vertreiben.

Das böhmische Glas in seiner prächtigen Farbigkeit

gefiel Teresa nicht, aber eine der Decken würde sie am letzen Urlaubstag erstehen.

Die Decke jetzt schon zu kaufen war nicht empfehlenswert. Sie würde sie in ihrem Zimmer aufbewahren müssen, und dort wäre sie nach allem, was sie so gehört hatte, durch Diebstahl gefährdet.

Auch auf der Hauptpromenade wiesen Warnschilder darauf hin, auf seine Besitztümer strengstens Acht zu geben.

Teresa klemmte sich ihre Tasche so fest unter den Arm, dass es schmerzte, und schlenderte weiter.

Ein Plakat im Eingang des Grandhotels Pupp erregte die Aufmerksamkeit der Passanten.

Goethe im Böhmen.

Teresa, die sich gerade überlegte, ob es sich lohnte, zu der Decke auch die passenden Servietten zu erstehen, schenkte ihm keine Beachtung. Goethe interessierte sie weit weniger als der Unbekannte, den es zu finden galt.

Natürlich sollte er gebildet und kulturell interessiert sein. Vielleicht, fiel ihr ein, war es angebracht, ebenfalls mit einigen Daten aufwarten zu können.

Cary hatte mehrmals betont, dass gemeinsame Interessen notwendig seien, um den Mann auch zu halten, wenn man ihn erst einmal gefunden hatte. Nur nicht den Verdacht bestätigen, dass sie zu jenen hirnlosen Touristen gehörte, die nach Karlsbad fuhren, um billige Decken und Gläser zu erstehen.

Teresa schlenderte zum Hotel Pupp zurück und angelte nach ihrer Lesebrille, die an einem dünnen Goldkettchen über ihrem Busen baumelte. Sie studierte den Text des Plakates genauer.

GOETE IN BÖHMEN
VORTRAG
23. MAI, 20 UHR

Schade, der Vortrag war bereits gestern gewesen.

Als Referent zeichnete Prof. Dr. Herrwinkel.

Dr. Herrwinkel hatte freundliche Augen und sah die Welt mit jener Mischung aus Güte und Intellekt an, die so anziehend ist.

Teresa versuchte, mit dem unbekannten Professor in einen intensiven Kontakt zu treten, aber seine Augen schweiften in die Ferne.

Sie wandte sich um und folgte seinem Blick.

Breit wie ein alles beherrschendes Schloss, thronte das Hotel Imperial über der Stadt.

Teresa seufzte.

Neben diesem Palast wirkte das Kurhaus Thomayer recht bescheiden. Aber für das Imperial brauchte man eben einen Mann, wenn man den Aufenthalt nicht nur überstehen, sondern auch genießen wollte.

Wie so oft irrten ihre Gedanken im Kreis und kehrten immer wieder zum Ausgangspunkt zurück.

Sie sehnte sich nach einem starken, heißen Kaffee, aber ihr fehlte plötzlich die Energie, allein ein unbekanntes Café zu betreten.

Zum Trost kaufte sie sich eine der süßen Oblaten, die

überall feilgeboten wurden. Kauend schlenderte sie weiter.

Aber sie ging nicht mehr allein. Mathias Herrwinkel begleitete ihre Gedanken.

6

In unsers Busen Reine wogt ein Streben.

Durch das schön geschwungene Jugendstilfenster seiner Suite im Imperial blickte Mathias Herrwinkel auf die Stadt hinunter. Die Kuppeln der Kirche St. Peter und Paul leuchteten im Abendlicht.

Eine bisher unbekannte Melancholie hatte ihn gepackt.

Einige Zeilen, die er kürzlich gelesen und sofort in sein Merkheft eingetragen hatte, kamen ihm in den Sinn.

»Die Sonne ist schon untergegangen, aber der Himmel unseres Lebens glüht und leuchtet noch von innen her, ob wir sie auch nicht mehr sehen.«

Zeilen, wie für ihn geschrieben.

Dabei hätte er die Wärme der Sonne gestern Abend noch deutlich spüren können, denn der Vortrag *Goethe in Böhmen* war ein großer Erfolg gewesen. Aber der letzte Tag vor der Abreise nach Karlsbad hatte ihm einen blauen Fleck auf der Seele beschert. Evelyn, die junge Künstlerin, die er in seiner Eigenschaft als Mäzen betreute, beriet, finanzierte und heimlich begehrte, hatte ihm deutlich die Grenze gezeigt: Er durfte sie verehren, ihre Kunst bewundern, Bilder kaufen und Geld geben, aber darüber hinaus hatte er sie in Ruhe zu lassen.

Evelyn war die kleine Heimlichkeit in seinem Leben, die ungestillte Sehnsucht und die Fantasie, die ihm das Gefühl gab, keine exakt funktionierende Maschine, sondern ein Mann zu sein. Sie war diejenige, die »den Himmel seines Lebens von innen heraus leuchten ließ« und ihm anfangs das verloren gegangene Gefühl von Jugend geschenkt hatte, aber inzwischen verhielt es sich umgekehrt.

Nirgendwo fühlte er sich so alt wie unter Evelyns spöttischem Blick.

An dunklen Tagen bedauerte er inzwischen, sich überhaupt auf das »Abenteuer Evelyn« eingelassen zu haben.

Es war im Frühjahr vor fünf Jahren geschehen, als sich in Eppenhofen eine junge Künstlergemeinde etabliert hatte, die von der Stadt und privaten Gönnern gefördert wurde.

In der Burg, einem ehemaligen Gutshof, waren Ateliers und Ausstellungsräume entstanden. Die Künstler konnten ihre Werke zeigen und zur Vernissage einladen.

Die den Künsten gegenüber aufgeschlossenen Bürger gingen jovial lächelnd umher, nippten am Sekt und bildeten Grüppchen, in denen über alles Mögliche, nur nicht über Kunst gesprochen wurde. Man grüßte freundlich und verabschiedete sich bald.

Einige kehrten zurück und mauserten sich zum Mäzen.

Diese ständigen Besucher, allesamt wohl situiert, männlich und um die weiblichen Künstler bemüht (es fiel auf, dass nur deren Begabung als förderungswürdig anerkannt wurde), wuchsen rasch in ihre Rolle hinein.

Anders als in Lydias Salon, dem Kleinstadtbordell, erschien man hier unter dem Vorwand der Kunstförderung, lud zu kostspieligen Essen ein, arrangierte Ausstellungen in der örtlichen Sparkasse oder dem Gemeindeamt und verschwand zu später Stunde mit jener Künstlerin, deren Werk besonders förderungswürdig war.

Der Platzhirsch dieser Altmännergilde war natürlich Kollege Kaiser.

Er unterhielt ein Verhältnis zu der schrillen Rothaarigen, die bunte Kringel zu unterentwickelten Picassos stilisierte. Aber auch die Beta-Hirsche gingen nicht leer aus. Man bediente sich – und zahlte den Preis.

Mathias hatte von Anfang an eine zärtliche Zuneigung zu Evelyn gefasst, die wildes Haar, einen blassen Teint und auffallend schmale Gliedmaßen besaß und die die männlichen Gefühle in ihm ebenso wach hielt wie die väterlichen.

Im Lügen und Verbergen ungeübt, war er nicht mutig genug, sich eine Künstlergeliebte in einer eigenen Wohnung zu halten, aber er hatte die Miete zu Evelyns Atelier übernommen und sich somit einige Privilegien erkauft.

Wenn er sich künftig der Burg näherte, fühlte er deutlich den Wunsch, hier den »anderen Mathias« ausleben zu können, den mit dem Künstlerblut und den wehenden Schalenden, und wenn er das Atelier betrat, verstärkte sich das Gefühl, das ihm an schlechten Tagen stets über die Runden geholfen hatte: eigentlich ebenfalls ein Künstler zu sein.

So war es jedenfalls am Anfang gewesen.

Lästig war, dass er Evelyns Kunst im Grunde wenig abgewinnen konnte und dieses Unverständnis geheim halten musste, aber das lebende Bild *Die Malerin im Atelier*, vorzugsweise in malerischer Pose auf dem plüschbezogenen Sofa liegend, erzeugte in ihm eine Euphorie, die echt war.

Natürlich genügte diese heimliche Euphorie auf Dauer nicht.

Es entstand ein Begehren, in dem er hilflos herumzappelte, und ein tollpatschiger Versuch der körperlichen Annäherung, nach einem sehr teuren Abendessen im Club 10, einem Restaurant, das Evelyn mit Sicherheit zuvor noch nie betreten hatte, wurde lachend zurückgewiesen.

Das Lachen hatte eine Beimischung unendlichen Erstaunens gehabt, das mehr schmerzte als die Zurückweisung als solche. Danach hatte er sich darauf beschränkt, sie mit der ganzen Zärtlichkeit des alternden Mannes anzuschauen und die Eifersucht in Schach zu halten, die sich anstelle des Begehrens eingenistet hatte. In guten Momenten, in denen ihn sein zu sachlichem

Denken geschulter Verstand zwang, eine Zwischenbilanz zu ziehen, war er genötigt, die Dinge so zu sehen, wie sie waren: Mit ihm teilte Evelyn ihre Geldnöte, die Schwermut des mangelnden Erfolges und die Angst vor dem künstlerischen Versagen. Mit wem aber teilte sie das breite Bett im Nebenzimmer des Ateliers?

Am letzten Abend vor der Reise hatte Mathias beschlossen, in der Burg vorbeizuschauen.

Zu den Privilegien des Mäzens gehörte es, dass dieser auftauchen konnte, wann und so oft er wollte. Er hatte es nicht nötig, sich anzumelden, brachte er doch den Duft des Geldes, kostspielige Geschenke und die Aussicht auf ein exquisites Abendessen mit. Aber in letzter Zeit spürte Mathias eine leichte Ablehnung, die Evelyn ausstrahlte, und das Nachlassen der Euphorie, mit der sie früher seine Geschenke entgegengenommen hatte.

Schmerzlich war ihm aufgefallen, dass sie wenig Gemeinsames hatten und Evelyn für sein Leben und seinen Beruf kein Interesse aufbrachte.

Wie gern hätte er ein wenig von der Uni erzählt, seinen Reden, seinen Studenten und den Rivalitäten, von den Kämpfen, die er gewonnen hatte. Aber wann immer er auf dieses Thema kam, hob Evelyn die Brauen in jenem Hochmut, den die Künstler den Bürgern gegenüber zeigen.

Und entmutigt hielt er inne.

Konnten sich die Begnadeten eigentlich eine andere

Rolle für ihre Umwelt vorstellen als die des ewig gebenden Verehrers?

Mathias lief die Eisentreppe zu der rot lackierten Tür hinauf, hinter der Evelyn wohnte.

Wie immer spürte er ein leichtes Grummeln in der Magengegend. In die Vorfreude mischte sich die Hoffnung, durch sein plötzliches Auftauchen einen Zipfel ihres wahren Lebens zu erhaschen, denn wie lebte sie wirklich, wenn er nicht da war? Er tippte kurz auf die Klingel und schloss gleichzeitig die Tür auf.

Evelyn lag auf dem Sofa und wandte ihm träge den Kopf zu.

Sie brachte ein bemühtes Lächeln zustande.

»Ach, du bist es.«

Langsam erhob sie sich.

Der freudig erregte Schrei, mit dem das Kind den Weihnachtsmann begrüßt und den er angesichts der Geschenktüte, die er unter dem Arm trug, erwartet hatte, blieb aus.

Sie hauchte ihm einen Kuss auf die Wange.

»Wie schön, dich zu sehen.«

»Ich wollte« – Mathias hüstelte, während er umständlich den Mantel auszog – »eigentlich nur auf Wiedersehen sagen.«

Er hoffte auf ein Bedauern, aber Evelyn schwieg.

»Weil ich verreise.«

Keine Antwort.

»Möchtest du nicht wissen, wohin?«, fragte er lächelnd.

»Eigentlich nicht.«

Sie lachte, als ob sie einen Scherz gemacht hätte.

»Natürlich möchte ich es wissen«, sagte sie dann.

Sie legte den Kopf schief und fügte hinzu: »In die Alpen?«

»Schlimmer. Ich fahre zu einem Vortrag nach Karlsbad. Goethe«, fügte er erklärend hinzu.

Sie verzog ironisch die Lippen. »In die Region der Hundertjährigen auf der Suche nach Vergangenheit.«

»Da kann ich wenigstens nicht unter die Räder kommen.«

»Hier ist die Gefahr doch auch nicht allzu groß«, stellte sie fest. In ihren schwarzen Augen tanzten die Lichter des Spottes. »Trinken wir doch etwas«, fuhr sie fort. Sie schenkte zwei Gläser von dem widerlich süßen Martini ein, den er bei seinem ersten Besuch unvorsichtigerweise gelobt hatte und nun zur Strafe immer wieder vorgesetzt bekam. Sie fragte nicht, wie lange er fort bliebe, sondern wechselte das Thema.

»Die Gruppe plant eine Gemeinschaftsausstellung. Ein Finanzier ist noch nicht gefunden.«

Sie machte eine kleine Pause und fuhr fort: »Wir hoffen auf Zuschüsse der Stadt. Im Sommer soll im Hof ein Fest stattfinden, wir wollen uns wieder einmal präsentieren.«

Sie lachte. »Du bist herzlich eingeladen. Dann wird wenigstens einer ein Bild kaufen.«

»Natürlich einen echten ›Evelyn‹«, sagte er ironisch und dachte an all die »Evelyns«, die er bereits gekauft hatte und niemals aufhängen würde.

Sie sah ihn prüfend an. Mathias schien verändert.

Ironische Bemerkungen dieser Art hätte er sich früher nicht erlaubt. Wahrscheinlich genügte ihm ihre Art der Bezahlung nicht mehr: hin und wieder in ihrer Gesellschaft einen Martini zu trinken und sie ansehen zu dürfen.

In der Tat genoss Mathias das Bild, das sich ihm bot:

Das Bild der nackten Olympia, in Großformat über dem Sofa hängend, auf dem Evelyn in ähnlicher Pose ruhte. In seiner Fantasie war sie ebenso unbekleidet wie die Schöne in Öl. Die untergehende Sonne warf schräge Strahlen durch das Atelierfenster und ließ die Spitzen ihres Haares aufleuchten. Die Augen unter den hohen Brauen waren fast schwarz.

So hatte Evelyn ihn bei ihrem ersten Treffen – und dann nie wieder – angesehen.

Mathias spürte deutlich den bekannten Schmerz der unerfüllten Sehnsucht.

»Gehen wir noch etwas essen?«, fragte er vorsichtig.

Evelyn erhob sich und legte ihm von hinten die Arme um den Hals.

»Bist du sehr böse, wenn ich Nein sage? Ich habe ehrlich gesagt keinen Hunger.«

Anstelle einer Antwort, fingerte er einen Geldschein aus seiner Brieftasche und schob ihn unter das Martiniglas.

»Für den Fall, dass der Hunger noch kommt.«

Evelyn lächelte.

Sie nahm den Geldschein zwischen Daumen und Zeigefinger und wedelte ihn spielerisch hin und her.

»Reicht für zwei«, stellte sie fest.

Mathias wandte sich vom Fenster ab und versuchte, die schmerzende Erinnerung zu verscheuchen.

Vielleicht sollte er vor dem Abendessen noch einen Spaziergang machen, um die widerliche Abgesangsstimmung zu vertreiben, die sich seiner bemächtigt hatte.

Heute, am Fenster seiner Karlsbader Suite stehend und elegisch dem Untergang der Sonne zusehend, kam ihm das Abenteuer seiner nie vollzogenen Liebe irrational vor. War das wirklich er, Professor Dr. Herrwinkel, der sich eine schmutzige Treppe hinaufschlich, beladen mit sinnlosen Geschenken und einer ebenso sinnlosen Sehnsucht?

Zu dem Gefühl der Niederlage gesellte sich die Schmach der Lächerlichkeit.

Wie gern er sie jetzt anrufen würde …

Aber wie meistens versagte er sich diesen Wunsch.

»Nur nicht aufdringlich sein, niemals!«

Wie oft hatte er sich diesen Satz ins Hirn hämmern müssen.

Er wählte seine eigene Nummer.

Aber anstelle von Lisa meldete sich der Anrufbeantworter: »Bitte hinterlassen Sie eine Nachricht.«

»Hallo, Schatz«, sagte er. »Ich wollte mich kurz melden. Gestern Abend ist alles glatt gegangen, Goethe ist ja ein Dauerseller und« – er lachte leise in den Hörer – »Herrwinkel natürlich auch. Ich versuche es heute nach dem Abendessen noch einmal.«

Er verabschiedete sich mit einem Kuss und hängte noch ein Sätzchen an. »Es ist sehr langweilig ohne dich.«

Der letzte Satz seiner Nachricht für Lisa entsprach der Wahrheit.

Er stellte fest, dass er ohne sein gewohntes Umfeld ein unglücklicher Mann war. Fast bedauerte er den Entschluss, dem Vortrag noch ein paar Urlaubstage folgen zu lassen.

Er war keine Künstlernatur, die sich selbst genügt. Er brauchte einen fest gefügten Tages- und Wochenablauf, ein Raster, nach dem er sich richten konnte, und Hürden, die es zu nehmen galt. Er brauchte einen familiären Hintergrund, auf den Verlass war, und einen Terminkalender, der ihm sagte, was zu tun war. Missmutig schlug er den Weg zum Kurhaus Thermal ein.

Er umrundete den Brunnen, betrachtete eine Weile die Kurgäste und wollte die Halle gerade wieder verlassen, als sein Herz einen Sprung tat.

Auf einer der Ruhebänke, den Rücken ihm zugewandt, saß Evelyn. Sie hielt ein Glas in der Hand und nippte daran.

Sie war ihm gefolgt!

Ihm wurde heiß.

Die kühle Abschiedsszene war also nur Theater gewesen.

Vielleicht hatte sie gehofft, das er sie bitten würde, ihn zu begleiten, und er, wie ein Elefant im Porzellanladen, hatte die stumme Bitte nicht verstanden. Stattdessen hatte er sich beleidigt gefühlt.

Die Melancholie verschwand, der Stein in der Brust löste sich auf.

Bilder von seinem Zimmer im Imperial flirrten vorüber.

In seine Verwirrung hinein hörte er Kollege Kaisers Stimme: »Mein Hotel, meine Suite, meine Geliebte ...«

Jetzt keinen Fehler machen.

Vorsichtig näherte er sich und tippte Evelyn leicht auf die Schulter.

»Püppchen?«

Sie so zu nennen, hatte er bisher nur ganz selten gewagt.

Die Dame drehte sich um.

Er starrte in ein gänzlich fremdes Gesicht.

Sie lächelte ihn an.

In ihren Augen tanzte der Spott.

»Leider nur Bergit«, sagte sie.

7

Man kann nicht stets das Fremde meiden. Das Gute liegt uns oft so fern.

Im Gegensatz zu Teresa hatte Bergit Laustroem nie davon geträumt, dass ihr im Urlaub ein Mann über den Weg laufen möge.

Sie war jetzt neununddreißig Jahre alt, und sogar der in drohende Nähe rückende vierzigste Geburtstag versetzte sie nicht in Panik.

Als Biografin nutzte sie ihre Urlaube, vor Ort Details aus dem Leben der Person, über die sie gerade schrieb, zu recherchieren, und hoffte, bei dieser Tätigkeit von niemandem gestört zu werden. Dass die Liebe ein gefährliches Element ist, das weiblichen Karrieren im Wege steht, hatte sie in jungen Jahren erfahren und daraus gelernt.

Nie wieder, das hatte sie sich geschworen, würde sie blind wie ein Schmetterling in eine offene Flamme taumeln.

Zurzeit arbeitete Bergit an einem Essay über Goethes letzte große Leidenschaft Ulrike von Levetzow.

Schauplätze ihrer Begegnungen waren Marienbad, Karlsbad und Elbogen gewesen, und was Bergit an der Liaison besonders gut gefiel, war die Tatsache, dass das Opfer diesmal der berühmte Greis war, der sich in eine Leidenschaft verrannte, in der er hilflos und der Lächerlichkeit preisgegeben herumzappelte. Ulrike, achtzehnjährig, hatte seinen Heiratsantrag abgelehnt, und Goethe war über siebzig gewesen, als sein Herz brach.

Spät genug, wie Bergit Laustroem dachte.

Abgesehen von Reiseflirts fürchtete Bergit jegliches Hotelgequatsche, einschließlich der Fragen, wie sie denn untergebracht sei, ob sie schon öfter in diesem Ort war und wie ihr die Küche bekomme. Und am allermeisten fürchtete sie langatmige Lebensbeschreibungen.

Bergit Laustroem interessierte sich für das Leben berühmter Persönlichkeiten; die Biografie von Frau Müller aus Wipperfürth war ihr gleichgültig.

Als sie an diesem Morgen im Thomayer erwachte, hatte sie jedoch andere Sorgen als die Abschreckung unliebsamer Hotelgäste.

Der Boden vor ihrem Waschbecken war durchgefault und notdürftig mit einem Stück Sackleinen bedeckt, auf das zu treten viel Mut erforderte.

Bergit hatte sich noch am gestrigen Abend ein anderes Zimmer erbeten, war bei der Hotelleitung jedoch auf eisige Zurückweisung gestoßen. Anstatt dienstbeflissen für Abhilfe zu sorgen, schien sich das Personal über ihre Schwierigkeiten zu freuen.

»Gehen duschen in Gemeinschaftsdusche, aber Gemeinschaftsbrause nur kaltes Wasser.«

Bergit hatte das eisige Lächeln der müßig herumstehenden Angestellten ebenso eisig erwidert und den Rückzug angetreten. Man befand sich auf der Schwelle von einer Zeit in die andere. Der Spagat zwischen Sozialismus und Kapitalismus war nicht einfach zu bewerkstelligen.

Anstatt sich zu ärgern, beschloss sie, auf die übliche Weise vorzugehen, nämlich den ausgestandenen Ärger mittels eines Artikels zu vermarkten.

Nach dem ersten Kontakt mit dem mürrischen Personal betrat Bergit den Frühstücksraum und hatte gleich den zweiten Ärger auszustehen.

Die Hoffnung auf ein ungestörtes Frühstück mit Kaffee und Lektüre verflüchtigte sich. An dem ihr zugewiesenen Tisch saß eine Frau in mittleren Jahren, ein Typ, den sie von allen am meisten fürchtete.

Die Dame würde weitschweifig erklären, weshalb sie allein reiste (»Mein Mann ist vor zwei Jahren gestorben« – wahlweise »geschäftlich unterwegs«), dann das Handtäschchen öffnen und Fotos ihrer Familie über den Tisch fächern.

Die Konversation würde sich auf der denkbar niedrigsten Ebene bewegen, auf der Ebene von: »Ich habe was, was du nicht hast: nämlich einen Sohn, eine Schwiegertochter und mehrere Enkel, alle schön, gesund und genial.«

Bergit würde die familiäre Erfolgsstory mit vereistem Lächeln über sich ergehen lassen und den Wunsch unterdrücken, auf gleicher Ebene zu kontern: »Ich habe eine Eigentumswohnung, einen tollen Beruf, interessante Freunde und meine Freiheit.«

Aus Erfahrung wusste sie, dass sie mit einem solchen Gegenargument ins Leere lief.

Die Dame würde sie eine Zeit lang schweigend mustern und schließlich fragen: »Aber sind Sie nicht schrecklich allein?«

Nach dem ersten, etwas genaueren Blick über den Tisch hinweg musste Bergit ihre voreilig gefasste Meinung revidieren.

Die Dame, deren eng stehende bernsteinfarbene Augen sie fixierten, war keine Oma, die Fotos in der Tasche trug. Sie hatte das etwas magere Frühstück aus eigenen Beständen aufgestockt und förderte aus einer Plastikdose einen Schmierkäse zutage.

Der Typ stand damit eindeutig fest: ältere Büroangestellte, ein Leben zwischen PC und Blattpflanze, eine Ansichtskarte von den Kanaren als Hoffnungsträger an die Wand gepinnt. Im Hintergrund eine Kaffeemaschine oder ein Tauchsieder zur Teezubereitung.

Teresa hatte den Blick, mit dem die fremde Dame ihre Tupperdose beäugte, sehr wohl gesehen.

»Das Frühstück ist nicht sehr gut«, sagte sie. »Aber niemand scheint etwas dagegen zu haben, wenn Sie sich selbst etwas mitbringen.«

»Ich trinke morgens nur Kaffee«, sagte Bergit.

»Ich hatte eigentlich ein Frühstücksbüfett erwartet«, leitete Teresa die Konversation ein. »Aber als ich …«

»Ich trinke morgens nur Kaffee«, wiederholte Bergit

gereizt. Sie trug zu eng anliegenden Hosen einen eng anliegenden Rippenpulli und einen eng geschnürten Wildledergürtel. Auf diesem Gürtel ruhten Teresas Augen eine geraume Weile. Sie belegte ihr Brötchen mit zwei Salamischeiben und überlegte, wann sie zum letzten Mal einen Gürtel getragen hatte.

Es musste zu der Zeit gewesen sein, als ihre Taille noch erkennbar gewesen war.

Eine Weile frühstückte sie schweigend vor sich hin, dann stellte Teresa die Frage, auf die Bergit gewöhnlich nicht zu antworten pflegte. »Sind Sie mit Ihrem Zimmer zufrieden?«

Diese geistlose Frage barg heute die Möglichkeit einer Verbesserung.

»Nein, kennen Sie ein etwas komfortableres Hotel, in dem man noch etwas bekommen könnte?«

»Soviel ich weiß«, antwortete Teresa und fühlte sich wichtig, »ist Karlsbad voll belegt. Wir allein stehenden Frauen bekommen ja immer das Zimmer, das übrig bleibt. Unsereins landet gern in der Nähe der Toiletten«, fügte sie in beleidigtem Tonfall hinzu.

Bergit Laustroem gefielen die Worte »wir« und »unsereins« in dem genannten Zusammenhang nicht, aber sie entschloss sich zu einem nachsichtigen Lächeln.

»Das scheint so zu sein.«

»Oder haben Sie eine andere Erfahrung gemacht?«, fragte Teresa und sträubte das Gefieder.

»Ich bin meist beruflich auf Reisen. Ich recherchiere die Lebensläufe gewisser Persönlichkeiten, die mit dem jeweiligen Ort in Verbindung stehen. Ich bin Biografin.«

Teresa biss in ihr Brötchen, starrte die Tischnachbarin kauend an und schwieg.

Schade, die Tischnachbarin war also keine Touristin, mit der man die allgemeinen Themen besprechen konnte.

»Wenn ich Ihnen vielleicht mit einem Hotelführer aushelfen dürfte«, wechselte Teresa das Thema. »Für den ersten Überblick?«

Bergit schien erfreut.

»Ich komme gleich mit zu Ihnen, dann können Sie mir das Buch geben«, schlug sie vor.

Teresa dachte an die herumliegenden Sachen, die sie noch nicht weggeräumt hatte, und an das Nachthemd über der Stuhllehne.

»Ich bringe es Ihnen morgen früh mit«, sagte sie. »Oder ich lege es vor Ihre Zimmertür. Ich glaube, wir sind Nachbarinnen«, fügte sie hinzu.

Auch das Wort »Nachbarin« missfiel Bergit. Es zeigte eine Nähe an, die sie nicht gesucht hatte.

»Das wäre sehr freundlich«, beendete sie das Gespräch. »Einen schönen Tag.«

»Den wünsche ich Ihnen auch. Ich heiße übrigens Teresa Specht.«

»Laustroem.«

Bergit nickte kurz und verließ eilig den Frühstücksraum.

Mehr noch als Familienstorys fürchtete sie Geschichten über Einsamkeit und Vernachlässigungen allein reisender Frauen.

Bergit Laustroem beschloss, zu Frau Specht freundliche Distanz zu halten und sich im Übrigen intensiv der Arbeit an ihrem Buch zu widmen.

Teresas Blicke waren ihr gefolgt.

Sie konnte ein neidisches Gefühl nicht unterdrücken. Das Selbstbewusstsein, mit der Bergit den Raum durchschritt, die selbstverständliche Art, die Dinge zu regeln, die knappen Antworten und nicht zuletzt die stromlinienförmige Rückenpartie ohne jedes Fettröllchen trübten ihre Laune. Obwohl sie über den jeweiligen Familienstand nicht gesprochen hatten, strahlte Bergit nicht die träge Zufriedenheit der verheirateten Frau aus.

Sie war aber auch keine der Übriggebliebenen, und ganz bestimmt befand sie sich nicht auf der Suche nach einem Mann.

Ein Unikat also.

Berufstätig und doch ganz anders.

Teresa knüllte den Rest des Käses in das Stanniolpapier, legte ihn in die Dose zurück und verschloss diese sorgfältig mit dem Deckel. Dann nahm sie die beiden Semmeln, die Bergit Laustroem nicht angerührt hatte, und ließ sie, zusammen mit dem versiegelten Leberwurstdöschen, in die Handtasche gleiten.

Was nicht gegessen wurde, so hatte Teresa einmal gehört, würde von der Hotelleitung vernichtet werden.

Es war also vertretbar, wenn man diese Verschwendung nicht unterstützte. Nachdenklich ruhten ihre Augen auf dem nur zur Hälfte geleerten Brotkorb des Nebentisches.

Mit Mühe schaffte sie es, den Raum zu durchqueren, ohne heimlich zuzugreifen.

In ihrem Zimmer versteckte Teresa den Mundraub, das Leberwurstdöschen und die beiden Brötchen, hinter dem Wäschestapel in ihrem Kleiderschrank.

Dann überlegte sie, was sie anziehen sollte.

Heute war der Tag vor ihrem zweiundfünfzigsten Geburtstag. Ein Grund, den seidenen Unterrock und die neue Bluse einzuweihen, ergab sich also erst morgen.

Sie überlegte, ob sie Frau Laustroem für den morgigen Abend zu einem Gläschen einladen sollte, verwarf den Gedanken jedoch wieder.

Frau Laustroem schien nicht sehr mitteilungsbedürftig zu sein und strahlte eine Arroganz aus, der sich Teresa nicht gewachsen fühlte. Außerdem schien sie sich finanziell auf einer höheren Ebene zu bewegen, und Teresa hatte nicht vor, die Urlaubskasse durch das gemeinsame Glas Sekt mit einer nicht sehr sympathischen Person allzu sehr zu belasten.

Außerdem war sie nicht nach Karlsbad gekommen, um Frauen kennen zu lernen, wie ihr Carys Stimme deutlich zu verstehen gab.

Nach einiger Überlegung wählte sie das blaue Kostüm »für alle Gelegenheiten«, klemmte sich die Perlenclips an die Ohren und legte das Seidentuch um die Schultern.

Der linke Schuh der neuen Pumps drückte gegen den linken kleinen Zeh, an dem sich seit Jahren ein Hühnerauge sämtlichen Entfernungsversuchen widersetzte.

Aber die Kosten für Fußpflege waren hoch.

So viel Geld einfach auf die Theke eines Kosmetiksalons zu legen überstieg Teresas seelische Möglichkeiten.

Ehe sie sich aufmachte, überflog sie noch einmal die entscheidenden Seiten in Carys Ratgeberbuch.

»Wer sich gesund fühlt, wird gesund.

Wer sich reich fühlt, wird reich.

Die Fantasie ist Ihr stärkster Trumpf.

Stellen Sie sich nur Schönes und Gutes vor.

Sie selbst und Ihr Schicksal sind identisch mit Ihren Gedanken und Vorstellungsbildern.«

Auf der Promenade richtete Teresa ihre bernsteinfarbenen Augen auf die ihr entgegenkommenden Menschen.

Es waren vorwiegend Paare, Gruppen und Jugendliche.

Zwei allein gehende Männer eilten blicklos an ihr vorbei.

Ein weiterer, gut gekleidet und passenden Alters, schenkte ihr einen kurzen Blick und setzte sich auf eine Bank.

Teresa zögerte, ob sie sich neben ihn setzen und ein Gespräch beginnen sollte, aber seine Aufmerksamkeit galt eindeutig der jungen Frau auf der Nachbarbank.

Im Weitergehen hörte Teresa, wie er sie ansprach.

»Waren Sie schon öfter in Karlsbad?«

Es erklang ein aufmunterndes Lachen.

»Nein, und Sie?«

Nun, das war nichts gewesen.

Aber wie hatte Cary gesagt:

»Wenn es mit der Partnersuche nicht klappt, gibt es dafür zwei Gründe:

1. Man hat sich nicht bewusst gemacht, wen man eigentlich sucht, und
2. mangelnde Geduld.«

Teresa setzte die Brille auf die Nase und schlenderte weiter.

Der Schmerz, der von dem Hühnerauge ausging, stach bis in ihr Herz.

Mathias hatte den Tag mit einer Runde Whirlpool begonnen und sich dann einer kräftigen Massage hingegeben.

Er hatte sich an dem fünf Meter langen Frühstücksbüfett gestärkt und diskret die anderen Gäste taxiert.

Das Gros bestand aus gut situierten Paaren, denen man den wirtschaftlichen Erfolg und den ehelichen Stand ansah, und einigen alten, allein stehenden Damen, Stammgästen wahrscheinlich, denen der Mann weggestorben war.

Auch der Typ seines Kollegen Kaiser war vertreten: sonnenbankgebräunt, drahtig und voller Dynamik. Zum Top-Dress die edel gekleidete Vorzeigegeliebte und das Lächeln des Siegers.

Als Mathias den Weg hinunter in die Stadt einschlug, hatte er Kaisers Stimme im Ohr.

»Na, Herr Kollege, im Urlaub wieder mit der Gattin an einen unserer schönen bayerischen Seen?«

Lässig hatte er einen Fächer bunter Fotos über den Tisch ausgebreitet.

Kaiser in Alaska, Kaiser in der Wüste, Kaiser im Cabrio auf einer Serpentinenstraße.

Dann hatte er das Trumpf-Ass gezogen.

»Und das ist meine schöne Reisebegleiterin.«

Schmallippig hatte Mathias das letzte Foto betrachtet.

Kaisers Reisebegleiterin war blond, langbeinig und jung.

»Sie heißt Martina«, hatte Kaiser geglaubt erläutern zu müssen, und Mathias mit sämtlichen Zähnen angefletscht.

Dann hatte er sich selbstzufrieden im Sessel zurückgelehnt.

»Man kann doch nicht immer nur arbeiten!« Und grinsend hinzugefügt: »Es bleibt zu vieles auf der Strecke.«

Ohne dass es ihm bewusst war, schlug Mathias den Weg zum Hotel Pupp, der Stätte seines Triumphes, ein.

Sonnte sich Kaiser im Beifall der langbeinigen Martina, so gehörten ihm, Mathias, Liebe und Beifall seines Publikums. Das Plakat mit seinem Konterfei war noch nicht weggeräumt. Mathias nahm auf einer Bank in der Nähe Platz, möglicherweise hielt ja jemand inne und wurde aufmerksam.

»Schaut mal her, diesen Vortrag habe ich vorgestern gehört. Es war hoch interessant. Der Referent, ein bekannter Professor, ein Spezialist auf seinem Gebiet, sprach ganz ausgezeichnet.«

Aber die Passanten schlenderten blicklos an dem Plakat vorbei. Sprachfetzen, die ihn erreichten, hatten die jeweilige Unterkunft, Essen und Trinken und die niedrigen Preise zum Inhalt.

Ferner erreichten ihn Hinweise darauf, wo man preiswert Decken und böhmisches Glas erstehen konnte.

»Am besten auf einem der einheimischen Märkte im Geschäftsviertel.«

Mathias fingerte nach dem Block, den er stets bei sich trug, und machte eine Notiz: Lisa böhmisches Glas mitbringen.

Seufzend steckte er den Block wieder ein. Er fühlte sich nicht wohl.

Die auferzwungene Ruhe begann ihn zu nerven, und der Anblick der gelangweilt an seinem Plakat vorüberspazierenden Kurgäste war ebenfalls nicht dazu angetan, seine Stimmung zu heben. Er fühlte ganz deutlich, dass etwas geschehen musste.

Kaiser hatte ganz Recht, man konnte nicht immer nur arbeiten und darüber das eigentliche Leben vergessen. Diesbezüglich hatte er versagt, sonst säße er jetzt nicht wie ein Idiot in diesem Greisenbad herum. Die dumpfe Schufterei der letzten Jahre barg zudem einen unliebsamen Nebeneffekt: Es hatte sich – so quasi nebenbei – ein stattliches Vermögen angesammelt, welches, so konstatierte er gallig, den Kindern wie eine reife Frucht in den Schoß fallen würde.

Wofür eigentlich?

Hatten sie irgendeine Leistung vollbracht außer der, die Hand aufzuhalten? Die Liebesdienste, selbst die seiner Lieblingstochter, hielten sich schmerzlich spürbar in Grenzen.

Er selbst hatte sich sein Studium Groschen für Groschen vom Mund absparen müssen und bis zum heutigen Tage nichts geerbt. Er hatte plötzlich das dringende Bedürfnis, den Vermögensberg um einige Klafter zu erleichtern.

Glückliche Erben waren in Ordnung, aber es war nicht nötig, dass sie sich bei der Testamentseröffnung in einem Taumel der Euphorie gegenseitig um den Hals fielen.

Übergangslos fiel ihm sein Golfpartner ein, den man vor einigen Wochen beerdigt hatte.

Er dachte an den Nebel über den Gräbern, den Sarg, der sich in die Grube senkte, und die gleichgültigen Schreie der Krähen.

Er dachte an die Witwe, die, flankiert von ihren erwachsenen Kindern, Schäufelchen mit Erde auf den Sarg rieseln ließ. Hatte sie eigentlich geweint oder nur pro forma das Spitzentaschentuch an die Augen gedrückt und sich die Kreuzfahrt vorgestellt, die sie nach der Zeremonie antreten wollte?

Ob ihn jemand vermissen würde?

Lisa?

Die Töchter?

Oder Evelyn?

Evelyn bestimmt am wenigsten.

Sie würde seinen Tod aus der Zeitung erfahren und überlegen, wer nun infrage käme, die Miete des Ateliers zu übernehmen.

Dann würde sie Kaiser anrufen.

8

Hoffnung ist die zweite Seele der Unglücklichen.

Die Glocken der Maria-Magdalena-Kirche mischten sich mit dem Geläut des Totenglöckchens, das den Zug der wenigen Besucher begleitete, die seinem Sarg folgten.

Mathias erwachte aus einem wirren Traum und sah sich peinlich berührt um.

Die Tatsache, dass er mitten am Tag, auf einer öffentlichen Bank sitzend, eingeschlafen war, war ein weiterer Beweis dafür, dass sich in seinem Leben etwas ändern musste.

Der Traum war ebenso realistisch wie quälend gewesen. So desinteressiert, wie man an seinem Plakat vorübergeschlendert war, hatte man auch die Zeitungsseite mit seiner Todesanzeige überflogen, den gierigen Blick bereits auf die Annoncen mit den Billigangeboten des heutigen Tages gerichtet.

Aufgeschreckt war er schließlich durch ein lautes Lachen, das in jenem Moment über die Reihen der Gräber schallte, als sein Sarg in die Grube gesenkt wurde.

Wie ärgerlich!

Eine Sekunde länger, und er hätte gewusst, wer sich so ungeniert über sein Ableben freute.

Wieder das laute Lachen.

Mathias wandte den Kopf.

Vor dem Plakat mit seinem Konterfei standen zwei Damen.

Das tausendfach in sich gekräuselte Haar und die ungeniert zur Schau gestellte Heiterkeit der Jüngeren erinnerten ihn schmerzlich an Evelyn, aber es handelte sich zum zweiten Mal um Bergit, die Dame, die er gestern Abend im Thermal getroffen hatte.

Diesmal befand sie sich in Begleitung einer ältlichen Frau, möglicherweise einer Tante, die in Karlsbad ihren Erinnerungen nachhing und die Reise bezahlte.

Also, Tante und Nichte auf Reisen.

Mathias' brachliegendes Schriftstellertalent neigte dazu, unbekannten Situationen den jeweils günstigsten Rahmen zu verpassen.

»Der Vortrag hätte mich bestimmt interessiert«, sagte Bergit.

»Mich auch«, antwortete die »Tante«.

»Aber nun ist es zu spät.«

»Schade«, bestätigte die »Tante«.

Sie und Bergit waren sich auf der Alten Wiese, Karlsbad beliebtester Promenade, begegnet und hatten einander nicht schnell genug ausweichen können. Beide waren schließlich vor dem Plakat, das den Goethe-Abend ankündigte, gelandet und bemühten sich nun um eine höfliche Konversation.

Mathias erhob sich von seiner Bank. Unbemerkt näherte er sich den Damen.

»Sie haben etwas verpasst, es war ganz ausgezeichnet.«

Die eine, stellte er irritiert fest, roch nach einem ranzigen Körperpuder, die andere umwehte der verführerische Duft von Rosen.

Von seinem Nickerchen erfrischt, beschloss er, ein wenig zu balzen.

»Der Referent war nämlich hervorragend.«

»Ich wäre allzu gern dabei gewesen«, wiederholte die »Tante« und bohrte ihren bernsteinfarbenen Blick in seine Pupillen. Mathias gab den Blick lächelnd zurück.

Die Kröte mit den goldenen Augen, dachte er. Ob eine Prinzessin aus der unscheinbaren Gestalt schlüpfen würde, wenn er sie gegen die Wand würfe? Vielleicht sollte man es probehalber versuchen.

Er unterdrückte ein Lachen.

Teresa spürte das Interesse. Eine Welle wohliger Zukunftslust kribbelte in ihrem Magen. Jetzt nur nicht das Netz, in dem sich ein so aufregender Mann verfangen hatte, unbedacht loslassen.

»Ob der Vortrag wiederholt wird?«, variierte sie das einmal begonnene Thema.

»Das glaube ich nicht! Es sei denn, ich böte Ihnen gleich vor Ort eine Extradarbietung.«

Mathias trat direkt neben das Plakat und lächelte.

Es entstand ein Schweigen, während dem sie sich gegenseitig musterten.

»Fällt Ihnen nichts auf?«, fragte er schließlich ein wenig gereizt.

»Was soll uns denn auffallen?«

Gelangweilt ließ Bergit den Blick ihrer schräg stehenden, grünen Augen über ihn hinweggleiten.

»Stellen Sie keine Ähnlichkeit zwischen mir und dem Referenten fest?«

»Eigentlich nicht!«

Inzwischen war eine Gruppe mittelalterlicher Touristinnen herangetreten.

»Was ist denn los?«

Mathias lächelte süffisant.

»Sie erleben gerade eine Demonstration von ...«

»Von *Dichtung und Wahrheit*«, fiel ihm Bergit ins Wort.

In ihren Augen tanzte die Spottlust.

Mathias' Interesse an ihr steigerte sich um mehrere Grade.

Dichtung und Wahrheit. Goethe. Die Dame schien vom Fach zu sein. Zumindest beschränkte sich ihr Interesse an Karlsbad nicht auf den Kauf von billigen Tischdecken.

Auch Teresa hatte das Gefühl, diesen Satz schon einmal gehört zu haben. Sie war sich jedoch nicht sicher und zog es vor, zu schweigen.

Bergit dagegen blieb am Ball: »Ich hoffe, Ihr Vortrag war eher Wahrheit als Dichtung.«

Mathias lächelte.

»Unbedingt! Die Dichtung überlasse ich lieber dem

Meister.« Seine Stimmung hob sich. Es tat gut, geistreich zu sein und verstanden zu werden.

Überraschenderweise meldete sich jetzt die »Tante« zu Wort. Sie hatte einen inneren Dialog mit Cary geführt, der ihr riet, die Initiative zu ergreifen.

Lassen Sie die Gelegenheit nicht ungenutzt vorübergehen, wenn sie sich endlich zeigt. Kein Fisch geht zwei Mal an dieselbe Angel.

»Dürfte ich die Herrschaften vielleicht zu einem Aperitif einladen? Ich habe Lust auf einen Martini und möchte ihn nicht allein trinken«, preschte sie mit gepresster Stimme vor.

Mathias war überrascht.

Die »Tante« legte ein rasantes Tempo vor, die Dinge entwickelten sich wie von selbst.

Jetzt hieß es, die Gelegenheit beim Schopf zu packen.

Er setzte zum Sprung an.

»Tolle Idee. Gehen wir doch.«

Sie setzten sich in Bewegung.

Um jedem Zweifel zu entgehen, wer hier zu wem gehörte, hielt sich Mathias eng an Bergits Seite.

Teresa folgte ihnen ohne Hast. Alles hat seine Stunde, dachte sie. Für jedes Geschehen unter dem Himmel gibt es eine bestimmte Zeit.

Sie erinnerte sich nicht, wo sie diesen Satz gelesen hatte, aber ihre Zeit, das spürte sie deutlich, war da.

Das Krokodil, das so lange im Verborgenen gelegen hatte, hob den Kopf und registrierte ein Opfer. Es riss das Maul auf und zeigte die Zähne.

Aber Mathias Herrwinkel, seinerseits von einem plötzlich erwachten Jagdtrieb gepackt, bemerkte die Gefahr nicht. Arglos ging er an Bergits Seite die Treppe zur Bar hinunter. Sie landeten zu dritt an der Theke.

Im Spiegel hinter der Flaschenbatterie sah Mathias sein gerötetes Gesicht zwischen den Gesichtern der beiden Damen. So richtig behaglich fühlte er sich nicht.

Er war gewöhnt, die Menschen, die ihn umgaben, genau zu kennen und entsprechend zu behandeln, aber die beiden Damen, die er soeben eingefangen hatte, waren schwer einschätzbar.

Die eine hatte die Fünfzig flott überschritten, die andere war irgendwo zwischen dreißig und vierzig Jahren angesiedelt.

Tante und Nichte waren sie nicht. Sie gingen höflich distanziert miteinander um. Da sie sich siezten, handelte es sich sicher um eine Zufallsbekanntschaft.

Beherzt orderte Teresa drei Martinis. Man stärkte sich mit einem ersten Schluck. Dann war man konversationsbereit.

»Sie sind zum ersten Mal in Karlsbad?«, leitete Mathias die Unterhaltung ein, wartete die Antwort aber nicht ab, sondern kam gleich zum nächsten Punkt: »Und in welchem Hotel abgestiegen?«

Jetzt will er nicht nur die Hotelkategorie, sondern auch die Kategorie der Damen testen, die er eingefangen hat, dachte Bergit, drei Sterne, vier Sterne oder Luxus.

»Wir wohnen im Hotel Thomayer«, antwortete Teresa an ihrer Stelle. Der Eifer in ihrer Stimme verriet, wie sehr sie die Situation genoss.

»Wo?«

»Im Hotel Thomayer. Es ist nicht sehr luxuriös, dafür preiswert und stadtnah. Das Frühstück ist mäßig, aber niemand hat etwas dagegen, wenn man aus eigenen Beständen ...«

»Ich habe kein anderes Hotel bekommen können«, wurde sie von Bergit unterbrochen. »Karlsbad ist zurzeit ausgebucht.«

Die eine ist naiv, die andere will den Notstand nicht zugeben, dachte Mathias. Schlecht betucht sind sie beide. Wahrscheinlich war dies der Grund für die Verbindung.

Ob sich die Dame mit den wilden Locken auch sonst noch in einem Notstand befand, musste allerdings bezweifelt werden. Eine zufällige Berührung mit dem Knie hatte sie eindeutig abgewehrt und eine persönliche Frage, die Interesse signalisiert hätte, bis jetzt nicht gestellt.

»Waren Sie schon einmal in Karlsbad?«, fragte an ihrer Stelle Teresa.

»Einige Male.«

Ein unbehagliches Schweigen entstand. Die mit Mühe in Gang gebrachte Konversation drohte zu versiegen.

In Gedanken blätterte Teresa in Carys Ratgeber nach weiteren Tipps für geglückte Begegnungen.

Zeigen Sie Interesse.

»Und wo wohnen Sie?«, forschte sie nach.

»Im Imperial.«

»Das ist ein sehr schönes Hotel.« Teresas goldene Augen nagelten ihn fest. »Der Blick über die Stadt ist sicher unvergleichlich.

»Das ist er.«

»Aber nicht ganz billig. Ich finde, zwischen dem Thomayer und dem Imperial müsste es noch eine Zwischenkategorie geben, etwas für …«

Aber Mathias unterbrach das Gespräch über die verschiedenen Hotelkategorien der Stadt. Genug des Geplänkels. Er war nur wenige Tage hier und musste vorankommen.

Er wandte sich direkt an Bergit. »Und Sie sind als Kurgast hier?«

»Nein, beruflich.«

Eine interessante, wenn auch nicht ganz zufrieden stellende Antwort.

Mathias wagte einen weiteren Vorstoß. »Und welchen Beruf üben Sie aus?«

Anstelle einer Antwort schenkte Bergit ihm schweigend einen Blick.

»Vielleicht sind Sie ja hauptsächlich wegen der böhmischen Glaswaren hier«, versuchte er zu scherzen.

»Die interessieren mich weniger.«

Mathias nickte andeutungsweise. Bergit mochte ihren Beruf nicht nennen, vielleicht etwas Anspruchsvolles, sicher schlecht Bezahltes.

Die Damen waren es nicht gewöhnt, große Sprünge

zu machen. Ein kostenloser Vortrag war gerade noch drin, hinterher ein Schlückchen aus der Minibar, falls das Hotel, in dem sie untergekrochen waren, überhaupt über einen solchen Luxus verfügte. Wahrscheinlicher war der abendliche Trunk »aus eigenen Beständen«!

Anstelle von Bergit antwortete Teresa.

»Meine Freundin ist Literaturwissenschaftlerin«, rückte sie das Bild gerade.

»Zurzeit arbeitet sie an einer Biografie über ...«

Der Name war ihr entfallen, aber sie bekam elegant die Kurve. »Sie war Goethes letzte Leidenschaft. Unerfüllt!«, fügte sie viel sagend hinzu.

»Für ihn oder für sie?«

»Für ihn! Meine Freundin wird ein Buch über die Romanze schreiben. Wir sind hier, um zu recherchieren.«

Bergit fühlte, wie ihr der Ärger den Rücken hinaufkroch.

Ähnlich wie Mathias Herrwinkel hatte sie die Dinge gerne im Griff. Sie es war gewöhnt, das Spiel zu leiten und zu gewinnen. Aber ihre Tischnachbarin, die sich unvermutet in den Rang einer guten Freundin erhoben hatte, stellte die Regeln auf den Kopf. Dieses ungeschickte, aber sehr energische Vorpreschen, die jähe Machtübernahme und die feindliche Übernahme des Gesprächs waren einfach unverschämt.

Diese Teresa Specht war aus einer Art Dornröschenschlaf erwacht und richtete Unheil an. Unglaublich, wie sie sich ihrer erfolgreichen »Freundin« bediente.

Wir recherchieren! Lächerlich.

Unerwartet rasch leitete Bergit die Verabschiedung ein.

Sie reichte Mathias die Hand.

»Es war nett, Sie kennen gelernt zu haben. Mein Name ist übrigens Laustroem.«

»Aus dem hohen Norden?«

»Schweden. In zweiter Generation in Hamburg ansässig. Zurzeit wohnhaft in Berlin.«

Sie wandte sich zum Gehen. »Vielleicht trifft man sich einmal wieder.«

Der unerwartete Aufbruch hatte Teresa einen Schock versetzt. Zwar ergab sich die unverhoffte Gelegenheit, mit Mathias allein zu sein, aber sie war darauf nicht vorbereitet. Was, wenn der Abend mit der Frage endete, ob sie sein Zimmer sehen wolle? Sie hatte den seidenen Unterrock für diesen Augenblick gekauft, aber natürlich hatte sie ihn jetzt nicht an.

Zum ersten Mal verfluchte sie ihren Hang zur Sparsamkeit und den Zwang, die Dinge so lange zu schonen, bis sie nutzlos geworden waren.

In ihre Überlegung drängte sich das Bild ihrer Unterwäsche. Weißgerippte Baumwolle. Vom vielen Tragen bereits ein bisschen ausgeleiert. Hautfarbener Büstenhalter, auch nicht mehr auf dem letzten Stand. Der linke Träger per Hand mehrfach genäht.

Nein!

Sie rutschte von ihrem Hocker und hastete hinter Bergit her. An der Tür fiel ihr noch etwas ein.

»Ich heiße übrigens Teresa Specht«, rief sie Mathias zu.

»Wir sehen uns bestimmt wieder.«

»Vielleicht«, antwortete er.

9

Es gibt ein Geheimnis des Herzens, von dem der Verstand nichts weiß.

Die Umgebung ist wichtig.

In einem anderen Klima tragen sich Dinge zu, die zu Hause niemals geschehen würden. Es stimmt nicht, dass Menschen Kontinente wechseln und dieselben bleiben, die sie zu Hause sind. Mit der Umgebung wechseln sie die Ausstrahlung, die Gesinnung und die Bedürfnisse. Vieles kann von der Jahreszeit abhängen, dem Wetter, ob sie sich am Tag treffen oder in der Nacht. Und ob sie im Vorübergehen in einem anderen Menschen das Quäntchen Übereinstimmung spüren, auf das es ankommt.

Für Mathias hatte sich die Welt gewandelt, als er am Morgen des vierzehnten Mai an dem antiken Schreibtisch seiner Suite Platz nahm, eine Briefkarte mit dem Hotelaufdruck des Hotel Imperial zur Hand nahm und schrieb:

Es war für mich ein schönes Erlebnis, Sie kennen gelernt zu haben. Deshalb möchte ich Sie beide heute

Abend ins Hotel Pupp einladen. Machen Sie mir die Freude, zu kommen? Ich werde Sie gegen acht Uhr im Foyer erwarten.

Ihr Mathias Herrwinkel

Beschwingt, wie in seinen besten Jahren eilte er wenig später in die Stadt hinunter.

Es war ein schöner Morgen, ein Morgen wie »Himmelsblau und Vogelsang«.

Mit Freude stellte er fest, dass der bereits verschollen geglaubte Lyriker in ihm erwacht war.

An einem Karren erstand er einen Strauß Rosen und eilte weiter. Mit dem Eintritt ins Hotel Thomayer war der Zauber jedoch jäh unterbrochen.

Im Foyer erwarteten ihn zerrissenes Linoleum und fleckige Wände. Unter der schönen Stuckdecke, unter der einst der Schah von Persien lustwandelte, baumelte einsam eine trübe Lampe.

Die Dame an der Rezeption saß gelangweilt herum und warf ihm einen mürrischen Blick zu. Mathias investierte ein betont höfliches Lächeln. »Ich möchte etwas abgeben.«

Er deponierte Strauß und Karte auf dem Tresen.

Die Dame rührte sich nicht.

»Wenn Sie die Blumen vielleicht an Frau Laustroem weitergeben würden …« Und beinahe demütig fügte er hinzu: »Sie ist Gast Ihres Hauses.«

In den abweisenden Blick hinein zückte er einen Geldschein.

»Bitte!« Er lächelte so charmant wie möglich. »Es ist wichtig.«

Geschmeidig ließ die Dame die Banknote in ihrer Kitteltasche verschwinden.

»Zimmer vierundvierzig«, sagte sie dann.

»Widerliche Zicke«, wütete Mathias vor sich hin, als er die Treppen in den vierten Stock hinaufkeuchte.

Dann hatte er einen Einfall, der seine Laune augenblicklich hob. Er kritzelte einige Zeilen auf seinen Notizblock und versteckte die Nachricht tief in den Blüten.

Lächelnd legte er den Strauß vor Bergits Zimmertür.

Beschwingt federte er die Treppe wieder hinunter. Er hatte das Gefühl, seine Sache gut gemacht zu haben. Besser hätte es Kaiser auch nicht deichseln können.

Aber auf der Straße kehrte die üble Laune zurück.

Einundzwanzigstes Jahrhundert. Karlsbad. International, aber kaum Möglichkeit, eine Nachricht zu hinterlassen. Kein Service, kein Telefon. Mürrisches Personal und zwei bitterarme Mädchen, die …

Gerade noch rechtzeitig pfiff er seine ausufernde Fantasie zurück. Das brachliegende schriftstellerische Talent galoppierte wieder einmal zügellos davon.

Seine strahlende Laune hatte sich getrübt. Himmelblau und Vogelsang grüßten von ferne.

Er ließ das perfekt restaurierte Karlsbad der Touristen hinter sich und wandte sich dem Geschäftsviertel zu. Hier wurde Karlsbad zu Karlovy Vary. Die Brieftasche sicher in Herznähe geborgen, strich er an den Hauseingängen vorbei, in denen Billigwaren und böhmisches Glas zu reduzierten Preisen feilgeboten wurden.

Zwei wenig Vertrauen erweckende junge Männer hielten sich penetrant in seiner Nähe.

»Vorsicht!«, zischte ihm ein entgegenkommender Tourist zu, »Sie werden verfolgt.«

Pro forma blieb er an einer Metzgerei stehen und starrte angeekelt auf die Auslage.

Sie zeigte die Nachbildungen von Hühnerbrüsten und Blutwürsten. Von der Sonne gebleicht, mit staubigen Efeuranken garniert, lagerten sie auf vergilbten Tortendeckchen. Besonders widerlich wirkten die Senfkleckse – wie Vogelschiss auf einem Essteller. Er warf einen schrägen Blick über die Schulter, die Verfolger hatten aufgegeben und waren weitergegangen.

Er wandte sich um und strebte zurück. Vertrauen erweckend empfing ihn die gewohnte Szenerie. Von seinem grünen Hügel grüßte das Imperial. Heimat …

Bergit stolperte über den Blumenstrauß, als sie ihr Zimmer verließ.

Sie öffnete das beiliegende Kuvert und überflog die wenigen Zeilen

»Es war sehr schön, Sie kennen gelernt zu haben …«

Der Anblick des Absenders, *Mathias Herrwinkel, z. Zt. Hotel Imperial*, erzeugte in ihr ein eher ablehnendes Gefühl.

Wenn sie an einem Buch arbeitete und sich zu diesem Zweck an einem historischen Ort aufhielt, fürchtete sie jede Art ablenkender Bekanntschaft. Überdies war das geistlose Geplänkel des gestrigen Nachmittags nicht dazu angetan, Lust auf eine Wiederholung aufkommen zu lassen. Auch das ausladende Blumenbouquet war eher eine Last. Sollte sie das mürrische Personal per Kniefall um eine Vase bitten oder dem langsamen Verenden der Blumen zusehen?

Nach kurzem Zögern meisterte sie das Problem auf ihre Weise:

Sie deponierte Strauß und Karte vor Teresas Zimmertür.

Frau Specht würde sich freuen.

Auch für Teresa hatte sich die Welt gewandelt, als sie am Morgen ihres zweiundfünfzigsten Geburtstags die Seide des neuen Unterrocks auf der Haut spürte und beim Verlassen ihres Zimmers von einem überdimensionalen Blumenstrauß empfangen wurde.

Im Zimmer erlebte sie die zweite Überraschung.

Als sie die Blütenstängel auseinander bog, flatterte ihr schmetterlingsgleich ein Zettelchen vor die Füße.

»Wird sich eine Gelegenheit ergeben, sich einmal zu zweit zu treffen? In der Hoffnung auf mehr Wahrheit als Dichtung …«

In Teresas Busen erhoben sich gleich mehrere Gesänge:

Wunder gibt es immer wieder …

Rosenduft und Lerchensang …

Exsultate, jubilate …

Ihr Blick fiel auf Carys Buch, das auf dem Nachtkonsölchen lag.

Sie zwinkerte ihm zu.

Er zwinkerte zurück.

»Wer an Wunder glaubt, wird Wunder ernten.«

Das Wunder war da!

Teresa verließ das Zimmer, betrat den Gang und sah sich um. Wie gerufen kam ihr ein Zimmermädchen entgegen.

Teresa zeigte auf den Strauß und formte das Wort »Vase«.

Das Mädchen verstand und lächelte.

»Serr schön, sicherr von reiches Mann.«

»Von Professor Herrwinkel«, teilte ihr Teresa mit wichtiger Stimme mit. »Hotel Imperial.«

Das Mädchen legte den Kopf schief und blinzelte sie an. »Imperial schönes Hotel«, flüsterte sie, als ob sie ein Geheimnis verriete. »Nix wie hier. Hierr nix gutt.«

Sie machte eine Pause und fügte hinzu: »Du reiches Mann heiraten, dann auch Imperial.«

Teresa nickte so heftig mit dem Kopf, dass ihr Rückenwirbel knackte.

»Ja, ich reiches Mann heiraten. Bald!«

Das Mädchen nickte ihr zu. »Ich holen Vase.«

Sie lächelte und verschwand.

Die versprochene Vase wurde nie gebracht.

Glück verleiht Flügel.

Teresa schwebte zehn Zentimeter über der Erde, als sie die Promenade entlangeilte. Der seidene Unterrock umschmeichelte ihre Beine wie ein Geheimnis.

Es war wie gestern und doch ganz anders.

Ihr Weg hatte auf einmal ein Ziel, und sie war nicht mehr allein.

In ihrer Fantasie begleitete Mathias sie ins Grandhotel Pupp, wo sie gemeinsam Kaffee tranken, um anschließend Seite an Seite durch die Anlagen zu wandern. Sie erzählte ihm von sämtlichen Urlaubsreisen, die sie je im Leben gemacht hatte, und er lauschte ihren Worten und schlug vor, all diese Orte noch einmal zusammen aufzusuchen.

Die erste gemeinsame Reise würde sie natürlich nach Karlsbad führen, den Ort, an dem ihr Glück seinen Anfang genommen hatte. Von ihrem Spaziergang zurückgekehrt, kauften sie schließlich eine Vase aus böhmischem Glas.

»Diese Vase wird stets mit roten Rosen gefüllt sein«, versprach er ihr, ehe er sie zum ersten Mal küsste.

An dieser Stelle hatte es einen Filmriss gegeben.

Der seidene Unterrock war nicht durch die Luft gewirbelt. Er blieb unter Rock und Bluse verborgen.

Zur gleichen Zeit spazierte Mathias durch den Wald zum Café Hirschsprung. Auch ihn begleitete ein süßes Gefühl.

Die unerwiderte Liebe zu Evelyn hatte sich mit der

Hoffnung auf Bergit vereint, beide Frauen verschmolzen zu ein und derselben Person.

Es verband sie die Gemeinsamkeit des künstlerischen Schaffens bei geringem Erfolg und geringem Einkommen, das tapfere Ausharren auf verlorenem Posten und das Warten auf einen Mäzen, der den Notstand erkennen und beseitigen würde: das Warten auf Mathias Herrwinkel.

Während er zügig ausschritt, bastelte sich Mathias das Bild zurecht, an dem sich seine Sehnsucht entlanghangeln konnte.

Das Bild einer Künstlerehe.

Vage war ihm bewusst, dass er Tagträumen nachhing und seine Überlegungen keinerlei realen Hintergrund hatten, eine Erkenntnis, die er energisch zur Seite fegte, denn, verdammt noch mal, er brauchte endlich ein Erfolgserlebnis.

Der jahrelangen Schufterei musste nachträglich ein Sinn verliehen werden, und dieser Sinn konnte nicht allein darin bestehen, in einem Luxushotel einen Einzeltisch zu belegen und Fünf-Gänge-Menüs hinunterzuwürgen.

Sein Leben, stellte er fest, brauchte eine »andere Seite«, eine heimliche Flamme, die ihm Kraft verlieh, wenn Kaiser das bewusste Grinsen aufsetzte und Fotos seiner langbeinigen Reisebegleiterin über den Tisch fächerte.

»Sehr zu empfehlen, Herr Kollege. Es tut gut und schadet niemandem.«

Wie aber konnte er diese andere Seite des Lebens gestalten? Als er vor dem Goethe-Denkmal stand und an die Romanze zwischen dem Dichter und Ulrike von Levetzow dachte (»Es gibt ein Geheimnis des Herzens, von dem der Verstand nichts weiß«, hatte Goethe zu dieser Passion vermerkt), stellte er sich die Erweiterung seines Lebens vor.

Auf der einen Seite die gewohnte Kulisse: Lisa und die Kinder, Sicherheit und Ruhe, auf der anderen Seite Bergit Laustroem: Jugend, Attraktivität und Intellekt.

Cordhose und Kaschmirschal traten aus der Versenkung ans Tageslicht. So zukunftsfroh hatten die Schalenden noch nie geflattert.

Außerdem bot sich Bergit als fachkundige Reisebegleiterin an. Ihre erste gemeinsame Reise würde sie natürlich nach Karlsbad führen, an den Ort ihrer ersten Begegnung.

In der Realität hatte Bergit Laustroem nicht mit einem ihr unbekannten Historiker sinnlos verliebte Runden durch die Karlsbader Anlagen gedreht, sondern den Nachmittag in Gedanken an Ulrike von Levetzow in Elbogen verbracht.

Es war der 28. August des Jahres 1823. Man feierte Goethes vierundsiebzigsten Geburtstag, scherzte, lachte und war bester Stimmung. Der kürzlich abgelehnte Heiratsantrag wurde mit keinem Wort erwähnt.

In Begleitung Ulrikes, ihrer Schwestern und der Mutter Amalie schlenderte Bergit am Flussufer entlang und erinnerte sich genüsslich der melancholischen Stimmung, die die Zurückweisung in Goethe erzeugt hatte.

Die Achtzehnjährige hatte ihr Leben nicht mit dem über Siebzigjährigen verbinden mögen, nichtsdestotrotz hatte sie auch keinen der anderen dreizehn Bewerber erhört.

Auf Schloss Trieblitz in Nordböhmen lebend, erreichte sie ein ansehnliches Alter, spielte Bridge, legte Patiencen, verwöhnte ihre Schoßhunde, sammelte Kupferstiche und suchte nach seltenen Pflanzen für ihre Herbarien.

Dreizehn Dienstboten kümmerten sich allein um ihre Belange.

Bergit schmunzelte vor sich hin.

Kein schlechtes Leben, alles in allem betrachtet.

Ihr gefiel diese Ulrike.

Karlsbad dagegen ging ihr inzwischen auf die Nerven.

Die ewig gleiche Promenade, das Hotel Thomayer, das mürrische Personal und die Frühstücksgespräche mit Teresa Specht boten nicht genug Abwechslung, wenn sie ihre Recherchen beendet hatte.

Den heutigen Abend würde sie noch hinter sich bringen (mit Herrn Herrwinkel und Frau Specht zu Abend zu essen war so gut und so schlecht wie alles andere), aber gleich morgen früh würde sie die Rechnung begleichen und die Heimreise antreten.

Am morgigen Abend würde der Staub der Jahrhunderte der heimischen Dusche zum Opfer fallen. Und dann ging's unverzüglich in die Gegenwart zurück.

Und die hieß nicht Karlsbad und Goethe, sondern Berlin und Benedikt.

10

Und was glaubt man nicht, wenn man liebt.

Hinter einer Blattpflanze halb verborgen, wartete Mathias Herrwinkel im Foyer des Grandhotel auf Bergit Laustroem. Unruhig rutschte er in seinem Sessel hin und her und suchte eine passende Position für den Rücken, der höllisch schmerzte. Er hatte sich heute Mittag unbekleidet dem fahlen Licht ausgesetzt, das durch die Fenster in sein Zimmer flutete, und war ziemlich entsetzt gewesen.

Geschützt durch den tadellosen Sitz seiner maßgeschneiderten Jacken, war er sich zu Hause recht passabel vorgekommen, aber jetzt …

Weiß wie ein Riesenengerling hatte er vor dem Spiegel gestanden und versucht, sich mit Bergit Laustroems Augen zu sehen.

Der Spott in diesen Augen hatte ihn den ganzen Tag über verfolgt, und als direkte Folge davon war er in einer Kabine des Sonnenstudios gelandet.

Einige Stunden später glich er einem Riesenengerling, der zu lange in der Sonne gelegen hatte, und der Spott in Bergit Laustroems Augen hatte noch heller aufgeblitzt als vorher.

Es schien unumgänglich, nicht nur das Liebes- und Balzprogramm von Kaiser zu übernehmen, sondern auch das Trimm-dich-Programm und die Diäten.

Jeden Morgen vor dem Frühstück eine halbe Stunde joggen.

Anschließend Tee und Müsli.

Seine Laune sank, wenn er nur daran dachte.

Der Preis für die langbeinige Reisebegleiterin, die es zu erobern galt, erschien ihm unüberwindlich hoch.

Punkt acht Uhr öffnete sich die Tür, und Teresa erschien. Auch sie hatte in einen Aufenthalt im Sonnenstudio investiert, wie der Hals verriet, der krebsrot aus dem Rüschenkragen ihrer Bluse herausragte.

Auch sonst hatte sie den Nachmittag der Schönheit gewidmet: die Haare unter den Achseln entfernt, die Hornhaut an den Fersen abgehobelt, die Nägel geschnitten und je einen Tropfen des teuren Parfüms, das sie seit Jahren aufbewahrt und niemals benutzt hatte, hinter jedes Ohr getupft.

Zu der Bluse mit dem Rüschenkragen trug sie den Rock, den sie im letzten Sommer gekauft und bisher nicht ein einziges Mal getragen hatte, und offene Riemchensandaletten, deren eine auf das Hühnerauge drückte.

Teresa hatte lange überlegt, ob sie des kühlen Wetters wegen eine Strumpfhose anziehen sollte, aber das Ausziehen derselben entbehrte jeglichen erotischen Reizes, und so hatte sie es lieber gelassen.

Ehe sie fortging, hatte sie ihr Zimmer penibel aufgeräumt und die Bettdecke einladend zurückgeschlagen. Im Waschbecken lag ein Pikkolo, liebkost von einem kühlenden Wasserstrahl.

Obwohl Teresa davon ausging, dass nicht sie, sondern Mathias die Schicksalsfrage nach der Zimmerbesichtigung stellen werde, wollte sie für alle Fälle gerüstet sein.

Vorsicht walten lassen, Risiken ausschalten. Das Schicksal nicht allzu sehr herausfordern.

In der Mitte des Foyers blieb sie stehen und sah sich um.

Verborgen hinter der Blattpflanze hatte Mathias Gelegenheit, sie in Ruhe zu betrachten und gleichzeitig die Enttäuschung zu verarbeiten, dass Bergit Laustroem seine Sehnsucht auf ein Treffen zu zweit offenbar nicht teilte.

Es war zu befürchten, dass sie die Einladung einfach an Teresa weitergegeben hatte und gemütlich in ihrem Hotel sitzen würde, und er hatte Frau Specht am Hals.

Zuzutrauen wäre es ihr.

Aber auch Teresa schien nicht so harmlos zu sein, wie es bei der ersten Kontaktaufnahme ausgesehen hatte.

So wie sie da stand, strahlte sie eine Energie aus, mit der zu rechnen war. Plötzlich fröstelte ihn, und er zog sich tiefer in seinen Winkel zurück.

Teresa hatte gerade in einem der Sessel Platz genommen und die Augen auf die Eingangstür gerichtet, als Bergit Laustroem die Szene betrat.

Sie hatte ein perfektes Make-up aufgelegt und das krause Haar straff aus dem Gesicht gekämmt. Die wilde Pracht war im Nacken zu einem Knoten zusammengebunden.

Zu einem schwarzen Etuikleid trug sie fersenfreie Stilettos. Mit der ihr eigenen Selbstsicherheit kam sie auf Teresa zu. Diese schluckte die Enttäuschung, Bergit an Mathias' Stelle zur Tür hereinkommen zu sehen, hinunter. Sie versuchte, den überraschenden Auftritt mit der Kühle ihres Verstandes zu analysieren.

Wahrscheinlich war Bergit dem Historiker heute Nachmittag über den Weg gelaufen, und er hatte gar nicht anders gekonnt, als sie ebenfalls einzuladen.

Irgendwie schien die Erklärung verwackelt, aber Teresa konnte es sich nicht leisten, das Bild schärfer einzustellen.

Sie wurde heute zweiundfünfzig Jahre alt, und das Schicksal hatte ein Geschenk für sie parat, auf das sie seit mehr als dreißig Jahren wartete. Niemand, auch Bergit Laustroem nicht, würde es ihr wegnehmen.

Ohne von Teresas Anwesenheit im Geringsten überrascht zu sein, setzte Bergit sich neben sie.

»Da wollen wir uns noch einmal einen schönen Abend gönnen«, sagte sie mit diesem typischen ironischen Unterton, bei dem man nie wusste, wie die Worte gemeint waren.

»Auch unser Urahn Goethe liebte ja die geselligen Tischrunden.« Mathias Herrwinkel rückte ein wenig vor.

Vielleicht gelang es ihm, ein paar Worte, seine Person betreffend, zu erhaschen.

Es war so wichtig zu wissen, was Bergit Laustroem von ihm dachte. Der Vorsprung würde dem Abend eine gewisse Wendung geben oder ihn vor einer Blamage schützen.

Aber die Gesprächsfetzen, die ihn erreichten, drehten sich um banale Dinge.

»... heute Nachmittag am Sprudel ...«

»... Recherche beendet ...«

Mathias' Blick glitt an Teresas gerötetem Nacken vorbei zu Bergits lachendem Mund.

»... mit dem Zehn-Uhr-Zug ...«

Morgen früh reiste sie ab.

Innerlich spürte er ein ungewohntes Kribbeln: die berühmten Schmetterlinge im Bauch.

Also – heute Nacht oder nie.

Er erhob sich aus seinem Sessel und schloss automatisch den mittleren Jackenknopf.

Durch den Hinterausgang verließ er unbemerkt das Hotel, um kurz darauf als strahlender Held das Foyer zu betreten.

Er hob die Arme wie ein Popsänger, der seine Fans begrüßt.

»Meine Damen ...«

Der Auftritt war makellos.

Selbst Kaiser hätte nichts auszusetzen gehabt.

»Wenn ich Sie in den Saal begleiten dürfte ...«

»Haben Sie vorbestellt?«

Im großen Saal mit der Cocktailbar und den Spiegeln an den Wänden befand sich ein üppig bestücktes Büfett neben einer Reihe weiß gedeckter Tische.

Der Kellner dienerte.

»Unsere russischen Gäste feiern heute ein Fest. Sie können aber gerne an einem der freien Tische Platz nehmen und sich am Büfett bedienen. Bitte sehr.«

Dienstbeflissen rückte er die Stühle zurecht.

Anders als im Kurhaus Thomayer, war das Personal im Grandhotel Pupp von ausgesuchter Höflichkeit.

»Danke.«

Sie nahmen Platz und schwiegen.

Mathias konstruierte gerade einen geistreichen Satz, der die Unterhaltung eröffnen sollte, als ihm Bergit Laustroem zuvorkam.

»Was mich interessieren würde«, sagte sie und lächelte harmlos, »sind Sie eigentlich allein stehend?«

Teresa rückte vor. Bergit Laustroem hatte die Schicksalsfrage gestellt.

Mathias lächelte maliziös.

»Sie meinen allein liegend«, stellte er fest. »Die Frage kann ich so eindeutig nicht beantworten. Sagen wir: meistens.«

»Also ein einsamer Wolf«, preschte Teresa vor.

»So könnte man sagen.«

Mathias' Blick wanderte von Bergit Laustroem zu Teresa Specht. Ihre goldgesprenkelten Augen saugten sich an ihm fest.

Mit Mühe riss er den Blick los. Seine Augen wanderten zurück zu Bergit.

Dort erwartete ihn der bekannte Spottvogel.

»Sie erhoffen sich also, wie die meisten Touristen, ein kleines Abenteuer!«

Mathias und Teresa kämpften bei diesen unverblümten Worten mit dem Erschrecken. Beide fühlten sich bis auf den Grund ihrer Seele ertappt.

Mathias hüstelte und rettete sich auf harmloses Terrain.

»Aber bestellen wir doch zunächst einmal eine Flasche Wein.« Um Zeit zu gewinnen, suchten seine Blicke nach dem Kellner.

Wie wäre Kaiser mit der Situation umgegangen?

Er hätte sich über den Tisch gebeugt, Bergits Hände in die seinen genommen und ihr einen tiefen Blick geschenkt.

»Warum, Gnädigste, glauben Sie, bin ich hier?«

Oder so ähnlich!

Der Wein wurde bestellt und gebracht. Eilig hatte ein Hilfskellner die Flasche auf den Tisch gestellt.

Mathias erhob sich.

»Gehen wir doch zunächst einmal zum Büfett.«

»Stärkung für einen sportlichen Abend?«

Einen Teller, auf dem sie zierlich ein Kleckschen Geflügelsalat und einige Salatblätter arrangiert hatte, in der Hand, trat Bergit an seine Seite. Sie nahm einen Löffel, sah zu ihm auf und fragte: »Was darf ich Ihnen geben?«

Mathias' abgekühltes Herz erwärmte sich. Bergits Worte klangen vertraut, nach Heimat.

Vor seinem inneren Auge erschien Lisas Bild.

»Eine Scheibe Roastbeef vielleicht? Und ein wenig Remoulade?«

Langsam schritten sie das Büfett ab.

In Höhe »Braten und Geflügel« hielt Bergit an.

Leicht berührte ihr Arm den seinen.

»Ein Hühnerbrüstchen?«

Entsetzt wehrte er ab.

»Nein, danke!«

Mathias' Appetit hatte sich verflüchtigt.

Angewidert ruhte sein Blick auf der Platte mit den Geflügelteilen. Fettiggelb, auf Tortendeckchen aufbewahrt, erinnerten sie zu sehr an die Metzgereiauslage, die er bei seinem Spaziergang durch das Geschäftsviertel von Karlovy Vary gesehen hatte.

»Ich nehme lieber ein wenig Käse«, sagte er.

Um sie herum war die Russenparty heftig in Gang gekommen. Ihrem Tisch gegenüber hatte sich eine lärmend-fröhliche Gesellschaft niedergelassen.

Wanja im weißen Smoking, Natascha im langen, paillettengeschmückten Abendkleid. Auf dem ausladenden Dekolleté lagerten Brillanten.

Aus mitgebrachten Plastiktüten holten sie diverse Flaschen mit Krimsekt und ließen die Korken knallen. Schwitzend entkorkte Wanja mehrere Flaschen Rotwein.

Den Tisch hatte die Gesellschaft mit Scherzartikeln geschmückt: Plastikclowns schlugen die Trommeln, Hunde aus Pappmaché wackelten hysterisch mit den Schwänzen, Gläser hüpften auf und nieder, was bei der Tischgesellschaft brüllendes Gelächter hervorrief. Die Brillanten auf Nataschas Busen sprühten Funken.

Am Tisch der Deutschen ging es ruhiger zu. Man konnte nicht in Stimmung kommen, da die Hilfskellner zwar eifrig neue Flaschen brachten, diese aber nicht öffneten.

Sehnsuchtsvoll hingen die Blicke an den bereits geleerten Flaschen der Russen, zu denen sich, aus unergründlichen Tiefen hervorgezaubert, immer neue gesellten.

Mathias' Augen hingen besonders sehnsuchtsvoll an der Flasche. Er musste an den Inhalt herankommen, um hier nicht weiter als Depp herumzusitzen, als Depp, der zusätzlich heftig zu schwitzen begann.

Diskret lockerte er die Krawatte.

Der Zungenfertigkeit Bergit Laustroems konnte er, stocknüchtern, wie er war, nicht Paroli bieten.

In seiner Verzweiflung wandte er sich einer weniger aufwendigen Gesprächspartnerin zu.

Er schenkte Teresa ein Lächeln.

»Und was machen Sie – ich meine, beruflich?«, fragte er.

»Ich gehe ins Büro.«

Das klang rührend bescheiden.

»Seit fünfunddreißig Jahren schon. Der Job ist nicht sehr anspruchsvoll.«

Die Stimme wurde noch kleiner. »Natürlich sehne ich mich nach einem anderen Betätigungsfeld.«

Den letzten Satz, mit einem tiefen Blick in seine Augen, nur noch geflüstert.

Jetzt würde er spüren, welche Rolle sie anstelle des ungeliebten Bürojobs eigentlich anstrebte: die Rolle der Frau an seiner Seite …

Mathias merkte nichts. Zufrieden entnahm er den Worten, dass ein Mäzen gewünscht wurde.

Und schon fühlte er wieder festen Boden unter den Füßen.

»Machen Sie sich doch selbstständig. Ein Schreibbüro oder ein Copyshop.«

Dieser Satz traf Teresas Hoffnung nur unvollkommen, aber hier, vor Bergit Laustroem, konnte er sein Anliegen natürlich nicht so detailliert unterbreiten, wie es wünschenswert gewesen wäre. Dennoch: Seine gesamte Aufmerksamkeit gehörte jetzt ihr.

»Ein Schreibbüro? Ich glaube nicht, dass ich so etwas führen könnte.«

»Aber ich bitte Sie, eine Frau von Ihrem Format.«

Er lächelte sie aufmunternd an.

»Ich bin sicher, dass Sie auch Ihre Bürostelle herunterspielen. Sicher ist Ihr Posten wichtiger, als Sie zugeben mögen.«

Vor Teresas innerem Auge erschien Chris, die einstige Kollegin, die Bernhard Schlüter aus der Verwaltung geheiratet hatte. Deren Wechsel vom Büro- zum Eheleben hatte Teresa die einzige Beförderung ihres Lebens zu verdanken.

»Natürlich leite ich das Büro selbstständig.«

»Dann wären Sie doch bestens geeignet, ein eigenes Geschäft zu führen. Wenn Sie möchten, helfe ich Ihnen ein wenig. Hier ist meine Karte.«

Die Karte mit dem respektablen Titel wanderte über den Tisch. Mathias schielte zu Bergit hinüber.

Mit großen Augen schaute sie ihn an.

Um sie herum tobte die Russenparty.

Alle Beteiligten erfreuten sich inzwischen bester Stimmung. Wanja hatte den weißen Smoking mit Krimsekt bekleckert, Natascha goss Ströme von Parfüm auf das erhitzte Dekolleté.

Mit einiger Mühe löste Mathias den Blick von der weißen Busenlandschaft der Russin und schlug mit der flachen Hand auf den Tisch.

»Jetzt möchte ich aber endlich etwas trinken.«

Neidisch betrachtete er den Tisch der Russen, deren soeben noch mit höhnischen Blicken bedachte Selbstversorgung einiges bewirkt hatte.

Wanja war, was Kommunikation und Lachlust anging, um einiges weiter als seine trockengelegten Nachbarn.

Mathias holte den Blick zurück zu den eigenen Damen, die unfroh dasaßen.

Bergit stocherte in ihrem Geflügelsalat, Teresa blickte konzentriert nach innen.

Ihre Stunde war gekommen!

Professor Herrwinkel hatte sie gelobt. Er traute ihr einiges zu. Sie war eine Frau von Format.

Teresa zögerte noch eine Minute, dann packte sie zwei Weinflaschen und erhob sich. Mutig durchquerte sie den Saal. Wie Nadelstiche spürte sie die Blicke in ihrem Rücken.

Ihr war bewusst, dass sie durch eine Löwengrube ging, aber für Mathias Herrwinkel wäre sie auch durch die Hölle gegangen.

Sie blieb vor dem Russentisch stehen, schlug die Weinflaschen gegeneinander und lächelte Wanja gewinnend an.

Der verstand …

Sein Lachen dröhnte durch den Saal.

Die Schwänze der Pappmaché-Hündchen gerieten in zitternde Erregung, die Clowns schlugen die Trommeln, die Gläser hüpften auf und nieder.

Alle schrien vor Lachen.

Die Musiker hoben die Geigen und eröffneten mit einer feurigen Polka den Tanz. Wanja packte Teresa und wirbelte sie über das Parkett. Wie schön es ist, wenn die Sinne schwinden. Wanja drückte Teresa gegen seine Brust. Die Brust roch betörend nach Krimsekt, und Teresa hatte das Gefühl, dass das eigentliche Leben seit Jahren woanders stattfand.

Weit ab von ihrem Büro mit den selbst gezüchteten Apfelsinenbäumchen und dem Blick auf einen Kindergarten. Im Wirbel der Drehungen erschien sekundenlang Mathias' Gesicht. Und andere Gesichter – und wieder Mathias' – und andere Gesichter – und wieder Mathias' …

Halb bewusstlos sank sie schließlich auf ihren Stuhl. Irgendjemand am Russentisch hatte inzwischen die Flaschen geöffnet und zusammen mit einer Flasche Krimsekt aus eigenen Beständen an Herrwinkels Tisch getragen.

Trink, Brüderchen, trink.

Mathias zeigte sich bestens gelaunt. Umringt von Flaschen und Gläsern, inspiriert von den feurigen Weisen, fühlte er sich der Sache endlich gewachsen.

Er beugte sich zu Teresa: »Und Sie behaupten, dass Ihnen das Zeug fehlt, richtig Karriere zu machen?«

Teresa – erhitzt, lockig, fast hübsch zu nennen – strahlte.

»Aber das … haben doch Sie bewirkt.«

Beinahe hätte sie gesagt: »Das Wunder …«

»Ich bin eben eine Art Magier!«

Mathias fühlte sich prächtig.

Endlich wieder bekanntes Terrain unter den Füßen.

Es gibt ein Geheimnis des Herzens, von dem der Verstand nichts weiß.

Auch Bergit hatte die wundersame Veränderung Teresas vom Aschenputtel zur Prinzessin bemerkt. Im Wettbewerb strahlender Augen würde sie den ersten Preis gewinnen.

Wanja forderte sie erneut zum Tanz.

Mathias blickte zu Bergit.

»Und wir?«

Er erhob sich und berührte leicht ihren Arm.

Wie viele Jahre hatte er damit vergeudet, gelangweilten Studenten historischen Kram einzuhämmern, Kram, den längst der Staub des Vergessens bedeckte, wogegen hier, in diesem Saal, das eigentliche, das pralle Leben stattfand.

Er drehte Bergit im Kreis. Der Duft von Rosen hüllte beide ein.

Schade, dass sie das wilde Haar heute gebändigt hatte. Vielleicht würde es sonst im Eifer des Tanzes ab und an seine Wange berühren.

11

Die Nachtigall, sie war entfernt.
Der Frühling lockt sie wieder.
Was Neues hat sie nicht gelernt,
singt alte liebe Lieder.

Nach dem Tanz, der Herz und Sinne zum Rasen brachte, entschuldigte sich Mathias bei den Damen.

Er musste sich beruhigen, erfrischen und … er musste Lisa anrufen. Zwei Tage hatte er sich nicht gemeldet, Lisa würde sich Sorgen machen.

Ein Salonlöwe der ersten Klasse begab sich federnden Schrittes an die Rezeption.

»Verbinden Sie mich bitte mit dieser Nummer.«

»Kabine drei.«

Zum Hörer greifend, tauschte Mathias die Rollen: Salonlöwe gegen Familienvater.

»Lisa, Liebling, wie geht's? Ich habe es gestern nicht geschafft. Hoffentlich hast du dir keine Sorgen gemacht.«

»Ach, ich habe gar nicht daran gedacht, Max ist doch hier, weil Ann-Sophie ein Seminar besucht.«

Mathias grinste.

Kaum den Rücken gekehrt, schon lauerte die Konkurrenz.

Durch das Kabinenfensterchen sah er Bergit aus dem Waschraum kommen. In dem weichen Teppich hinterließen die Absätze der Stilettos kleine Abdrücke.

»Und Max hält mich ganz schön in Atem.«

Welcher Max eigentlich? Ach so, sie sprach von dem gemeinsamen Enkel.

»Ja, also, mir geht's ganz prächtig«, legte er los.

Aber das schien Lisa nicht zu interessieren. Zurzeit lebte sie auf einem anderen Stern.

»Sag mal Opi.«

»Ka-ka.«

»Hast du gehört, er hat Opi gesagt. Sag mal Opi, lieber …«

»Ka-ka.«

»Du musst jetzt auch etwas sagen, Opi«, mahnte Lisas Stimme.

»Ka-ka«, sagte Mathias und beobachtete Bergit, die sich vor dem großen Spiegel die Haare richtete und sich suchend umsah. Nach ihm umsah!

Sein Herz sprang ihm beinahe aus dem Hals. Sie suchte ihn, vermisste ihn möglicherweise.

»Nicht ka-ka«, mahnte Lisa, »du musst sagen: Maxi.«

»Maxi«, wiederholte Mathias automatisch.

Im Foyer sah Bergit Laustroem sich ein letztes Mal um und wandte sich zum Gehen.

Mathias' Herz stand beinahe still.

Wenn sie nun wirklich fortging und ihr auf dunkler Straße das Schicksal in Gestalt eines Latin Lovers oder eines Wanja begegnete?

Rätselhaft, wie die Frauen waren, schien ihr der dicke Russe gefallen zu haben.

»Ich muss Schluss machen!«, schrie Mathias. »Auf Wiedersehen!«

Sechshundertfünfzig Kilometer weiter horchte Lisa noch eine Weile in den toten Hörer.

»Sag mal Opi«, flüsterte sie.

Er erwischte Bergit Laustroem an der Rezeption.

»Ich glaubte, Sie seien schon gegangen.«

»Das Fest ist zu Ende!«

»Aber unser Fest doch nicht. Unser Fest endet nie.«

»Wir könnten in meinem Zimmer weiterfeiern. Ich habe eine Flasche Sekt kalt gestellt.«

Teresas Augen leuchteten wie Sterne.

»Allerdings« – die alte Teresa gewann vorübergehend die Oberhand – »ist es nur eine kleine.«

»Ich schlage vor« – Mathias fühlte sich prächtig – »die Damen gehen schon einmal vor, und ich besorge einige Flaschen Krimsekt. Krimsekt«, fügte er launig hinzu, »sollte es schon sein.«

Wenig später eilte Mathias durch das verschlafene Karlsbad. Die Sektflaschen klapperten in der Plastiktüte, drei Gläser hatte er frech vom Büfett gestohlen.

Er fühlte sich energiegeladen wie Wanja, jung wie zu Studentenzeiten, nein, jünger, denn richtig jung war er auch zu Studentenzeiten nicht gewesen.

Richtig jung war er erst heute …

Ohne anzuhalten, eilte er die Straße zum Kurhaus Thomayer hinauf.

Die Kuppeln der Russischen Kirche leuchteten golden im Mondlicht.

Sie leuchteten wie die Augen von Teresa Specht.

Er kicherte in sich hinein.

Er, Mathias, hatte diese Augen zum Leuchten gebracht.

Er war ein Wunderheiler, ein Magier.

Für Teresa Specht würde durch ihn ein neues Leben beginnen. Für Bergit Laustroem sowieso.

Auch ihre Augen sprachen heute Abend eine andere Sprache als die der Ironie und Spottlust.

Die Tür zum Kurhaus war nur angelehnt. Freudig erregt eilte Mathias die Treppe hinauf. Ein schmaler Lichtstreif wies den Weg.

Er stieß die Tür auf.

Von Bergit war nichts zu sehen – an ihrer Stelle wartete Teresa Specht. Teresa in einem fleischfarbenen Unterrock mit Spitzenbesatz, der ihn an die Tortendeckchen in der Metzgereiauslage in Karlovy Vary erinnerte.

Sie bedeckten einen vom langen Warten erschöpften Busen.

Aber die Augen flimmerten wie Sterne.

Und Teresas Oberlippe hatte diese Herzform, die, wie er einmal gelesen hatte, Einfühlungsvermögen und Erotik verriet.

Mathias löschte das große Licht. Im matten Schein der Nachttischlampe erlosch auch die alte Teresa.

Teresa Specht, Büroangestellte, zweiundfünfzig Jahre alt, ledig, wurde zum Weib.

Zum Weib schlechthin.

Mathias nestelte die Krawatte vom Hals.

Mein Gott, warum denn nicht?

Ein Akt der gegenseitigen Gnade.

Ein Geschenk für sie, und für ihn eine Wohltat nach all den Zurückweisungen der letzten Jahre.

Während er sie in die Arme schloss, mischte sich das Gelächter von Bergit Laustroem mit dem von Evelyn.

Wie wohltuend dagegen Teresas ehrliche Umarmung.

Es wurde eine Liebesnacht wie selten eine.

Teresa erwies sich als Naturtalent. Sie hielt die Augen geschlossen, und Mathias hatte zum ersten Mal das Gefühl, ein Mann zu sein, der seine Sache ganz und gar richtig macht. Es war eine Mischung aus Leidenschaft und Geborgenheiten. Es war wie »ankommen«.

Zufrieden schlief er in Teresas Armen ein.

Das Erwachen bedeutete Erschrecken.

Ein Sonnenstrahl fiel durch die nachlässig geschlossenen Gardinen direkt auf Teresas Gesicht.

Mathias war auf der Stelle hellwach. Jetzt hieß es, geschickt zu entkommen. Während er ungewaschen und unrasiert in die Kleider schlüpfte, ließ er den gestrigen Abend im Zeitraffer vor seinem inneren Auge vorüberrasen.

Bei dem Telefonat mit Lisa stoppte der Film.

»Sag mal Opi ...«

Er riss einen Zettel von seinem Kalender und kritzelte ein paar Zeilen.

»Danke für den schönen Abend.

Mit herzlichen Grüßen, Mathias Herrwinkel.«

Sein Blick fiel auf das ausladende Blumenbouquet. Hatte er es nicht Bergit Laustroem verehrt?

Die Dinge gerieten durcheinander, egal, nur weg von hier.

Noch einmal überflog er die Zeilen.

»Danke für den schönen Abend.«

Mager für einen angehenden Schriftsteller.

Er kramte in seinem Gedächtnis nach einem passenden Goethe-Vers.

Heut ist heute, teilte er Teresa mit. *Morgen, morgen.*

Und was folgt und was vergangen, reißt nicht hin und bleibt nicht hangen.

Leider konnte ich nicht länger bleiben!

Ihr M. Herrwinkel

Zufrieden schob er den Zettel unter die Blumenvase.

An der Rezeption erfuhr er, was er bereits wusste:

Frau Laustroem war abgereist. Einen Gruß hatte sie nicht hinterlassen.

Am nächsten Morgen wanderte Teresa wie verzaubert über die Alte Wiese Richtung Grandhotel.

Das Plakat *Goethe in Böhmen* war durch ein anderes ersetzt worden: *Goethe im Gedicht.*

Als Referent war Rafael Pumichel aus Weimar ausgewiesen.

Am Abend fiel dem Referenten die Dame in der ersten Reihe auf. Sie leuchtete sozusagen von innen heraus und sog die Verse mit großen Augen in sich hinein.

Rafael Pumichel wunderte sich.

Dass der Dichter noch immer diese Wirkung erzielte!

Auch zu Lebzeiten hatte Goethe die Frauen reihenweise verzaubert.

Nach einer kurzen Begegnung träumten sie oft lebenslang von ihm, verzichteten auf die Ehe und lebten von der Erinnerung.

Rafael Pumichel hatte eine solche Hingabe seitens der Damenwelt nie erfahren.

Er beendete den Vortrag mit den Versen:

Tadelt man, dass wir uns lieben,
Dürfen wir uns nicht betrüben:
Tadel ist von keiner Kraft.
Andern Dingen mag das gelten;
Kein Missbilligen, kein Schelten
Macht die Liebe tadelhaft.

Er lächelte in die Runde: »Sollten Sie eine Erinnerung mit nach Hause nehmen wollen, rechts neben der Tür befindet sich ein Büchertisch.«

Auch Teresa erstand eines von den Büchern, die Rafael Pumichel geschrieben hatte.

Geduldig stellte sie sich in die Reihe der Wartenden, um es signieren zu lassen.

Pumichel hob den Blick, und seine Augen begegneten den ihren.

»Bitte ein Autogramm«, sagte sie. »Und dann hätte ich noch eine Bitte.«

Sie schob Herrwinkels Abschiedsgruß über den Tisch.

»Könnten Sie mir sagen, aus welchem Gedicht diese Zeilen stammen?«

Pumichel fühlte sich geschmeichelt.

»Allerdings. Sie stammen aus einem Gedicht, das Goethe für Marianne von Willemer, die Suleika des ›west-östlichen Diwans‹, schrieb. Das Gedicht heißt ›Einladung‹.«

»Und wie geht es weiter?«

Der Germanist lächelte überlegen.

»Die letzten Zeilen lauten:
Bist du gleich in mir geborgen:
heut ist heute, morgen morgen,
und was folgt und was vergangen,
reißt nicht hin und bleibt nicht hangen.«

Und mit einem raschen Blick in Tereras Augen, die sich ein wenig verdunkelt hatten, fuhr er mit erhobener Stimme fort:

»Bleibe du mein Allerliebstes,
denn du bringst es, und du gibst es.«

Er lächelte. »Die schönste Einladung, die es gibt, wenn Sie mich fragen.«

Bist du gleich in mir geborgen …
Bleibe du mein Allerliebstes …

Es war nicht schwer, die Botschaft zu verstehen.

Der gestrige Abend war nur der Anfang gewesen. Ihre Geschichte würde weitergehen, Tag – und Nacht!

Teresa kaufte an der Rezeption eine Karte, die das Grandhotel Pupp in vollendeter Pracht zeigte, setzte sich an einen der kleinen Tische und schrieb:

Liebe Rosalie,
wie du weißt, schreibe ich gewöhnlich keine Ansichtskarten, weil sie teuer sind und die Leute sie wegwerfen, sobald sie sie gelesen haben.
Aber heute habe ich dir etwas Besonderes mitzuteilen:
Ich habe im Grandhotel Pupp (s. Vorderseite) den Mann meines Lebens kennen gelernt. Er ist der bekannte Historiker und Goethe-Kenner Professor Dr. Mathias Herrwinkel.
Mathias war hier, um einen Vortrag zu halten, und wir haben noch ein paar Urlaubstage angehängt. In Karlsbad hat es uns sehr gut gefallen, wir werden bestimmt einmal wiederkommen.
Ich hoffe, dass es dir gut geht, deine Teresa.

Ehe sie die Karte in den Kasten warf, las sie noch einmal, was sie geschrieben hatte.

Wie herzerwärmend, »Mathias« zu schreiben.

Und »wir«.

Und »uns«.

Sie nahm den Stift erneut zur Hand und fügte noch etwas hinzu:

»Grüße Ben von mir, falls du ihn mal siehst.«

Sie lächelte.

Wie banal erschien ihr aus heutiger Sicht der Kuss zwischen Rhododendronstrauch und Rhabarberbeet.

Am nächsten Morgen stattete sie der Maria-Magdalena-Kirche einen Besuch ab und spendete der Muttergottes eine Kerze.

Für zwei Kronen durfte sie sich etwas wünschen.

Sie schloss die Augen, faltete die Hände und formulierte ihr Angebot mit tonlosen Lippen.

Nachdem sie das Geschäft in die Wege geleitet hatte, trat sie wieder hinaus ins Freie.

Sie atmete tief durch.

Die ganze Welt roch nach Kastanienblüten, Vögel sangen die vertrauten Lieder, am Himmel segelten Wattewölkchen.

Teresa schlug den Weg zum Kurhaus Thomayer ein.

Der Wunsch hatte bereits Konturen angenommen.

»Wenn der Frau von Mathias einmal etwas passieren würde«, dachte sie, »dann würde ich für ihn sorgen.«

An ihrem letzten Morgen in Karlsbad frühstückte Teresa allein. Die Serviererin schlurfte mit gewohnt mürrischer Miene heran.

»Wünschen Sie noch etwas?«

Teresa strahlte sie an.

»Ja, ein wenig Milch und … ein Lächeln.«

Mithilfe der Zeigefinger zog sie die Mundwinkel nach oben.

»Schauen Sie – so!«

Das Wunder geschah.

Die Serviererin lächelte zurück und zeigte zwei Reihen auffallend schöner Zähne.

12

Manchmal ist ein Wort vonnöten, oft ist's besser, dass man schweigt.

In der Nacht vor Mathias' Rückkehr schlief Lisa schlecht.

Sie war froh, als der Morgen graute und sie aufstehen und die Vorhänge zurückziehen konnte.

Der Himmel war durchsichtig blau.

Ein leichter Wind bewegte die Äste der Bäume und strich durch die Gräser, die den Seerosenteich umgaben.

Bis jetzt war der Mai warm gewesen, und die Wand aus Rhododendren an der hinteren Grundstücksgrenze flammte in verschiedenen Rot- und Lilatönen.

Die Blüte war ebenso gigantisch wie kurz, und alljährlich, wenn das Wetter es erlaubte, setzte sich Lisa an ihren Sekretär und schrieb eine Einladung:

»Wir feiern am Samstag die Rhododendrenblüte.
Kommt gegen acht zu Maibowle und Holzkohlengrill.«

Überhaupt war der Mai der Monat ritueller Tätigkeiten.

Es war die Zeit, die Terrassenmöbel ins Freie zu tragen, Sonnenschirm, Springbrunnen und Seerosenteich aus dem Winterschlaf zu wecken und in der hinteren Gartenecke die Bank aus Gusseisen aufzustellen, die dem Garten einen Hauch von Romantik verlieh.

Die weiße Bank unter den Zweigen der Trauerweide wurde zu einem Symbol des Sommers.

Nachdem Lisa das Brett mit den Grilladen arrangiert und die Saucen gerührt hatte, die Salate gemischt und die beiden Bowlen angesetzt waren, schritt sie energisch an den zweiten Teil der Vorbereitungen.

Sie ging in die Knie und trat mit Max in intensiven Augenkontakt.

»Sag mal Opi.«

Die Begrüßung durch den Enkel und die Tatsache, dass Max das magische Wort »Opi« nicht nur gelernt hatte, sondern auch spontan mit dem richtigen Adressaten in Zusammenhang brachte, sollte die Überraschung der glücklichen Heimkehr bilden.

Max strahlte.

»Opi.«

»Richtig! Opi.«

»Opi.«

Lisa war zufrieden, deckte den Tisch und warf einen besorgten Blick zum Himmel, aber wie es aussah, würde sich das Wetter halten.

Sie setzte Max in den Sandkasten und gönnte sich fünf Ruheminuten auf der Gartenbank.

Zufrieden glitt ihr Blick über Garten und Terrasse.

Die Vorbereitungen waren erledigt, Vorfreude auf den Abend kam auf.

Sie würden endlich wieder einmal eine kleine Familienfeier haben, die erste seit Weihnachten.

Mathias würde die lustige Grillmasterschürze tragen, die sie ihm zum Fünfzigsten genäht hatte, und Bea Geschichten von Kundinnen erzählen, die mit dem Anprobieren sämtlicher Kleider, die in der Boutique vorrätig waren, die Zeit totschlugen. »Geschichten«, wie Bea zu sagen pflegte, »aus dem wahren Leben.«

Bero würde erzählen, welche Fortschritte die Technik auf dem Sektor der Früherkennung gemacht habe, und sich wieder einmal darüber ereifern, dass es immer noch Menschen gab, die sich diesen Fortschritt nicht zunutze machten.

Aber der Mittelpunkt des Abends bildete natürlich Mathias. Mit Ironie und Witz würde er von Karlsbad erzählen, von dem Vortrag, den er gehalten hatte, und dem Fünf-Sterne-Hotel, in dem er abgestiegen war.

Und geborgen im Kreis der Familie, würde Lisa umhergehen, die Kerzen in den Windlichtern anzünden und die Bowlengläser füllen, voller Stolz, dass dieser tolle Mann seit dreiunddreißig Jahren ihr gehörte.

Lisa lächelte.

Die vertrauten Rituale des Morgens hatten ihr das Gefühl gegeben, dass alles in Ordnung sei.

Wie sollte sie ahnen, dass sechshundertfünfzig Kilometer entfernt eine ihr unbekannte Frau die Maria-

Magdalena-Kirche betrat, ein paar Münzen opferte, eine Kerze anzündete und sie gedanklich ins Jenseits beförderte.

Wie Bergit Laustroem nahm auch Mathias den Zehn-Uhr-Zug über Prag. Ein Held kehrte in die Heimat zurück.

Die gelungene Liebesnacht hatte sein Selbstbewusstsein gestärkt. Er nutzte sie als Qualifikation für andere Liebesnächte, für Nächte mit Frauen wie Bergit und Evelyn.

Wanjas dröhnendes Gelächter im Ohr, war er an seinem letzten Nachmittag in einen obskuren Laden im Geschäftsviertel gegangen und hatte sich einen bodenlangen Trenchcoat mit ausknöpfbarem Pelzfutter gekauft.

Auf die barettförmige Pelzmütze musste er mit leisem Bedauern verzichten, denn trotz der leichten Sinnesverwirrung, die sich seiner bemächtigt hatte, war ihm klar, dass er nicht als russischer Großfürst durch Eppenhofen wallen konnte.

Dennoch würde sich einiges ändern.

Ein neuer Wagen musste her, schneller, sportlicher, näher am Asphalt, und dann sollte die Garderobe komplett ausgewechselt werden.

Peinlich berührt sah er vor seinem inneren Auge die Flotte spießiger Schlipse vorüberwehen, von denen ihm Lisa allmorgendlich einen herauszuhängen pflegte.

Überhaupt – Lisa.

Auch sie musste aufgemöbelt werden. Sie würden

von jetzt an öfter schick ausgehen, im Sommer ab und zu übers Wochenende wegfahren.

An Lisas vertrauter Seite konnte er die Hotels testen, in denen man – bei Gelegenheit – eine Nacht mit Bergit Laustroem oder mit Evelyn einlegen würde. Ein solches Weekend ab und an verlieh dem Leben Glanz und schadete niemandem.

Schließlich, das war ihm klar geworden, konnte das Grillen auf der hauseigenen Terrasse nicht länger zum Höhepunkt des Lebens stilisiert werden, für den sich das jahrelange Schuften gelohnt hatte.

Vielleicht sollte man mit der heutigen Rückkehr die Änderung des Lebens einläuten.

Nicht warten – handeln!

Er zückte sein Handy und rief die Auskunft an.

»Bitte die Nummer des Hotels zur Krone.«

Es war typisch für sein eindimensionales Leben, dass er die Nummer des einzigen Nobelrestaurants der Stadt nicht parat hatte.

Kurz vor der Ankunft in Eppenhofen war er endlich mit der Krone verbunden. Er bestellte einen Tisch für sechs Personen auf der Terrasse.

Der Aufenthalt im Imperial hatte sich gleich mehrfach amortisiert, wie er zufrieden feststellte.

1. Er hatte die Schwellenangst überwunden.
2. Er hatte festgestellt, dass Hotels dieser Kategorie ihren eigenen Reiz besaßen und er in diesen Rahmen passte.
3. Ganz nebenbei (und auffallend schnell) verringerte

sich das Problem allzu großer Rücklagen zum Wohl undankbarer Familienmitglieder.

Als der Kirchturm von Eppenhofen auftauchte, wählte er noch einmal die Nummer der Krone.

»Ich habe soeben einen Tisch reservieren lassen. Leider vergaß ich, den Blumenschmuck zu bestellen. Ich habe etwas zu feiern.«

Als er das Handy zurück in die Tasche steckte, lachte er leise in sich hinein.

Niemand würde ahnen, was er zu feiern hatte.

Wenig später hielt das Taxi vor dem Haus.

Mathias entlohnte den Fahrer und ließ den Blick über sein Anwesen schweifen.

Es erschien ihm stattlicher, als er es in Erinnerung hatte.

Stolz kam auf.

Man hatte ja doch etwas geschafft im Leben. Es wurde Zeit, den Erfolg endlich umzusetzen.

Das Gartentörchen flog auf.

Der kleine Max lief ihm entgegen, doch auf halber Strecke blieb er stehen und lief zurück. Verlegen wühlte er sein Gesicht in Lisas Rock.

Lisa ging in die Knie und versuchte, ihn sanft an die Rolle zu erinnern, die er spielen sollte.

»Sag mal Opi.«

Aber Max hatte keine Lust, Opi zu sagen. Er riss sich los und stolperte zurück ins Haus.

Mathias nahm Lisa in die Arme.

»Lass ihn doch, vielleicht ein anderes Mal.«

»Aber er hat es doch soeben noch gekonnt.«

So leicht ließ sich Lisa nicht ablenken. Was Haus und Hof betraf, konnte sie eine unerbittliche Verfechterin ihrer Vorstellungen sein.

Sie fing Max wieder ein. »Schau mal, das ist der Opi. Sag mal Opi.«

Mathias stand auf dem Plattenweg und lächelte.

Die Griffe von Koffer und Tasche brannten ihm in den Händen; unter den Arm gequescht, behinderte ihn das Paket mit dem schweren Pelzmantel.

Er begann zu schwitzen.

»Sag mal Opi.«

Max schlug um sich und brüllte los.

»Nun lass ihn doch.«

Mathias drängte sich an Lisa und dem schreienden Enkel vorbei ins Haus.

Das erzwungene Lächeln schmerzte in den Mundwinkeln.

Er ließ das Gepäck fallen, durchquerte das Wohnzimmer und betrat den Garten. Sein erster Blick fiel auf den Grill und den gedeckten Terrassentisch.

Aus der Traum mit dem Wiedersehensfest in der Krone.

Er seufzte.

»Ich mach mich erst mal ein bisschen frisch«, rief er Lisa zu. »Zur offiziellen Begrüßung mit oder ohne Opi-Demonstration bin ich wieder da.«

Verwundert sah Lisa ihm nach.

Hatte er was? Mathias schien gereizt. Der Ton hatte anders geklungen als sonst.

Aber sie beruhigte sich. Wahrscheinlich war er nur müde.

Allein im Bad, suchte er sein Handy und rief in der Krone an. Mit gedämpfter Stimme bestellte er den Tisch ab. Verärgert wählte er anschließend Evelyns Nummer.

Natürlich meldete sich der Anrufbeantworter.

»Ich bin wieder da«, sagte er. »Morgen Abend versuche ich es noch einmal. Ich hoffe, wir sehen uns im Laufe der Woche.«

Er machte eine Pause und fügte hinzu: »Wie wär's mit einem Abendessen in der Krone?«

Mathias duschte und zog sich um, während unten die Familie eintraf.

Er hörte die vertrauten Stimmen.

»Hallo, Mutti!«

»Tag, mein Liebling.«

»Schön, dass das Wetter gehalten hat.«

»Ja, toll. Kommt rein, Vati ist schon da, er zieht sich gerade um. Bero, probier mal die Bowle. Ich hab den Zucker weggelassen, aber ich glaube, es ist gut so.«

Die Stimmen entfernten sich Richtung Garten.

Mathias klopfte sich ein wenig Rasierwasser auf die Wangen. Er fühlte sich erschöpft.

Der Abend würde werden wie immer: Der Hausherr bedient den Grill und trägt dazu eine angeblich irrsinnig komische Schürze. Es wird gegessen und getrunken.

Bero schildert scheinbar Witziges aus der Praxis, Bea scheinbar Drolliges von exaltierten Kundinnen.

Alle fühlen sich genötigt zu lachen.

Lisa füllt Gläser und trägt Teller hin und her.

Ann-Sophie reicht die Fotos vom letzten Urlaub herum.

Leise plätschert der Springbrunnen, und die Windlichter verbreiten ihr mildes Licht.

Und irgendwann wird Max das magische Wort sagen: Opi.

Am nächsten Morgen war Lisa strahlend gut gelaunt.

Mathias hatte das Haus früh verlassen, und sie räumte leise vor sich hinträllernd das Haus auf.

Es war schön gewesen, gestern. Alle waren sich einig, dass man mit dem nächsten Familienfest nicht so lange warten sollte. Der Abend war mild, und man hatte bis Mitternacht draußen sitzen können.

Mathias hatte lange und amüsant von seiner Reise erzählt, und Max war auf ihrem Schoß eingeschlafen. Irgendwann war er aufgewacht und hatte sich die Äugelchen gerieben. Dann hatte er Mathias angestrahlt.

»Opi!«

Mathias hatte zurückgelächelt: »Max.«

Eine rührende Szene. In der Erinnerung wurden Lisa die Augen feucht.

Sie machte die Betten und räumte dann den Koffer

aus, den Mathias wie üblich in der Kleiderkammer abgestellt hatte. Dann stieß sie auf das dicke Paket mit dem Mantel. Verblüfft schüttelte sie ihn auseinander. Ein merkwürdiger Wildgeruch erfüllte das Zimmer.

Lisa schnüffelte an dem Pelz.

Roch wie Wolf.

Roch wie Midlife-Crisis.

Aber der Pelz selbst war wunderbar weich.

Sie würde ihn gründlich lüften und als Gartendecke benutzen. Er stellte eine ideale Spielwiese für Max dar, wenn er Omi und Opi besuchte.

In den kommenden Wochen ging das Leben seinen gewohnten Gang. Lächelnd hatte Mathias erlaubt, dass der bodenlange pelzgefütterte Trenchcoat, der ihm im kommenden Winter ein neues Lebensgefühl vermitteln sollte, seines Zweckes beraubt und als Decke missbraucht wurde.

Er hatte ihn heimlich vor dem Spiegel anprobiert und war sich doch recht lächerlich vorgekommen.

Anstatt in den Straßen von Eppenhofen ein gehobenes Lebensgefühl zu präsentieren, wurde er zum Untergrund für Quietschenten und Spielzeugautos.

Den Geruch des Steppenwolfes hatte er inzwischen eingebüßt, und für Mathias war es ein Leichtes, zu behaupten, den Mantel eigens als Krabbeldecke für Max erstanden zu haben.

»Er war nicht teuer, ich konnte einfach nicht daran vorbeigehen.«

»Du wirst ein wunderbarer Großvater sein«, hatte Lisa festgestellt und sich mit einem Kuss bedankt.

»Das wollen wir doch hoffen«, hatte er launig geantwortet. Gegen die Anrede »Opi« war er jedoch energisch eingeschritten. »Opi« durfte nur Max ihn nennen und niemand sonst.

Lisa hatte erstaunt die Brauen gehoben, aber akzeptiert.

Nur im engsten Familienkreis entschlüpfte ihr hin und wieder das verpönte Wort.

Meist benutzte sie es in der dritten Person: »Möchte denn der Opi noch einen Kaffee?«

Das trug ihr einen abweisenden Blick seitens Mathias' und helles Gelächter ihrer Töchter ein.

Die gingen sofort darauf ein.

»Möchte der Opi noch etwas Milch? Ein Stück Aprikosentorte – oder einen Treppenlift?«

Zu alledem musste er sich auch noch amüsiert zeigen.

Von Ferne grüßten Grandhotel, Zigeunerkapelle, Polka und Krimsekt.

Ein hautfarbener Unterrock mit Spitzenbesatz wurde endgültig begraben.

Mit der Zeit nahm Mathias sein normales Leben wieder auf.

Er drehte die gewohnten Runden zwischen Uni, dem Haus *An den Hainbuchen* und Evelyns Atelier.

Evelyn besuchte er allerdings seltener.

Er hatte einen nackten Mann auf ihrem Sofa vorgefunden, wo dieser, passend zu dem Gemälde der unbekleideten *Olympia*, in malerischer Pose lagerte.

Auch Evelyn war nur notdürftig bekleidet gewesen, und auf dem Heimweg hatte ihn das unangenehme Gefühl beschlichen, einer Demonstration beigewohnt zu haben.

»Der muss doch endlich mal merken, was los ist.«

Mathias hatte gemerkt, was los war, und sich revanchiert. Bei seinem nächsten Besuch simulierte er finanzielle Schwierigkeiten.

Eine riesige Steuerlast war abzutragen, die Töchter wollten bauen.

Bis jetzt hatte er es vermieden, die Töchter zu erwähnen, sie waren verwandtschaftlich zu nah an der Ehefrau und im Alter zu nah an Evelyn, man musste den Generationenunterschied ja nicht wie den Teufel an die Wand malen.

Aber der Schock saß tief und ließ sich nur durch die drastische Verminderung der finanziellen Unterstützung mildern.

Sollten sie doch in Champagner und Kaviar baden und die Bettwäsche mit Chanel No. 5 besprühen – von seinem Geld würde das nicht mehr geschehen.

Geld war Macht!

Selten hatte Mathias dies so zufrieden zur Kenntnis genommen.

Er war auch sonst zufrieden.

Der Sommer war schon immer eine gute Zeit für ihn gewesen.

Im Sternzeichen des Löwen geboren, liebte er Wärme, Helligkeit, einen satten Bauch, fröhliche Menschen und gut situierte Verhältnisse.

Die Natur feierte ein Fest und bot ihre Gaben in voller Schönheit an.

Eppenhofen huldigte dem Sommer mit Gartenfesten, üppig bepflanzten Blumentrögen und bunten Märkten.

Mathias feierte mit. So leutselig hatte er selten gegrüßt, wenn er durch die Straßen seiner Stadt ging.

Träume wie der, durch die Hallen teurer Hotels zu wandeln und am Abend mit einem weiblichen Prestigeobjekt in einer seidenbespannten Suite zu verschwinden, wurden blasser und versanken.

Karlsbad selbst wurde zu einer blau-grauen Erinnerung ohne Konturen.

Nur der Applaus, der ihn nach seinem Goethe-Abend umbrandet hatte, der festlich geschmückte Saal und das Oval ihm wohlwollend zugeneigter Gesichter behielten bleibenden Wert. Die Nacht mit Teresa ankerte inzwischen auf dem Meeresgrund, grün überzogen von der Patina der Vergänglichkeit.

Das Leben war schön und ging den gewohnten Gang.

Zufrieden hatte er seinen Platz hinter dem Schreibtisch der Universität wieder eingenommen.

Er genoss den Blick über die Stadt, die Sicherheit des vertrauten Ambientes und Frau Fröhlichs stumme Frage: »Kaffee?«

Auf dem Hügel gegenüber schimmerte das Dach seines Hauses *An den Hainbuchen.*

Hier die Sicherheit des Berufs.

Dort die Sicherheit der Familie.

Frau Fröhlichs kompetente Geschäftigkeit.

Lisas Lächeln.

Es gehörte alles zusammen.

Aber in der vierten Woche nach der Rückkehr aus Karlsbad erlitt er einen Rückfall.

Als in der Fußgängerzone unvermutet Kaisers Siegerlachen auf ihn zukam: »Na, Herr Kollege, von großer Fahrt zurück, sämtliche Abenteuer gut überstanden?«, traf ihn dieses Lachen wie ein Stich ins Herz.

Die Erinnerung ließ sich nicht länger verdrängen, und sie hatte einen Namen: Bergit Laustroem.

13

Wenn die Frauenzimmer immer wüssten, was sie könnten, wenn sie wollten.

Bergit Laustroem schaltete den PC ein und suchte die Homepage, die Benedikt für sie eingerichtet hatte.

Mit Benedikt teilte sie das Interesse an Biografien, historisch interessanten Orten, morbiden Schloss- und Burgruinen, italienischer Küche, leichten Rotweinen und nächtlichen Gesprächen.

Sie liebten Krimis, Psychos und Gruselgeschichten.

Sie teilten die Kellerräume, die Putzfrau und die Blumenpflege. Und hin und wieder teilten sie das Bett miteinander.

Im Freundeskreis galten sie als das ideale Paar, da »Bergit und Benedikt« nicht nur namentlich gut passten, und manchmal fragten sie sich selbst, weshalb sie nicht längst geheiratet hatten.

Benedikt war kreativ und liebte seinen Job im historischen Museum, und er hatte eine Sonderbegabung, die nicht zu seinen sonstigen Neigungen passte: Er war technisch begabt.

Ohne ihn hätte Bergit niemals begriffen, wie das Mailen funktioniert, und das Surfen im Internet für eine sportliche Betätigung gehalten. Sie wäre nie in den Genuss einer eigenen Mailadresse gekommen, und sich eine Homepage einzurichten wäre ihr nicht im Traum eingefallen.

»Aber wer soll sich den Quatsch denn anschauen, Benedikt?«

»Du selbst an dunklen Tagen, als Bestätigung, wer du bist, und Leute, denen man eins auswischen will. Neider, zum Beispiel, oder ehemalige Klassenkameraden. Oder Zufallsbekanntschaften, denen man auf diese Weise diskret unterjubeln kann, dass man es geschafft hat. Ohne Homepage bist du ein Nobody.«

Bergit hatte sich als Nobody sehr wohl gefühlt, aber als sie nun ihr Konterfei betrachtete und die Titel der fünf Bücher las, die bisher erschienen waren, die Pressenotizen und die Fanbriefe studierte und feststellte, dass der Verlag sie als eine der bekanntesten Historikerinnen herausstellte, die … In den aufkommenden Stolz hinein klingelte das Telefon.

Sie hörte ein vertrautes Lachen, dann fragte Benedikt:

»Wie war's bei Goethe?«

»Sehr schön. Wir sollten einmal zusammen nach Karlsbad fahren.«

»Bekanntschaften gemacht?«

Die Frage hatte Tradition. Es war eine Sache der Fairness, sich nach Alleingängen den Stand der Dinge mitzuteilen. Schließlich war es möglich, dass »der Blitz aus heiterem Himmel« eingeschlagen und gewisse Dinge verändert hatte.

»Nun?«

Vor Bergits innerem Auge flimmerten die Karlsbader Bilder im Zeitraffer vorüber.

Die Dorotheen-Au, das Kurhaus Thomayer, das verkniffene Gesicht der Bedienung, das Wort »Nein«, das schmale Bett und die goldenen Kuppeln von St. Peter und Paul.

Aber auch das Hotel Imperial, die Zigeunerkapelle, der Glanz der Brillanten auf dem Dekolleté der Russin und Teresas Bernsteinblick, der mit den Edelsteinen um die Wette gefunkelt hatte, sobald ihr Blick den Blick des Goethe-Kenners traf. Wie hieß er noch?

Vor Bergits innerem Auge erschienen das Plakat, das seinen Vortrag angekündigt hatte, und gleich darauf ein sympathisches Lächeln: Mathias Herrwinkel.

»War wohl keiner dabei«, stellte Benedikt fest.

Sie lachte.

»In meinem Alter sollte man froh sein, dass man wenigstens einen Mann hat.«

»Und gut darauf aufpassen!« Benedikt gab seiner Stimme ein tragisches Timbre: »Vorbei sind Fischen und Jagen, Augenklimpern und Koketterie. Freundschaft ist angesagt, gesundes Leben und Morgengymnastik. Vergiss nicht, an die Rente zu denken.«

Er wechselte die Tonlage.

»Wie wär's heute Abend mit der berühmten Paris Bar? Ich lade ein zu Promis an warmem Spinatsalat.«

»Igitt. Lieber eine ganz normale Berliner Kneipe am Prenzlauer Berg. Bratkartoffeln und Buletten …«

Er lachte.

»Auf diese Weise wirst du nie zu deiner Homepage passen.«

»Gott sei Dank. Erfolg macht einsam. Ich klingle bei dir gegen sieben.«

Bergit legte lächelnd den Hörer auf.

Lächelnd ging sie in die Küche, um Kaffee aufzubrühen.

Lächelnd trug sie die Kanne an den Schreibtisch zurück.

Nach jedem Telefonat mit Benedikt lag dieses Lächeln auf ihrem Gesicht.

Sie mochte ihn und ihr Singleleben, denn was bot die Alternative?

Verheiratet sein, bis das Lächeln verging?

Oder zusammenziehen?

Wer sollte in diesem Fall seine Wohnung aufgeben?

Niemals würde sie sich mit seiner Designermöblierung abfinden, und er würde sich weigern, in ihrem »Trödelladen« zu wohnen.

Als Historikerin lebte sie in Zeiten, die längst vergangen waren, suchte nach Spuren und identifizierte sich eher mit einem Burgfräulein als mit der coolen Erfolgsfrau heutiger Tage.

Obwohl er ihre zusammengewürfelte Einrichtung nicht mochte, trafen sie sich doch meist an ihrem Küchentisch, in der Nähe von Speisekammer und Weinregal.

Bergit hatte viele Wohnungen bezogen und wieder

verlassen, denn das Umziehen machte ihr Spaß, aber immer wohnte sie unter dem Dach und blickte über die Nachbardächer hinweg. Immer stand der Esstisch an exponierter Stelle, und immer war die Küche das Zentrum des häuslichen Lebens.

Die Dächer, unter denen sie wohnte, waren alt, hundert Jahre oder mehr, und für den Weg in die luftige Höhe brauchte man viel Atem in der Lunge und kräftige Beine.

Einhundertzwanzig Stufen galt es zurzeit zu erklimmen, und Bergit pflegte keuchende Gäste darauf aufmerksam zu machen, dass sie außer ein paar Blumen nichts zu schleppen hätten, während sie die Mühe auf sich nahm, die Zutaten ganzer Menüs in die Höhe zu transportieren.

Aufgrund der einhundertzwanzig Stufen gehörte sie zu jenen seltenen Gastgebern, die sich über eine prosaische Flasche Wein als Mitbringsel aufrichtig freuen.

»Die Blumen werde ich mir selbst kaufen.«

Flaschen waren schwerer als Blumen.

Benedikt wohnte zweiundsechzig Stufen tiefer in der Belletage desselben Hauses.

Anstelle normaler Zimmer bewohnte er Fluchten mit Stuckdecken und Eichenparkett. Die Diele war größer als das Wohnzimmer der meisten Eigenheime.

Von dort führte ein schmaler Gang in die Küche, einen Tanzsaal, in dem man Hirsche zerlegen und Galamenüs für zwanzig Personen zubereiten konnte.

Neben der Speisekammer befand sich der Dienstbotenaufgang. Eine unauffällige Tür führte zu einer schmalen Treppe hinunter in den Hof.

Dort hatten einst die Lieferanten gehalten, um den Herrschaften das Gewünschte bis in die Wohnung zu tragen. Die Mamsell hatte die Waren in Empfang genommen, den Boten entlohnt und ein Schnäpschen spendiert. »Hier ist was zum Aufwärmen.« »Bist ’n Engel, Frida, zu dir komm ich am liebsten.« Und auch sonst bot die dunkle Treppe die Möglichkeit zu raschen Kontakten.

Spleenig, wie er war, hatte Benedikt die Wohnung wegen dieses stillgelegten Dienstbotenaufgangs gemietet, der ihm, wie er sagte, das Gefühl vermittelte, eine wichtige Persönlichkeit zu sein.

Für eine einzelne Person war sie viel zu groß, aber sie bot Platz für die überdimensionalen Bilder von Henry Maxx, für die Ledersofas aus der Knoll Collection, die Hightechregale und den scheinbar frei im Raum schwebenden Schreibtisch aus Plexiglas.

Spots beleuchteten die beiden Inseln: Arbeiten und Relaxen. Die Kastanien vor den Fenstern filterten das Licht und vertieften das Gefühl, ein Fisch zu sein, der in einem grünlich beleuchteten Aquarium umherschwamm.

Bergit sah nach dem Rechten, wenn Benedikt verreist war, versorgte die Bananenstaude und setzte sich einige Minuten lang auf eines der Sofas.

Dann ließ sie die Fantasie spielen und stellte sich die

große Familie vor, die diese Zimmer einst bewohnt hatte, zu der Zeit, als Kutschen in den Hof fuhren, Lieferanten an die kleine Tür in der Küche klopften und Madame sich für den Hausball ankleidete.

Bergit ließ die Blicke durch die Zimmerfluchten schweifen und dachte, dass heute die Einrichtungsgegenstände die Hauptrolle übernommen hatten und die Menschen Statisten waren, engagiert zur Bedienung und Pflege der eigentlichen »Stars«.

Andererseits bot Benedikts Wohnung den idealen Rahmen, wenn sie selbst geschäftlichen Besuch empfing und in die Rolle schlüpfte, die, wie Benedikt sagte, »zu ihrer Homepage passte«. Leuten aus der Werbung, dem Verlag und der Presse öffnete sie dann mit dem einstudierten Lächeln der erfolgreichen Frau die antike Flügeltür zu Benedikts Wohnung.

Auch den perfekt zum Ambiente passenden Benedikt gab sie bei solchen Gelegenheiten gern als »eigen« aus.

»Darf ich Ihnen meinen Mann vorstellen?«

Ihre Freundin Kalinka spielte Personal.

Angetan mit schwarzem Kleid und weißem Schürzchen, trippelte sie umher und bot Cocktails an.

Die Szenerie passte zum Image, und alle waren zufrieden.

Auch für Bergit war es hin und wieder schön, in die Rolle der Erfolgsgewöhnten zu schlüpfen – und es war schön, sie wieder abzulegen.

Wenn der letzte Gast gegangen war, räumte sie die Prosecco-Gläser in die Spülmaschine und schleuderte die Stilettos von den Füßen.

»Komm mit zu mir. Oben gibt es Bier und Kartoffelsalat.«

»Wenn's denn sein muss.«

Niemals hätte Benedikt zugegeben, dass dies die schönste Stunde des Abends war. Seine Zimmerfluchten waren Image. Bergits Küchentisch war Heimat.

Erst am dritten Tag nach ihrer Rückkehr aus Karlsbad schaute Bergit in ihre Mailbox.

Die Anfragen für Lesungen aus ihrem letzten Buch »Goethe – sinnlich betrachtet« übertrafen ihre Erwartungen.

Bergit Laustroems Lesungen waren beliebt. Sie las Historisches, als ob es gestern geschehen wäre, auch Goethe wurde so lange entstaubt, bis er der Dichter zum Anfassen und es verständlich geworden war, wieso sich die Damen reihenweise in ihn verliebt hatten. Das Image des Geheimrats, der hoheitsvoll von seinem Podest herunterblickt, hatte dem Bild des Herzensbrechers immer im Weg gestanden. Bergit war es gelungen, es geradezurücken. Sie hielt sich nicht erst lange mit bekannten Fakten auf, sie beleuchtete den Hintergrund.

Neben den Einladungen zu Lesungen gab es auch eine Nachricht aus dem Verlag.

»Es gibt allerlei Neuigkeiten. Rufen Sie an?«

Und einen Tag später: »Goethe sinnlich – vierte Auflage. Herzlichen Glückwunsch.

P. S. Was macht Ulrike? Zögert sie noch, oder steht der Entschluss, Goethe nicht zu ehelichen, bereits fest?«

»Küsse, B. (jemand, der es gut meint).«

»Melde dich, mich dürstet nach Neuigkeiten aus dem Liebesleben. Kalinka.

P. S. Melde dich bald!!!«

Zunächst rief Bergit Kalinka an.

Kalinka war Filmregisseurin, am Prenzlauer Berg geboren, und wohnte noch immer in der einstigen Hinterhofwohnung.

Benedikt hatte sie bei einer Vernissage kennen gelernt und begeistert von der Begegnung erzählt:

»Wann schreibst du endlich einen Roman, der im Hier und Jetzt spielt? Einer, der sich verfilmen lässt? Die ideale Regisseurin habe ich gerade kennen gelernt: Bei ›Richtung Berlin‹ hat sie Regie geführt. Die Presse war begeistert.«

Kalinka führte überhaupt gern Regie. Sie wäre auch eine gute Schauspielerin geworden, und zwar nicht nur in der Rolle des Serviermädchens, sondern auch in jeder anderen.

Ihre Schnodderschnauze war ebenso erfrischend wie nervtötend. »Es gibt ein Verfallsdatum für die Freundschaft mit Kalinka«, pflegte Bergit zu sagen. »Wenn man die Fünfzig erreicht hat, muss man sie aufgeben. Dann spielen die Nerven nicht mehr mit.«

»Zehn Jahre haben wir also noch«, hatte Kalinka geantwortet.

»Außerdem erschlägt man niemanden, den man liebt.«

Bergit hatte gelacht.

»Gerade dann.«

Sie wählte Kalinkas Nummer.

Es klingelte ein einziges Mal, dann Kalinkas Stimme:

»Richtig angekommen bei Kalinka Krache. Infos nach dem Piepton.«

»Sonntagmorgen ab elf im Nietzsche«, sagte Bergit. »Geburtstagsbrunch. Ich werde vierzig. Bitte keine Geschenke.«

14

Es krabbelt wohl mir um die Ohren, allein, zum Herzen dringt es nicht.

Kalinka, die eigentlich Karla hieß, seit Kindesbeinen jedoch Kalinka genannt wurde, ihres hüpfenden Ganges und der frechen Schnauze wegen, mochte das Nietzsche nicht. »Da komm ich mir immer so klug vor!«

Literatencafés diese Art waren ihr suspekt wie alle Lokale, die mit einer bestimmten Klientel Werbung machten.

Der Künstler-, der Promi- und der Szenetreff hatten etwas Falsches und zwangen den Gästen eine Rolle auf, an der der Inhaber verdiente.

Kalinka hatte ein gutes Gespür für das Echte und das Falsche, und der Literatentreff Nietzsche war eindeutig das Falsche, aber weil sie Bergit mochte – vorwiegend, weil die Historikerin zu keiner Szene gehörte, sondern das Intellektuellenlokal aus praktischen Gründen bevorzugte: es lag nah an ihrer Wohnung und hatte einen schönen Garten –, nahm sie die Einladung an.

Am Sonntag bewaffnete sie sich mit einem überdimensionalen Blumenstrauß und bat Lale Losch, die Hauptdarstellerin ihres neuen Films, mitzukommen.

»Natürlich bist du nicht eingeladen, aber das stört doch niemanden. Dein Image ist super. Du bist *vorzeigbar*!«

Ausgerüstet mit Lale und Blumenbouquet, fühlte sie sich gewappnet, die weitläufigen Räume des Nietzsche zu durchschreiten und die Blicke zu ertragen, die ihr folgten.

Schaulaufen durch öffentliche Räume fiel ihr noch immer schwer, obwohl *Kalinka Krache, Ost-Import,* einen hohen Imagewert besaß. Nach der Wende hatte sie rasch Karriere gemacht und den Wechsel vom Literatur- zum Unterhaltungsfilm ohne nennbare Blessuren überstanden.

Unermüdlich rudernd, kam sie ins Geschäft und blieb, hastete von Set zu Set, duzte die wichtigen Stars, kannte Produzenten und Redakteure.

Die Honorare wurden überwiesen, und menschlich blieb wenig. Vielleicht traf man sich noch mal ... oder auch nicht.

Wenn sie, was selten vorkam, einmal innehielt und in Gedanken die Namen ihrer Freunde durchging, musste sie feststellen, dass sie kaum noch welche hatte. An die Stelle echter Beziehungen waren Kurzkontakte getreten, an die Stelle von Gesprächen der Smalltalk.

Der Garten des Nietzsche war voll von sommerseligen Faltern, die die Nacht durchbummelt hatten, Weißwein tranken und das Gestrige neu erfanden.

Einige sonnten sich in ihrer Schönheit, trugen die Sonnenbrillen in die Haare zurückgeschoben und die Lider auf halbmast. Männer schauten intellektuell über halbe Brillen hinweg. Frauen schwiegen und brachen unerwartet in schrilles Gelächter aus.

Alle waren auf der Jagd nach irgendjemandem oder irgendetwas. Bergit winkte ihnen zu, erhob sich und umarmte sie.

Auch an diese flachen Luftküsse hatte Kalinka sich gewöhnen müssen, ebenso an den Hauch der teuren Parfüms, der die Reichen und die Schönen umwehte.

Woher kannte Bergit die genaue Zahl der Tropfen und die Stellen, an denen sie platziert werden mussten, um diesen Hauch zu erzeugen, der, kaum wahrgenommen, bereits verwehte und dennoch einen Eindruck hinterließ?

Es wurde eine Runde, die dem Image des Nietzsche gerecht wurde:

Drehbuch saß neben Regie, Kunstfotografie neben Design. Zwei Mal Drama, ein Mal Kabarett …

Schicker Tisch, schicke Gäste, schick, den Kellner zu duzen: »Ricki, bring uns noch einen Prosecco.«

Schick, nach einer halben Stunde auf die Uhr zu sehen und zum nächsten Treff zu eilen.

Die anderen spielten das Spiel noch eine ganze Weile weiter.

»Und Sie, Kalinka, wohnen beneidenswerterweise am Prenzlauer Berg?«, fragte der mit der Brille auf der Stirn. »Wie lange denn schon?«

Fangfrage.

»Seit mehr als vierzig Jahren.«

»Ah ja?«

»Kalinka dreht Filme«, glaubte Bergit erläutern zu müssen und handelte sich einen wenig freundlichen Blick ein. »Ihr letzter hat einen Preis bekommen.«

Kalinka blickte kampfbereit in die Runde. »Kaum zu glauben, nicht?«

Wenn sie sich unsicher fühlte, eröffnete sie stets das Feuer. Bergit überging den Einwurf. »Lale spielte die Hauptrolle.«

Die Blicke wanderten zu Lale.

In den Augen aller blinkte eine Frage, die Lale rasch beantwortete: »Ost.«

»Der Osten hatte schon immer die besseren Schauspieler«, sagte der mit den kanariengelb gefärbten Haaren.

»Die hatten einfach mehr Ruhe, sich auf die Rollen vorzubereiten.«

»Oder die Zuschauer waren klüger.«

»Die Zuschauer sind auch hier nicht so dumm, wie die Produzenten meinen.«

»Aber das müsste doch irgendwann auffallen …«

»Ich glaube, dass sie Angst haben. Sie scheuen das Risiko. Deshalb lieber auf Nummer sicher. Immer dieselbe … Leier.«

»Sag's ruhig kräftiger.«

»Dafür ist es zu früh am Tage.«

Alle lachten.

Kalinka begann sich zu langweilen.

Es war schwül geworden. Dumpf brütete die Hitze über den Sonnenschirmen.

Sie zwinkerte Lale zu: das verabredete Zeichen.

»Ich glaube, wir müssen so langsam … Wir drehen morgen am Wannsee. Kalinka möchte einige Szenen noch einmal mit mir durchgehen.«

Bergit erhob sich.

»Es war schön, dass ihr gekommen seid.«

Sie wirkte fremd in dieser Umgebung, anders als an ihrem Küchentisch oder bei den häuslichen Inszenierungen.

Und wie streng sie die Haare wieder aus dem Gesicht gekämmt hatte.

Sie nutzte die Umarmung für einen Flüstercode.

»Ich rufe dich morgen an.«

»Tu das.«

Kalinka winkte Benedikt zu.

»See you later.«

Aber er ging auf die Ironie nicht ein, sondern nickte nur in einer Art gelangweilter Trägheit mit dem Kopf.

Auch er war ihr heute fremd gewesen: schwarze Knitterhose, schwarzes Hemd, schwarze Leinenjacke.

Im Ausschnitt des Hemdes blinkte ein Kettchen.

Kalinka und Lale erholten sich von dem anstrengenden Besuch in ihrem einstigen Stammcafé, dem Café Mozart.

Heimat!

Das Mozart hatte den Sturm der Wende unbeschadet überstanden. Alles war geblieben, wie es war – verbraucht, verraucht, verlebt.

Grundfarbe: Braun.

Braun der Fußboden, die Polster, die gehäkelten Plastikdecken, die Gardinen und die Wandverkleidung. Braun die Theke aus Holzimitat, die Tabletts aus Plastik und das Geschirr. Braun – Farbe eines Gefühls von Enge, Wärme und Sicherheit.

Hinter einem Raumteiler aus vergilbten Blattpflanzen, die sich an Bambusrohren in die Höhe hangelten, befand sich die Garderobe mit nierenförmigem Spiegel, Haken und Hutablage. Die Einrichtung des Café Mozart war ein Stück konservierter Erinnerung.

»Gerti, zwei Weiß, bitte«, rief Kalinka der Bedienung zu.

Gerti bediente im kleinen Schwarzen mit Rüschenschürze und zementierter Frisur, Haarlack mit Glimmereffekten.

»Ich hab einen Anruf von Werner«, rief sie. »Der macht Kohle in Duisburg.«

Kalinka packte die Weiße mit beiden Händen und trank einen tiefen Schluck. Das ungute Gefühl, das der Aufenthalt im Nietzsche in ihr erzeugt hatte, rutschte die Kehle hinunter. Sie leckte sich den Schaum von der Oberlippe und ließ den Blick zufrieden über die braune Gemütlichkeit wandern.

»Nach der Wende fühlte ich mich wie nackt«, sagte die Dame am Nebentisch zu ihrem Begleiter, »aber jetzt geht's wieder. Ich hab nur noch bei jedem zweiten Satz das Gefühl, etwas absolut Blödes zu sagen. Immer öfter ein Treffer.«

15

Entwickle deiner Lüste Glanz.

Durch Kaisers Lachen aufgeschreckt, verschwand Mathias Herrwinkel zu Hause unverzüglich in seinem Arbeitszimmer. Er schaltete den PC ein und klickte amazon.de, den virtuellen Buchladen, an.

Dann tippte er den Namen der Autorin ein: Bergit Laustroem.

Es fanden sich die Titel von fünf Büchern, jede Menge Fanpost und Rezensionen.

Er schaltete die Homepage ein.

Bergit Laustroem, Autorin.

Sein Herz schlug schneller. Er fühlte sich wie jemand, der heimlich durch ein Schlüsselloch in das Leben eines anderen Menschen schaut.

Bergit Laustroem, die Frau, die in Karlsbad zufällig seinen Weg kreuzte, hatte ihren Traum verwirklicht.

Mehr: Sie hatte *seinen* Traum verwirklicht. Es war also möglich, allein vom Schreiben zu leben.

Gut zu leben!

Bergits Bücher waren mit hohen Auflagen annonciert.

Auf der Homepage blickte ihm ein Star entgegen:

rote Kräuselhaare, grüne Augen und das amüsiert-ironische Lächeln.

Mathias lehnte sich zurück und trat mit Bergit in intensiven Blickkontakt.

Hier wartete keine arme Poetin auf den Mäzen, der dafür sorgte, dass die Miete bezahlt wurde und hin und wieder eine warme Mahlzeit auf den Tisch kam.

Kein Elend irgendwelcher Art war angezeigt, noch die Hoffnung auf Erlösung aus demselben.

Wahrscheinlich war auch ein Mann in der Nähe, dem sie gerade in diesem Augenblick von ihren Karlsbader Bekanntschaften erzählte:

»Ein allein stehendes Mädchen zum Frühstück und ein Goethe-Kenner zum Abendessen. Geschmeckt haben beide nicht.«

Mathias stand auf und begann im Zimmer auf und ab zu wandern. »Abstand halten«, flüsterte eine warnende Stimme. »Was in Karlsbad nicht geklappt hat, wird auch jetzt nicht gelingen.«

Aber als er länger in diese Augen sah, die ihm von dem Bildschirm entgegenblickten, schaffte die Fantasie etwas, das der Technik noch nicht gelungen war: Er hörte Bergit Laustroems Lachen

Es klang wie eine Einladung.

»Heut ist heute, morgen morgen …«

Wie immer, wenn er einen Entschluss gefasst hatte, klatschte er innerlich in die Hände: Packen wir's an!

Schluss mit lustig, Schluss mit Opi.

Er hatte jahrelang brillante Vorträge verfasst, Essays,

Artikel. Er konnte mehr, als »Alle meine Entchen« zu singen und auf allen vieren durch feuchtes Gras zu kriechen.

Mathias Herrwinkel war ein Mann, der sich schwer tat, einen Entschluss zu fassen, aber wenn es einmal geschehen war, ließ die Durchführung nicht lange auf sich warten.

Ohne weitere Verzögerung peilte er das Ziel an. Am Abend stand die Strategie fest, mit der er diesmal vorgehen wollte: Bergit Laustroem war keine Frau, der man mit den üblichen Schmeicheleien, einem Rosenbouquet und Perlenketten imponieren konnte. Aber vielleicht klappte es auf der Erfolgsschiene.

Als Erstes musste die Homepage geändert werden, die sein Licht nicht hell genug strahlend ließ. Gemessen an dem Erfolgsregister Bergits wirkte die bloße Aufzählung seiner Veröffentlichungen langweilig. Sie demonstrierte einen Provinzler, der versuchte, die wenigen Federchen pfauenartig zu spreizen.

Und ein neues Foto musste her. Auf diesem trug er noch die alte Brille, mit der er, wie Bea einmal bemerkt hatte, aussah »wie ein Zahnarzt, der seinen Beruf hasst«.

Am Abend suchte er lange in seinem Archiv, bis er die ironische Variante des Dauerthemas »Goethe und die Frauen« fand, einen Vortrag, für den er viel Beifall erhalten hatte: »In unsers Busens Reine wogt ein Streben …«

In dem Vortrag erhellte er das Verhältnis zu Ulrike von Levetzow, ein Thema, mit dem sich auch Bergit Laustroem beschäftigt hatte und aus dem sich ein Gesprächsstoff entwickeln ließe.

Er brachte den Mäzen, der sich spontan als Ratgeber anbiedern wollte (»Wenn ich Ihnen mit meiner langjährigen Erfahrung behilflich sein dürfte«), zum Schweigen und ersann eine andere Strategie: Er würde den Vortrag an Bergit Laustroem senden und gleichzeitig eine etwaige Verweigerung der Kontaktaufnahme geschickt umgehen: Nicht an sie selbst wandte er sich mit seinem Vortrag, er bat um Weiterleitung an Teresa Specht, welche ihn angeblich um selbigen gebeten hatte.

Damit schlug er mehrere Fliegen mit einer Klappe: Bergit würde wissen, wer er war. Wenn alles vergeblich sein sollte, konnte er zumindest das Gesicht wahren: Er hatte um eine kleine Hilfestellung gebeten. Wurde sie verwehrt – auch gut.

Zumindest wusste er dann, woran er war.

Zwei Abende benötigte Mathias, um den Artikel für Bergit auf Hochglanz zu polieren, bis er sprachlich und inhaltlich so funkelte, dass er vor Bergits Augen bestehen konnte.

Er nahm die *Elegie* als Schwerpunkt, das Gedicht, in dem Goethe unverblümt seine Liebe zu Ulrike Levetzow in Reime gefasst hatte.

Um Mitternacht hatte er sich derartig in die Verse und Goethes vergeblichen Liebeswahn hineingesteigert, dass ihm war, als ob er die Verse selbst geschrieben, mehr noch, selbst erlebt hätte.

Einige Stellen zitierte er wortgemäß:

Was soll ich nun vom Wiedersehen hoffen,
von dieses Tages noch verschlossener Blüte?
Das Paradies, die Hölle steht dir offen;
Wie wankelsinnig regt sich's im Gemüte! –
Kein Zweifeln mehr! Sie tritt ans Himmelstor,
zu ihren Armen hebt sie dich empor.

Das klang ein wenig nach einem baldigen Abschied auf Erden, aber Goethes Träumen durfte man trauen. Vielleicht war es besser, mit der Angebeteten im Himmel vereint zu sein als getrennt auf Erden.

Mathias beendete den Vortrag mit einem weiteren Zitat:

Und wenn der Mensch in seiner Qual verstummt,
Gab mir ein Gott zu sagen, was ich leide.

Liebe Frau Laustroem,
ich sende Ihnen dieses Manuskript mit der höflichen Bitte um Weiterleitung an Frau Teresa Specht, deren Adresse ich leider nicht zur Hand habe.
Frau Specht hatte mich in Karlsbad um den Artikel gebeten.
Mit herzlichen Dank für Ihre Mühe

Ihr Mathias Herrwinkel

Er las noch einmal, was er geschrieben hatte, und war zufrieden.

Klar und deutlich, nicht anbiedernd, sondern forsch zur Sache. Das Päckchen würde er an Bergits Verlag senden, ein weiterer Hinweis darauf, dass das Kennenlernen in Karlsbad nicht mit gegenseitigem Adressentausch geendet hatte.

Keine Adresse von Bergit, keine Adresse von Teresa …

Er ging davon aus, dass Bergit den Vortrag wunschgemäß lesen und dann an ihn zurücksenden würde.

»Leider habe auch ich die Adresse von Frau Specht nicht zur Hand.«

Daraufhin würde er sie anrufen und sich für die Mühe entschuldigen, die er ihr gemacht hatte.

Damit war das Spiel gewonnen:

In unsers Busen Reine wogt ein Streben …

Heiter plaudernd würden sie über den gemeinsamen Urahn Goethe ins Gespräch kommen.

Was soll ich nun vom Wiedersehen hoffen?

Perfekt!

Als er mit dem Umschlag in der Hand zum Briefkasten eilte, wurde ihm klar, was er sich vom Wiedersehen erhoffte: Er spürte den glühenden Wunsch, an Bergits Seite, begleitet von neidischen Blicken, durch die Halle eines Fünf-Sterne-Hotels zu schreiten und die gemeinsame Nacht in einer Nobelsuite zu verbringen.

So warst du dann im Paradies empfangen …

Am nächsten Morgen bat er Lisa, den Pelzmantel, den er, mit Gummibärchen und Apfelsaft verklebt, in Max' Spielzimmer vorgefunden hatte, reinigen zu lassen und in der Kleiderkammer zu deponieren.

»Ich möchte nicht, dass der Mantel verdorben wird.«

Lisa sah ihn erstaunt an.

»Aber er war so ideal für Max. An kalten Tagen …«

»Es wird sich sicher ein Ersatz finden.«

Ohne sich noch einmal umzudrehen, verließ er das Haus.

Erstaunt sah Lisa ihm nach. Sie ahnte nicht, dass in dieser Minute etwas Neues begonnen hatte: die Entfremdung und das Unerklärliche.

Mathias Herrwinkel verbrachte eine unruhige Woche.

Er hatte als Adresse nicht das Haus *An den Hainbuchen*, sondern die Universität angegeben und näherte sich seinem Postfach mit dem Herzklopfen eines Pennälers.

Aber Bergit Laustroem hatte sich nicht gemeldet.

Mit brennendem Herzen und einem bisher unbekannten Gefühl zukunftsfroher Erwartung war Teresa aus Karlsbad zurückgekehrt. Ein Gefühl sagte ihr, dass Mathias Herrwinkel sich melden würde, und alles bestätigte diese Ahnung.

Wieder einmal unterlag sie der Sucht, Karten zu befragen, Pendel kreisen zu lassen und Horoskope zu lesen.

In einer alten Goethe-Ausgabe tippte sie blind auf eine Zeile, in der Hoffnung auf eine weitere Bestätigung.

Und Goethe kam ihren geheimen Wünschen entgegen: »Entwickle deiner Lüste Glanz …«

Eindeutiger konnte die Antwort nicht sein.

Jetzt galt es, in Geduld abzuwarten. Und sie war warten gewöhnt. Was waren dreißig Jahre gegen ein paar Wochen?

»Die Süße in des Busens Reine« wurde ihr ständiger Begleiter, begleitete sie durch den Tag, kam mit ins Büro, wehte durch den Supermarkt und verklärte den Spaziergang durch den Stadtpark.

Sie zauberte ein Lächeln auf Teresas Gesicht und glättete die waagerechten Falten auf ihrer Stirn.

Das Lächeln ließ die bernsteinfarbenen Augen strahlen, und ihr früherer Nachbar, Wolf Schröder, wunderte sich über die Veränderung, als er sie unvermutet an der Kasse des Supermarkts traf.

Er beobachtete Teresa eine Weile und fragte sich, ob es nicht ein Fehler gewesen war, das Angebot zum gemeinsamen Wandern, das sie ihm einmal gemacht hatte, so rüde ausgeschlagen zu haben.

Ein bisschen Bewegung würde nicht schaden, und Teresa Specht schien nicht zu den Frauen zu gehören, denen man sich nur mit einem teuren Blumenbouquet oder einer Einladung zum Essen nähern konnte.

Nach seiner gescheiterten Ehe hatte er eine kurze Affäre mit einem Model gehabt, das für die Versandhauskette *Jeanine* Bademoden vorführte, und der Kontakt zu ihr hatte ihn beinahe ruiniert: Liebschaften auf Fünf-Sterne-Niveau konnte er sich kein zweites Mal leisten.

Dagegen beruhigte ihn ein kurzer Blick auf den Inhalt von Teresas Einkaufswagen: Milch, Vollkornbrot, Müsli, Magerquark. Frau Specht schien bescheiden zu sein und ihren Wert nicht allzu hoch einzuschätzen.

Also eine Annäherung ohne Risiko.

Er wartete, bis sie die Einkäufe in ihrem Einkaufstrolley verstaut hatte, und trat dann an ihre Seite.

»Wie ist das Leben im neuen Haus?«, eröffnete er das Gespräch. Sie warf ihm einen eher erstaunten als beglückten Blick zu.

»Sehr angenehm.«

»Wunderbares Wetter«, fuhr er ein wenig verunsichert fort.

»Ja«, sagte Teresa. »Das Richtige für einen schönen Tag im Garten.«

Er wartete ab, ob sie ihn einladen würde, an den Wonnen ihres Gartens teilzunehmen, aber sie warf ihm nur einen Blick zu und setzte sich in Bewegung.

»Es scheint ein schöner Sommer zu werden. Man sollte einmal hinausfahren und wandern gehen«, startete er einen neuen Versuch.

»Was?«, fragte sie geistesabwesend.

Ihre Augen hingen an dem Briefträger, der seinen gelben Sack öffnete, Post in die Kästen verteilte, sein Rad bestieg und weiterfuhr.

»Ich dachte, dass wir vielleicht einmal gemeinsam …«

Mit Mühe löste Teresa den Blick vom Rücken des Briefträgers. »Aber um Gottes willen, warum denn?«, fragte sie.

Sie ließ ihn stehen und rappelte, den Trolley hinter sich her ziehend, die Straße hinunter auf ihr Haus zu.

Verwundert sah Wolf Schröder ihr nach. Wie sollte er ahnen, dass Teresa gerade einen Wink vom Schicksal erhalten hatte: Wenn der Briefträger links abbiegt, dann ist heute ein Brief für mich dabei.

Der Brief!

Und der Briefträger war links abgebogen.

Versonnen setzte Wolf Schröder seinen Weg fort.

Gar nicht so übel, diese Teresa Specht. Und diese bernsteinfarbenen Augen – wie glimmende Lichter …

In Teresas Fantasie war der heiß ersehnte Brief kleinformatig und mit maschinengetippter Adresse gewesen, aber der Umschlag war so groß, dass er zur Hälfte aus dem Kasten ragte.

Mit bebenden Händen zog sie ihn heraus.

Die Adresse war nicht maschinengetippt, sondern mit großen, ungestümen Buchstaben auf das Papier geworfen.

Sie ließ den Trolley stehen und hastete ins Haus.

Nervös suchte sie die Lesebrille und setzte sich auf das Sofa. Dann stand sie noch einmal auf, ging in den Keller und holte die Flasche Sekt, die sie dort »für den besonderen Anlass« deponiert hatte.

Der besondere Anlass war da!

Schließlich öffnete sie den Umschlag und zog ein zusammengeheftetes Manuskript heraus.

Obenauf lag ein Brief.

Liebe Frau Laustroem,

ich sende Ihnen dieses Manuskript mit der höflichen Bitte um Weiterleitung an Frau Teresa Specht, deren Adresse ich leider nicht zur Hand habe …

Erschrocken hielt sie inne.

Hatten Mathias und Bergit die Adressen ausgetauscht?

Aber ein Blick auf den Briefkopf beruhigte sie.

Er hatte den Brief an den Verlag geschickt, für den Bergit arbeitete. Als Absender gab er die Universität an.

Teresa schenkte sich ein Glas Sekt ein, leerte es in einem Zug, lehnte sich zurück und schloss die Augen.

Die Welt begann sich zu drehen, so wie sich das Bett gedreht hatte, in dem Mathias ihr seine Liebe gestanden hatte.

Hatte er ihr seine Liebe eigentlich gestanden?

Bestimmt, das gehörte doch dazu.

Und mit dieser Briefsendung bestätigte er noch einmal alles, was er geflüstert und getan hatte.

Sie warf einen flüchtigen Blick auf die erste Zeile des Goethe-Vortrags, den er ihr zugedacht, wahrscheinlich eigens für sie geschrieben hatte: *Was soll ich nun vom Wiedersehen hoffen …*

Eindeutiger ging es nicht.

Sie würde ihn nicht lange auf die Antwort warten lassen und alle Hoffnungen bestätigen.

Ab jetzt, das spürte sie deutlich, würde ihr Leben zu einem einzigen Fest werden …

16

Sehnsucht aber und Verlangen heben vom Boden in die Höh.

Teresa bemerkte Herrwinkels Schatten, der grotesk verzerrt über die Hauswand zitterte.

Die Welt begann sich zu drehen.

Der Kuss im elterlichen Garten, zwischen Forsythienstrauch und Rhabarberbeet, erzeugte ein nie gekanntes Gefühl von Glück und Leichtigkeit. Hand in Hand stiegen sie die Treppe zum Schlafzimmer hinauf.

Teresa ging ins Bad und tupfte sich Parfüm hinter die Ohren, doch als sie zurückkehrte, hockte ihr Geliebter auf der Bettkante und betrachtete die Gegenstände in der Nachttischschublade.

Mit einem Ausdruck unendlichen Erstaunens sah er sie an. »Um Gottes willen, Teresa, warum denn?«

Dann ließ er sich auf das Bett fallen und schüttelte sich vor Lachen.

Teresa erwachte nass geschwitzt und tastete nach dem Lichtschalter. Sie warf einen Blick auf die Uhr: kurz vor Mitternacht.

Verunsichert zog sie die Nachttischschublade auf, aber die Gegenstände waren vollzählig vorhanden.

Alles in Ordnung, ein böser Traum.

»Die Süße in des Busens Reine« kehrte zurück.

Aufgewühlt von dem Erlebnis, Mathias so nahe gewesen zu sein – dies konnte eigentlich nur bedeuten, dass er mit gleicher Intensität an sie gedacht hatte –, beschloss sie, wach zu bleiben und auf den Morgen zu warten.

Ein Mal einen Sonnenaufgang sehen, ein Mal mit allen Sinnen erleben, wie die Sterne verlöschen, der Mond aufgeht und der Horizont sich golden färbt.

Barfuß tappte sie die Treppe hinunter.

Ihr Leben hatte sich auf den Kopf gestellt, nichts war mehr so, wie es einmal gewesen war, und es schien ganz natürlich, die alten Gewohnheiten abzustreifen wie ein unmodern gewordenes Kleid.

Dreiundfünfzig Jahre lang hatte sie die Nächte verschlafen … diese würde sie anders verbringen.

Sie ging ins Wohnzimmer und setzte sich an den Tisch. Wie von selbst formte sich in ihrem Kopf die Antwort auf Mathias' Brief, um die er, zwischen den Zeilen, gebeten hatte.

Lieber Mathias …

Es war still im Haus.

Nichts war zu hören, außer dem Pochen des eigenen Herzens und in der Ferne den Schlägen der Kirchenglocke.

Sie schlug zwölf Mal.

Mitternacht.

Lieber Mathias,
mitten in der Nacht setze ich mich hin, um an dich zu schreiben.
Du wirst dir denken, wie sehr ich mich über die »Einladung«gefreut habe, die du mir im Anschluss an die gemeinsam verbrachte Nacht auf den Tisch gelegt hast.
Natürlich kenne ich das Gedicht, das eines meiner liebsten ist, und natürlich hast du gewusst, dass ich die verborgene Botschaft entdecken würde.

Sie unterbrach das Schreiben und las das Gedicht noch einmal. Erst jetzt, in der Mitte der Nacht, ganz und gar auf das Erlebnis konzentriert, begriff Teresa die Tiefe dieser Worte: *Denn du bringst es, und du gibst es.*

Sie hatte Mathias Herrwinkel mit ihrer Glut ein für alle Mal gewonnen. Was anderes wollte er andeuten, als dass sie die Geliebte seines Lebens war, die in einer einzigen Nacht die Erinnerung an alle Frauen, die vor ihr gewesen waren, ausgelöscht hatte?

Sie las, was sie geschrieben hatte, und fand den richtigen Schlusssatz:

Natürlich werde ich dir stets alles sein –und alles geben. Auf Wiedersehen.
Immer, deine Teresa.

Als sie erwachte, schien die Sonne hell ins Zimmer.

Dass sie an einem ganz gewöhnlichen Montagmorgen von den Strahlen der Sonne und nicht vom Klingeln des Weckers geweckt wurde, war neu.

Sie kochte Kaffee und frühstückte in aller Ruhe. Erst dann rief sie im Büro an.

Mit knappen Worten schilderte sie den Stand der Dinge.

Sie war unerwartet erkrankt, hatte die ganze Nacht kein Auge zugetan und musste erst einmal abwarten, ob sich der Zustand besserte.

In dieser Woche würde sie auf jeden Fall zu Hause bleiben. Beinahe hätte sie sich versprochen und auf die Frage, wann sie wieder ins Büro komme, geantwortet: »Gar nicht mehr. Ich werde heiraten.«

Teresa legte den Hörer auf und atmete tief durch. Sie sah sich im Zimmer um.

Der Raum strahlte Heiterkeit und Frieden aus. In einer breiten Sonnenbahn tanzten Staubflöckchen.

Auch »Benny« schien es gut zu gehen. Er hatte den Umzug überstanden und eine Anzahl neuer Blätter getrieben.

Fast war es, als lächele er ihr zu.

Am Nachmittag schob sie den Liegestuhl in den Schatten der Markise und griff nach dem Vortrag, den Mathias offenbar eigens für sie geschrieben hatte.

Es ging um Ulrike von Levetzow, deretwegen auch Bergit Laustroem in Karlsbad gewesen war. Es ging um Liebe und die Sehnsucht eines alten Mannes zu einem jungen Mädchen, und vor allem ging es um die »Botschaft«, die ihr Mathias Herrwinkel mit dem Essay zukommen ließ und die es zu finden – und zu beantworten galt.

Mit Leidenschaft ging Teresa auf dieses neue Spiel ein: Ebenso wie Marianne von Willemer, der die »Einladung« gewidmet war, hatte Goethe auch Ulrike von Levetzow Gedichte heißblütigen Inhalts geschrieben, mehr noch, Goethe war ihr verfallen, verstrickt in eine Liebe, die unerwidert blieb und vielleicht aus diesem Grunde niemals endete.

Und noch etwas kam in den Zeilen deutlich zum Ausdruck:

Zum ersten Mal quälte Goethe die Angst, nicht erhört zu werden. Teresa ließ das Skript sinken. Hier war bereits die Botschaft. Mathias schien die gleichen Zweifel zu hegen, die auch Goethe gequält hatten. Schließlich war auch er um einige Jahre älter als sie. Zwar trennten sie nicht Jahrzehnte, wie es bei Goethe und Ulrike der Fall gewesen war, aber doch … Gemessen an der Fülle an Erfahrungen, die Mathias gemacht hatte, fühlte sie sich Ulrike von Levetzow im Zustand der Unschuld sehr nah.

Dennoch war die Botschaft nicht so eindeutig zu entschlüsseln wie die Botschaft der »Einladung«, die sich bereits im Titel verriet, aber dann stieß Teresa auf die entlarvenden Verse:

Am heißen Quell verbringst du deine Tage,
Das regt mich auf zu einem Zwist,

Denn wie ich dich so ganz im Herzen trage,
Begreif' ich nicht, wie du woanders bist.

Teresa überging den Hinweis, dass sie ihre Tage »am heißen Quell« verbrachte, sicher meinte der Dichter den heißen Quell der Sehnsucht, und stieg gleich in die dritte Zeile ein:

Denn wie ich dich so ganz im Herzen trage …

Die vierte Zeile sog sie förmlich in sich hinein:

..begreif ich nicht, wie du woanders bist.
Was soll ich nun vom Wiedersehen hoffen?

Teresa lächelte.

Beide Fragen deuteten auf einen eindeutigen Wunsch hin: Mathias sehnte sich nach ihrer Nähe.

Wo sie ihn finden konnte, verriet das Deckblatt mit der Adresse. Mathias gab die Adresse der Universität und zusätzlich die Adresse seiner Homepage an.

Zum ersten Mal in ihrem Leben bejubelte Teresa Fortschritt und Technik. Sie verließ die Ebene der Spökenkiekerei, verbannte Karten, Pendel und Horoskope und loggte sich ins Internet ein.

Aufgewühlt durch das Erlebnis der Liebe, betrat Teresa Specht den Boden der Neuzeit und entdeckte eine Welt voller Wunder. Sie tippte Mathias' Namen ein und klickte auf *Suchen*.

Es dauerte nicht lange, und Mathias' Bild flammte auf.

Sein Blick traf sie mitten ins Herz.

Die Homepage bot Hinweise auf sämtliche Veröffentlichungen und die Daten künftiger Auftritte.

Für den Herbst war eine Vortragsreihe geplant, unterbrochen von dem Kongress der Historiker in Berlin am 10. Oktober.

Teresa notierte: 10. Oktober. Berlin. Vortrag!

Datum und Ort des Wiedersehens standen somit fest. Sie klickte erneut auf die Homepage und trat mit Mathias in Blickkontakt.

Begreif' ich nicht, wie du woanders bist.

Sie gab sein Lächeln zurück: »Habe verstanden, ich komme.«

Nur ungern trennte sie sich von ihm, erfüllt von der Gewissheit, den Kontakt jederzeit wieder aufnehmen zu können. Ein neues Götzenbild verherrlichend, war es leicht, Cary aufzugeben.

17

Denn auf Schweigen und Vertrauen ist der Tempel aufgebaut.

Neben der Einladung zum Hoffest, die *Burgkünstler* luden wieder einmal zur *Vernissage open air* – Mathias neigte in letzter Zeit dazu, Einladungen dieser Art süffisant als *Vernissage open Portemonnaie* zu bezeichnen (und zu ignorieren) –, fand Mathias auch Teresas Brief in seinem Postfach.

Nachdenklich betrachtete er die gestochen scharfe Schrift und den Absender.

Er wunderte sich.

»Teresa Specht?«

Das Register seiner Fehltritte war so klein, dass er sich eigentlich an die heiße Stunde im Kurhaus Thomayer hätte erinnern müssen, aber die Erinnerung an Teresa war durch die Sehnsucht nach Bergit Laustroem gelöscht worden.

Nur mit Mühe konnte er Teresas Bild heraufbeschwören.

Schließlich erschienen das glatte Gesicht mit den bernsteinfarbenen Augen, eine gescheitelte Frisur und ein rot verbrannter Hals.

Aus dem Unterbewusstsein tauchten, begleitet von

einem unguten Gefühl, Spitzenbesatz und Busen auf, ein Bild, das es für immer zu löschen galt.

Er fühlte ein Kratzen in der Kehle.

Widerwillig musste er zugeben, dass die Idee, Bergit Laustroem zu beauftragen, den Vortrag weiterzuleiten, nicht so geschickt gewesen war, wie er geglaubt hatte.

Künftig würde er anders vorgehen: mutig voran, Flagge zeigen. Die Angst vor Zurückweisung musste endlich überwunden werden. Er hatte kein Sterbenswörtchen von Bergit erhalten (es war ungewiss, ob sie den Vortrag überhaupt gelesen hatte), und stattdessen hatte er Teresa Specht am Hals.

Zwar zauberte die Erinnerung an die Nacht mit ihr ein amüsiertes Lächeln in seine Mundwinkel, aber trotzdem.

Die Angelegenheit war wieder einmal schief gelaufen.

Auch bei Evelyn war er nicht zur Sache gekommen, sondern hatte sich durch fadenscheinige Täuschungsmanöver in der Rolle des väterlichen Freundes und Kunstförderers eingeschlichen. Und genau das war er geworden: der väterliche Freund …

Mathias Herrwinkel zog sich in sein Büro zurück, deutete Frau Fröhlich an, dass er nicht gestört zu werden wünsche, und unterzog Teresas Brief einer eingehenden Analyse.

Du wirst dir denken, wie sehr ich mich über das Gedicht »Die Einladung«gefreut habe, das du mir im An-

schluss an unsere gemeinsame Nacht auf den Tisch gelegt hast …

Welches Gedicht?

Ach so, den Zettel, den er ihr hinterlassen hatte.

Mit Mühe erinnerte er sich an die wenigen Zeilen, die eindeutig abweisend gemeint waren:

Heut ist heute, morgen morgen, und was folgt und was vergangen, reißt nicht hin und bleibt nicht hangen.

Eindeutiger konnte man das Ende einer Episode, eines Episödchens, besser gesagt, nicht benennen.

Wieder vertiefte er sich in den Brief: *Natürlich kenne ich das Gedicht, das eines meiner liebsten ist, und natürlich hast du gewusst, dass ich die verborgene Botschaft entdecken würde.*

Mathias schloss die Augen und versuchte, sich an den genauen Wortlaut des Gedichtes zu erinnern.

..bleibe du mein Allerliebstes, denn du bringst es, und du gibst es …

Ja nun, er schmunzelte.

»Gebracht« hatte sie einiges. Teresa Specht mochte in der realen Welt ein wenig gestrig wirken, im Bett war sie eine Koryphäe!

… wie du dir von unserem Wiedersehen alles erhoffen kannst

Um jede Hoffnung auf eine Wiederholung der Karlsbader Ekstase im Keim zu ersticken, hieß es jetzt abzuwiegeln, taktvoll natürlich, man musste der Zurückgewiesenen ja nicht unnötig wehtun.

An dieser Stelle der Geschichte beging Herrwinkel einen schwer wiegenden Fehler.

Er kannte sich mit dem Schwelbrand im Herzen später Mädchen nicht aus, wusste nichts von der Panik, welche die vielleicht einzige Gelegenheit des Lebens begleiteten.

»Erst wenn man's ausspricht, ist es auch geschehen.«

Dinge, die im Schweigen liegen, treiben keine Blüten, können nicht wachsen und verschwinden schließlich im Vergessen.

Wer nie ein Abenteuer erlebt hat, kennt folglich die Regeln der Profis nicht:

1. Auf Briefe eindeutigen Inhalts niemals eingehen.
2. Brief sofort wegwerfen und das Erlebnis in Gedanken löschen.
3. Notfalls so lange abstreiten, bis man selbst von der Lüge überzeugt ist.

Wenn's gar nicht anders geht, die Betroffene für verrückt erklären, Wahnvorstellungen, verbunden mit Hysterie, kamen schließlich häufig vor.

Ungeübt wählte Mathias Herrwinkel den Weg der Dilettanten. Er trachtete danach, die Sache rasch aus der Welt zu räumen, wollte aber nicht unnötig verletzen. Dabei gab er sich einer gefährlichen Illusion hin: Teresa Specht würde schon verstehen.

Die Tatsache, die er in seinem Eifer übersah, war: Teresa konnte sich gar nicht leisten, zu verstehen.

Verstehen hätte bedeutet, die Illusion zu zerstören, von der sie künftig leben wollte. Das Bild zu löschen, das ihr das Herz wärmte, das sie in ihre Träume begleitete und ihren Gedanken Inhalt gab. Das sie am Leben teilhaben ließ.

Anstatt die Sache totzuschweigen, schrieb Mathias also einen Brief, in dem er wiederum Goethe zitierte:

Verzeiht einmal dem raschen Wort
und so verzeiht dem Plaudern
denn jetzo wär's nicht ganz am Ort,
wie bis hieher zu zaudern.
Liebe Frau Specht,

(ganz bewusst wich er vom vertraulichen Du zum distanzierten Sie)

wollen wir die Karlsbader Ereignisse doch ins Schatzkästlein der Erinnerung legen.
Mit guten Wünschen, Ihr M. Herrwinkel

Dann erinnerte er sich daran, dass Frau Specht offenbar nicht eine der Hellsten war. Man musste wohl doch den kleinen Holzhammer bemühen, wenn man nicht Gefahr laufen wollte, dass es wieder schief ging. Zur Verdeutlichung fügte er noch ein P. S: hinzu:

Ist denn das klug und wohl getan?
Was willst du Freund und Feinde kränken?

Erwachsne gehn mich nichts mehr an,
Ich muss jetzt an die Enkel denken.

Zwar war, wenn man an die Liaison mit Ulrike dachte, Goethe selbst dem Enkel-Thema eher ausgewichen, aber sei's drum.

Mit dem Spruch aus den *Zahmen Xenien* hatte er diskret, doch eindeutig angedeutet, dass nicht Teresa selbst es war, die er ablehnte, sondern dass Amouröses nicht mehr in die Lebensphase passte, in die er eingetreten war.

Teresa ihrerseits mochte sich nach einem passenden Partner umsehen.

Ich wünsche Ihnen alles erdenklich Gute.

Er las die Zeilen und war zufrieden. Wieder glaubte er, sich geschickt entzogen zu haben.

Natürlich verstand Teresa den Hinweis auf die Enkel falsch. Sie hatte ihrerseits eine Methode entwickelt, grundsätzlich nur das zu verstehen, was sie verstehen wollte.

Mathias litt unter einer Not, die sie vielleicht sogar eher erkannt hatte als er: der Not, älter zu werden.

Sie lächelte, als sie den Brief in der Hand hielt und die Zeilen las.

Sie würde ihm beweisen, dass sein Alter sie nicht

störte. Sie war nicht Ulrike von Levetzow. Sie war Teresa Specht.

Verzeiht einmal dem raschen Wort …

Sie würde das allzu rasche Wort dieses Briefes nicht nur verzeihen, sie war bereit, es zu vergessen.

Es waren noch fünf Wochen bis zum Kongress der Historiker, aber vorsorglich buchte Teresa ein Einzelzimmer in einer Berliner Privatpension.

»Det Zimma is aber janz einfach«, teilte ihr der Besitzer mit. »Dusche nachträglich rinjebaut. Toilette über'n Flur.«

»Geht in Ordnung«, sagte Teresa. »Bis zum Zehnten dann.« Sie brauchte das Zimmer in Berlin lediglich als Anlaufadresse. Wenn alles gut ging, würde sie die Nacht in der Suite verbringen, die für Professor Dr. Mathias Herrwinkel reserviert worden war.

Um dies sicherzustellen, tat sie noch das, was Cary empfohlen hatte: nicht kleinlaut abwarten – tätig werden.

Teresa räusperte ihren Hals frei und rief bei der Kongressleitung an.

»Universität Eppenhofen, Sekretariat. Ich habe eine Frage. Ist das Zimmer für Professor Herrwinkel bereits reserviert worden?«

Teresa spürte ihr Herz hart gegen die Rippen klopfen.

Sie hatte das Gefühl, eine ungeheure Tat zu begehen.

»Hören Sie? Ja, die Reservierung liegt vor.«

»Nur der Vorsicht halber: Es handelt sich doch um ein Einzelzimmer?«

»Nein, ein Doppel ...«

Verzückt schloss Teresa die Augen.

»Unser Haus hat kaum Einzelzimmer.«

Aber das hörte Teresa nicht mehr.

Sanft legte sie den Hörer auf die Gabel zurück.

Am 10. Oktober begann das Leben ...

Zwei Wochen vor der Abreise machte Teresa einen Rundgang durch ihr Haus. Sie versuchte, es mit Herrwinkels Augen zu sehen, denn schließlich war es möglich, dass er sie nach der gemeinsam verbrachten Nacht in seinem Wagen nach Hause fahren würde.

Sicher würde er wissen wollen, wie sie wohnte: Zeige mir, wie du wohnst, und ich sage dir, wer du bist.

Auf diese Frage gab das Haus eine deutliche Antwort: Hier wohnt eine allein stehende, peinlich ordnungsliebende Person mit wenig Sinn für Fantasie. Man konnte nicht erkennen, ob es ein Mann oder eine Frau war. Das Haus verhielt sich neutral.

Teresa beschloss, vor der Abreise eine Vase mit Rosen auf den Tisch zu stellen.

Sie würden ein paar Tage halten und beim Eintritt in das Wohnzimmer für eine feminine Atmosphäre sorgen.

Außerdem würden sie in Herrwinkels Herz für Unruhe sorgen:

Wer war der Mann, der kurz vor Teresas Abreise mit einem Rosenbouquet in der Hand vorbeigekommen war?

18

Herrscht doch über Gut und Böse dieser Schönheit Übermut.

Mathias Herrwinkel blätterte missmutig in den Journalen, die bei seinem Friseur auslagen.

Zum ersten Mal in den zwanzig Jahren, in denen er bei Ritsche die Haare schneiden ließ, musste er warten.

Unzufrieden betrachtete er den Rücken des Meisters, der sich mit aufreizender Langsamkeit der Frisur eines Kunden widmete. Ritsche, stellte Herrwinkel fest, wurde alt. Man würde sich nach einem Ersatz umsehen müssen.

Herrwinkel beschloss, dies alsbald in Angriff zu nehmen, und vertiefte sich in die Frisurvorschläge eines Herrenmagazins. Gelangweilt überflog er einen Artikel über den Berliner Modefriseur Udo Wax.

Ihm fiel auf, dass Herr Wax ihm und seinen Altersgenossen, was Leibesumfang und Haarfülle anging, ähnelte, das hieß, dass der Leibesumfang die Haarfülle bei weitem übertraf – dennoch schien ihn das gewisse Etwas von seinen Altersgenossen zu unterscheiden.

Mathias Herrwinkel las den Artikel, unterzog die dazugehörigen Fotos einer eingehenden Musterung und war anschließend um einige Erfahrungen reicher: Udo

Wax, lernte er, war trendy. Er stylte alles, was Rang und Namen hatte, er machte etwas aus den Köpfen.

»Ein Besuch in meinem Salon beginnt stets mit einer genauen Stilberatung«, erklärte Udo Wax im Interview. »Die Frisur muss zum Gesicht und zum Typ passen. Die Kleidung tut das Übrige.«

Herrwinkel studierte das Foto, welches Udo Wax im Profil zeigte, und fand die Aussage bestätigt: Das Haar rappelkurz geschnitten, die Designerbrille auf der Nase, ein schwarzes T-Shirt umspannte den Bauch und ging in eine schwarze Hose über.

Das, erfuhr Herrwinkel weiter, sollte die Figur strecken.

Er sah sich verstohlen um und ließ das Magazin in seine Tasche gleiten. Er wusste nicht, wo es Journale dieser Art zu kaufen gab, und wollte an seinem heimischen Kiosk nicht danach fragen. Andererseits schienen ihm die modischen Tipps von Udo Wax beachtenswert.

»Herr Professor?«

Ritsche schob den gepolsterten Sessel zurecht.

Mathias Herrwinkel nahm Platz und hob den Blick zu Ritsche.

Seit zwanzig Jahren trafen sich ihre Blicke im Spiegel.

Sie waren gemeinsam gealtert, hatten um die Kinnpartie herum zugelegt und an Haaren verloren.

Ritsche zückte die Schere.

»Wie immer?«

Herrwinkel räusperte sich.

»Nein, ich wünsche eine Stilberatung.«

Der Friseur ließ die Schere sinken.

»Eine was?«

»Eine Stilberatung.«

Ritsche deutete mithilfe hochgezogener Brauen sein Erstaunen an.

Ohne dass es ihm auffiel, wählte Mathias die Worte des Modefriseurs aus dem Artikel.

»Ich möchte, dass die Frisur zu meinem Gesicht und meinem Lebensstil passt. Außerdem«, fügte er mit gesenkter Stimme hinzu, »will ich die kahlen Stellen auf dem Oberkopf kaschieren. Wenn Sie vielleicht einen Vorschlag hätten?«

Ritsche legte die Hand ans Kinn, musterte Mathias' Spiegelbild und überlegte.

»Am besten«, sagte er schließlich, »ließe man die eine Seite wachsen.«

Er zwirbelte die Haarbüschel hinter dem linken Ohr seines Kunden zusammen und fügte hinzu: »Hier, zum Beispiel, ist noch genügend Volumen vorhanden. Zusammengenommen ergäbe sich eine relativ dichte Strähne, die man aufteilt und quer über den Oberkopf legt.«

Herrwinkel verzog angewidert das Gesicht. So etwas hatte er schon einmal gesehen.

Wie Würmer ringelten sich die meist braun gefärbten Strähnen über den Schädel. Bei Anstrengung oder seelischer Erregung begann das Kunstwerk feucht zu werden, und, er unterdrückte ein Lächeln, aus den Würmern wurden Regenwürmer.

Außerdem ergab sich ein technisches Problem.

»Und wenn sich die langhaarige Seite löst und unbemerkt über die Schulter fällt?«

Ritsche lächelte überlegen.

»Man müsste die Anschlussstelle natürlich fixieren. Das ist kein Problem. Das Problem sehe ich eher in der Übergangszeit. Das Haar wächst ja nur einen Zentimeter pro Monat ...«

Vor Herrwinkels innerem Auge erschien Kollege Kaiser. Sein Grinsen mischte sich mit den ironisch hochgezogenen Mundwinkeln Evelyns.

Dann sah er Bergits spöttischen Blick.

Aber die Lösung gefiel ihm ohnehin nicht. Wie würde er nachts wirken, wenn sich die Fixierung löste und sich die lange, braune Strähne über das Kopfkissen ringelte?

Entschlossen befreite sich Herrwinkel von dem Frisiermantel und erhob sich.

»Ich fürchte, das trifft nicht ganz meine Vorstellungen!«

»Aber, Herr Professor ...«

»Ich brauche etwas wirkliches Neues ... eine Idee.«

»Herr Prof...«

»Auf Wiedersehen.«

Erregt schritt Herrwinkel die Hauptstraße entlang. Er fühlte sich zurzeit schwach und unbeweibt.

Unsicher hatte er Bergit Laustroem einige Dankeszeilen zukommen lassen:

..bedanke ich mich für Ihre freundlichen Kurierdienste und möchte Sie zu meinem Vortrag, der anlässlich des Kongresses der Historiker am 10. Oktober in Berlin stattfinden wird, herzlich einladen.
Würden Sie mir die Freude machen, anschließend ein Glas Sekt mit mir zu trinken?

Das war höflich und wahrte den Abstand, aber Bergit hatte nicht geantwortet.

Und auch Evelyn hatte auf seine etwas pampige Ablehnung, zum Hoffest zu erscheinen (»Leider bin ich beruflich verhindert, aber vielleicht hat meine Brieftasche Lust, an dem Fest teilzunehmen. Sie wird mich zufriedenstellend vertreten.«), mit tiefem Schweigen reagiert.

Und selbst zu Hause war Stille eingetreten.

Lisa war bereits zum zweiten Mal in diesem Jahr mit Ann-Sophie und Bero zu einer Reise aufgebrochen.

Sie hatte sich erboten, den kleinen Max zu beaufsichtigen, damit die Eltern einmal ungestört ausgehen konnten.

Er, Mathias, war gar nicht gefragt worden. Lisa schien wie selbstverständlich anzunehmen, dass er seine Bedürfnisse denen des Enkels ebenso bereitwillig unterordnete, wie sie selbst es tat.

Der Erbprinz, das stellte er mit zunehmendem Unmut fest, machte ihm allmählich den Rang streitig. Nachdem er sämtliche Räume des Hauses erobert hatte – es fand sich kaum noch ein Platz, auf dem sich kein Mützchen, Jäckchen oder Spielzeug befand –, schickte er sich an, die Nummer eins in Lisas Herz zu werden.

Nummer zwei hatte Ann-Sophie belegt, mit der Lisa stundenlange Gespräch über Max' Wohlbefinden führte, jeden kleinen Fortschritt detailliert schilderte oder Kindermundgeschichten zum Besten gab, die stets mit der Pointe endeten, dass Mäxchen die Omi ganz, ganz lieb hatte.

Ob er, Mathias, die Omi lieb hatte, schien niemanden mehr zu interessieren.

Er rangierte inzwischen auf den hinteren Rängen.

Aber gut! Wenn sie es so haben wollte ... Bitte sehr!

Wenn sie ihn langsam, aber sicher ausmusterte ... Nur zu!

Wenn die beruflichen Erfolge von Herrn Dr. Bero C. Brenner so viel strahlender waren als seine eigenen (Er hatte das Leuchten in Lisas Augen, mit dem sie ihrem Schwiegersohn bei Begrüßungen die Wange hinhielt, sehr wohl gesehen!), sollte sie die Freude haben!

Wenn sich niemand mehr um ihn kümmerte, wenn selbst Max-Mathias Herrwinkel junior so viel attraktiver war als er – dann musste diese Tatsache eben akzeptiert werden.

Dann musste man neue Wege suchen.

Er würde sich schwarze T-Shirts und die passenden Hosen besorgen und beim Optiker vorbeigehen.

Eine randlose Brille sollte es diesmal sein. Weg mit dem braunen Gestell, das das Gesicht entstellte.

Welches Modell hatte Udo Wax eigentlich auf der Nase?

Gut, dass er das Journal eingesteckt hatte. Anhand der Vorlage würde das neue Image gelingen. Über den Dreitagebart, der das Gesicht des Meistercoiffeurs zierte, war noch nachzudenken.

Von einer bisher unbekannten Macht getrieben, begann Mathias unverzüglich mit dem Styling. Weg mit dem in langen Amtsjahren leicht verstaubten Dozenten ... Her mit dem Intellektuellen, vorzeigbar in den Metropolen der Welt.

Zum Beispiel in Berlin, in Begleitung einer Frau, die ihrerseits eine Intellektuelle war.

Zum Beispiel in Begleitung Bergit Laustroems.

Schwungvoll betrat er sein Büro.

»Frau Fröhlich, machen Sie bitte einen Friseurtermin für den 8. Oktober.«

»Bei Ritsche?«

»Bei Udo Wax in Berlin.«

»Bei Udo W...«

Frau Fröhlich brach mitten im Wort ab.

Professor Herrwinkel, Schwarz in Schwarz und mit einer befremdlich wirkenden Brille auf der Nase, hatte ihr einen eisigen Blick zugeworfen.

Sie wagte nicht einmal mehr die Frage zu stellen, ob es einen Trauerfall in der Familie gegeben habe.

Auch Teresa Specht bereitete sich mit Akribie auf den Berlin-Besuch vor: Termine im Kosmetik- und Friseursalon, im Sonnenstudio und beim Zahnarzt.

Im Kosmetiksalon ließ sie Wimpern und Brauen färben und den Damenbart entfernen.

Fräulein Gina pappte ihr eine heiße Masse auf die Oberlippe und riss diese nach einer kurzen Einwirkungszeit mit Schwung herunter.

Teresa biss die Zähne zusammen und beschloss, diese Tortur nur im Fall einer Hochzeit wiederholen zu lassen.

Die Prozedur des Wimpernfärbens war dagegen harmlos gewesen und hatte sich gelohnt. Die bernsteinfarbenen Augen wirkten – dunkel umrahmt – leuchtender, der Blick geradezu verführerisch.

Verunsichert betrachtete sie dagegen die breiten, rabenschwarz gefärbten Brauen.

»Ich sehe ja aus wie Charlie Chaplin.«

Aber Gina beruhigte sie.

»Das scheint nur so, weil die Brauen bisher optisch kaum in Erscheinung traten.«

Fräulein Gina, stellte Teresa mit einem kritischen Blick fest, hatte gar keine Brauen mehr.

Sie hatte, wie sie lachend zugab, die Härchen so oft gezupft, bis keine mehr wuchsen.

Zu Hause musterte sich Teresa intensiv im Spiegel.

An die schwarzen Brauen würde sie sich gewöhnen müssen, die seidenweiche Oberlippe fand dagegen ihre uneingeschränkte Zustimmung.

Kein Härchen würde stören, wenn Mathias Herrwinkel seine Lippen auf ihren Mund presste.

Auch das Innere dieses Mundes wurde sorgfältig hergerichtet. Ihr Zahnarzt erneuerte eine Plombe, beseitigte den Zahnstein und reinigte die Zwischenräume. Mathias sollte sich bei Teresa ganzkörperlich wohl fühlen und nicht durch wackelnde Zahnfüllungen irritiert werden.

Einmal in Fahrt geraten, wurde auch der Besuch bei »Sascha« ein Erfolg.

Der Modefriseur dünnte den seit Jugendtagen platt auf der Stirn liegenden Pony aus und föhnte den feinhaarigen Restbestand federbuschartig in die Höhe.

Erregt durch den Erfolg in der bisher unbekannten Welt der Trendsetter, buchte Teresa einen Termin bei der Farbstylistin Roma Gerner-Gluckhausen.

Roma Gerner-Gluckhausen stellte fest, dass Teresa ein Wintertyp sei, dem gedeckte Herbstfarben am besten standen.

»Dieses Gelb«, dozierte sie und hielt Teresa eine quittengelbe Stoffbahn unter das Kinn, »tut nichts für Sie. Es macht Sie fahl und lässt Sie älter aussehen. Dieses braune Rosa dagegen schmeichelt Ihrem Typ.«

Anhand diverser Beispiele aus der breiten Palette der Herbst- und Winterfarben stellte Frau Gerner-Gluckhausen für Teresa eine exakt passende Farbtabelle her, mit deren Hilfe Teresa feststellte, dass der gesamte Inhalt ihres Kleiderschranks auf den Müll gehörte.

Kaum ein Kleidungsstück war in der Lage, »etwas für sie zu tun«.

Animiert durch den fedrig wippenden Haarbusch über der Stirn, die schwarz gefärbten Wimpern und die Balken über den Augen, gab Teresa der lebenslang geübten Sparsamkeit einen Tritt und begann gnadenlos auszumisten.

In die Kleidersammlung mit den Schmarotzern, die viel Platz stahlen, ohne, wie Frau Roma Gerner-Gluckhausen sagte, »etwas für sie tun«.

Mochten sich andere Frauen mit dem fahlen Gelb und dem zu schrillen Rot plagen und ein Leben lang nicht wissen, weshalb kein bewundernder Blick sie traf: Sie, Teresa Specht, hatte – spät, aber nicht zu spät! – das Geheimnis magischer Anziehungskraft erkannt.

Ohne mit der Wimper zu zucken, investierte sie eine hohe Summe in eine komplett neue Ausstattung: weite Schnitte, warme Farben, beste Qualität.

Auch Cary kam kurz aus der Versenkung und bestätigte ihr Tun: Wer einen großzügigen Mann sucht, sollte selbst nicht knausern. Geld zieht Geld – Geiz nur Geiz an.

Es war nicht nötig, länger zu sparen, in Kürze würde sie einen Ernährer haben.

Im Geiste entwarf sie bereits ihr Kündigungsschreiben.

»… möchte ich Ihnen mitteilen, dass ich im kommenden Jahr nicht mehr zur Verfügung stehe. Ich werde heiraten.«

Den Besuch im Sonnenstudio hob sich Teresa für den Tag vor der Abreise auf.

Es geschah zum zweiten Mal in ihrem Leben, dass sie sich auf der Bank ausstreckte und die Haube herabgleiten ließ.

Wohlig schloss sie die Augen. Augenblicklich erschien Mathias hinter den geschlossenen Lidern.

Mit Wonne erinnerte sie sich an den Augenblick in Karlsbad, in dem die Hüllen gefallen waren und sich beide Körper, zart getönt, aneinander schmiegten.

Herrwinkels Haut hatte zu einem bräunlichen Ocker tendiert, während die ihre ein gelbliches Rost aufwies.

Herbstfarben eben.

Am Abend vor der Abreise zauberte Teresa Mathias Herrwinkel auf den Bildschirm und drehte sich vor seinen Augen im Kreis.

»Voilà, die neue Teresa. Zufrieden?«

Mathias lächelte wie gewohnt, aber in seinen Augenwinkeln flimmerte ein neues Begehren.

Teresa fühlte sich wie Teresa im Glück. Am liebsten hätte sie einen Gang zum Friedhof gemacht und die alte Teresa rituell begraben.

Hier ruht Teresa Specht …

Auch Bergit hatte den 10. Oktober in ihrem Kalender rot angestrichen.

Sie würde mit Benedikt eine Reise durch die Slowakei machen: Bummeln im Auto und zu Fuß, Leute betrachten und Wanderungen durch die Mala Fatra waren geplant. Schlafen in einem kleinen Gasthof mit Landwirtschaft. Keine Historie – Gegenwart pur …

Im Gegensatz zu Mathias Herrwinkel und Teresa Specht machten Bergits Reisevorbereitungen wenig Mühe.

Sie ließ sich von Kalinka das Haar mit Henna färben, stattete sich mit zwei Reiseführern aus, legte die Route fest und sah sich für die Reise bestens gerüstet.

Brauen, Wimpern, Oberlippe und Garderobe blieben so, wie sie waren.

Auf einer Sonnenbank hatte sie noch nie gelegen.

Bergit hatte Herrwinkels Einladung flüchtig zur Kenntnis genommen und sofort entsorgt.

Als Autorin erhielt sie so viele Einladungen zu allen möglichen Veranstaltungen, dass bei dem bloßen Anblick automatisch eine gewisse Ermüdung eintrat.

Und dann Goethe …

Sie persönlich hatte Goethe inzwischen aus dem Gedächtnis gestrichen, nachdem der Roman fertig gestellt war.

Sanft war der Dichter eingeschlafen.

Bergit Laustroem hatte nicht vor, ihn durch Mathias Herrwinkel wieder zum Leben zu erwecken.

19

Verstellung, sagt man,
sei ein großes Laster,
doch von Verstellung leben wir.

Der erste Gang in Berlin hatte Herrwinkel zu Udo Wax geführt. Außerhalb seiner Heimatstadt, in unbekannten Gefilden, wo ihn niemand kannte, wo er nicht der Professor, sondern allenfalls Mathias Herrwinkel war, fühlte er sich stets ein wenig nackt. Bei Udo Wax hatte er sich in einen der Sessel platzieren lassen und der Friseurin seinen Code entgegengeworfen:

»Ich wünsche eine Stilberatung bei Herrn Wax persönlich.«

Er machte eine kleine Pause und fügte hinzu: »Ich bin angemeldet. Professor Herrwinkel.«

Wie bei Ritsche erschien kurz darauf der Kopf des Friseurs im Spiegel.

Das Rund der Gesichter, die kleinen Wülste unter dem Kinn und die Rundungen um die Körpermitte waren so identisch, dass die Entscheidung, das Styling betreffend leicht fiel.

Ehe Udo Wax mit seiner Stilberatung beginnen konnte, fiel ihm Herrwinkel ins Wort.

»Ich möchte so aussehen wie Sie.«

Der Starfriseur lächelte.

Früher kamen die Kundinnen mit einem Bild aus der Yellow Press und dem Wunsch, so auszusehen wie Miriam, die Moderatorin von RTL.

Heute wünschte Mann so auszusehen wie Udo Wax.

Das nannte man Karriere!

Er machte eine kleine Verbeugung.

»Ich bedanke mich für das Kompliment. Ein verändertes Outfit garantiert ein neues Lebensgefühl.«

Unter der in Windeseile um den Kopf herumgeführten Schere formte sich ein grau melierter Haarkranz, der den Kopf millimeterkurz umschloss.

Der Nacken wurde freigelegt.

Mit Unbehagen sah Herrwinkel die frechen Flügelchen links und rechts der Ohren zu Boden sinken.

Aber das Ergebnis ließ sich sehen: Die neue Frisur, rappelkurz und pflegeleicht, gefiel ihm.

»Zu dem kurzen Styling sollten Sie sich einen Bart stehen lassen. Dreitage- oder Backenbart.«

Udo Wax lächelte.

»Als Ausgleich, sozusagen.«

Eine Stunde später verließ Herrwinkel den Salon.

Das neue Lebensgefühl hatte einen stolzen Preis gehabt, aber er war bereit gewesen, ihn zu zahlen.

Außerdem war er in Stimmung gekommen.

Udo Wax hatte zu dem schwarzen Darunter (T-Shirt und Hose) eine Jacke aus weichem Leder empfohlen, zu erstehen gleich nebenan bei *Leder und mehr*, dem Geschäft für exquisite Lederwaren.

Herrwinkel kam so in Fahrt, dass er zu der Jacke ohne langes Zögern eine Schultertasche aus hellbraunem Kalbsleder erstand. Diese Tasche lässig über die Schulter geworfen, das Manuskript (*Goethe historisch*) unter dem Arm, fühlte er sich gewappnet, die Paris-Bar zu betreten.

Er grüßte zu Wax hinüber, den er gleich neben dem Eingang entdeckt hatte.

Wax grüßte lässig zurück.

Herrwinkels Stimmung stieg.

Toll, bereits nach wenigen Stunden in Berlin Bekannte zu haben. Er nahm Platz.

Der Spiegel an der gegenüberliegenden Wand warf sein Bild zurück: die Haare rappelkurz, die randlose Brille, die schwarze Kleidung ...

Er passte zu den Schicken und den Erfolgreichen, die die Bar besetzt hielten. Zu denen, die wussten, wo es langging. Eintausendfünfhundert Euro hatte er bis jetzt ausgegeben. Nicht zu viel für einen gänzlich neuen Herrwinkel, für den selbstbewussten Eintritt in ein bekanntes Insiderlokal und ein neues Lebensgefühl.

Und für einen Gruß von Udo Wax.

Nachmittags schlenderte er durch die Stadt.

Keine Kleinstadteminenz, die darauf lauerte, ob sie oft genug erkannt und gegrüßt wurde, sondern ein Privatier, dem die Welt gehörte.

Er musterte die entgegenkommenden Frauen.

Jede könnte Bergit Laustroem sein, die die Einladung

zu seinem Vortrag, dessen war er sich inzwischen sicher, nicht bekommen hatte.

Im Zeitalter der Mails war die Post so unzuverlässig geworden.

Den Nachmittag verbrachte er behaglich im Rauchsalon seines Hotels.

Er hatte das Savoy gewählt, weil es im Hotelführer als das Hotel der Künstler und Literaten ausgezeichnet war.

Das Viertel, die Atmosphäre und die Nähe der Paris-Bar steigerten das Gefühl, es richtig gemacht zu haben.

Auch der Vortrag *Goethe historisch* würde ein Erfolg werden. Er spürte das leichte Flattern in der Magengrube, die genau richtige Dosierung von Nervosität und Ehrgeiz, das »Tänzeln der Pferde vor dem Start«, alles Zeichen für einen Abend, an dem es ihm wieder einmal gelingen würde, »über die Rampe zu kommen«.

Es reichte nicht, dass das Publikum geduldig zuhörte.

Zwischen ihm und den Hörern musste die Magie entstehen, an der er sich berauschen konnte. Er hatte diesen Zauber oft erzeugt und die Erfahrung gemacht, dass ihm die Fans anschließend mit leuchtenden Augen entgegentraten.

Dass Bergit Laustroem als »Überraschungsgast« auftauchen würde – dessen war er sich inzwischen sicher. Auf den Schwingen des Erfolges würde er sie anschließend zum Begrüßungsabend der Historiker führen.

Und auch dort würde ihm etwas entgegenfluten, das

er in letzter Zeit schmerzlich vermisst hatte: Beifall und Anerkennung.

Teresa Specht war am selben Tag wie Herrwinkel in Berlin eingetroffen.

Auch sie musterte sich zufrieden in den Schaufensterscheiben. Die markanten Augenbrauen unter dem frechen Haarstrudel gefielen ihr inzwischen sehr gut. Zu einem schmalen Etuikeid (beige-rosa) trug sie ein Cape aus weichem Kaschmir (beige-braun). Helle Pumps vervollständigten das Ensemble.

Das Hühnerauge am linken Zeh machte sich wieder bemerkbar und erinnerte an ihre Stadtbesichtigungen in Karlsbad.

Teresa lächelte.

Ironischerweise schienen die Begegnungen mit Herrwinkel mit dem stechenden Schmerz im linken Zeh einherzugehen.

Die Privatpension, in der sie abgestiegen war, lag in der Krummen Straße, nicht allzu weit vom Savoy Hotel entfernt. Die Pension gehörte der unteren Preiskategorie an und war wirklich sehr schlicht, aber der Aufenthalt würde ja nur ein paar Stunden dauern.

Teresa packte den Koffer gar nicht erst aus und schenkte dem schmuddeligen Zimmer nur einen raschen Blick. Durch den Lichtschacht fiel dämmriges Licht auf abgenutzte Möbel und einen fadenscheinigen Teppich. Es roch säuerlich nach Kohl und Schmutz.

Als Wandschmuck über dem Bett diente ein röhrender Hirsch im goldenen Rahmen. Das Bild hing schief.

Zögernd schaltete Teresa die Lampe über dem Waschbecken ein und schrak vor ihrem Spiegelbild zurück.

Der Haarwirbel über der Stirn lag ermattet auf der Stirn, die schwarzen Brauen schienen sich verbreitert zu haben. Wie eine Barriere schnitten sie das obere Drittel des Gesichtes ab.

Teresa beugte sich unter den Wasserstrahl, wusch den Wirbel und föhnte ihn in die Höhe. Schon besser!

Der negative Eindruck war sicher eine Folge der trostlosen Beleuchtung.

Sie puderte die Nase und tupfte ein wenig Rouge auf die Wangen. Dann klemmte sie sich die Perlen an die Ohren. Das Zwicken in den Ohrläppchen vermischte sich mit dem Stechen im linken Zeh. Aber Schönheit muss leiden.

Entschlossen warf sie das Cape über die Schulter und war bereit für einen ersten Rundgang.

Ehe sie das Zimmer verließ, stieg sie auf das Bett und rückte das schief hängende Bild gerade.

Zufrieden verließ sie wenig später die Pension.

Wie zufällig landete sie in der Fasanenstraße und warf einen Blick auf das Hotel Savoy.

Rasch, als ob ihr die Angst, ertappt zu werden, im Nacken säße, stöckelte sie weiter.

Die Überraschung des Wiedersehens wollte sie für den Abend aufheben.

Sie würde in der ersten Reihe sitzen und anbetend zu dem Vortragenden emporblicken.

Ihr Blick würde ihm Kraft geben, sodass er so überzeugend sprechen konnte wie nie.

Gemeinsam würden sie anschließend zum Kongress der Historiker gehen, um am Empfang teilzunehmen.

Locker plaudernd würde Mathias sie von Grüppchen zu Grüppchen geleiten.

»Darf ich Ihnen Frau Specht vorstellen? Wir haben uns in Karlsbad kennen gelernt. Ein fabelhafter Ort für eine Begegnung. Schon Goethe ...«

Aber was, wenn Frau Herrwinkel ebenfalls dabei wäre?

Wer kannte sich bei den Tücken gestandener Ehefrauen aus, die ihren Mann als alleinigen Besitz betrachteten?

Teresa verscheuchte die unliebsame Vorstellung.

Mathias würde auch diese Situation mit gewohnter Souveränität meistern. Er würde sie als überraschend aufgetauchte Reisebekanntschaft vorstellen.

»Wir haben uns in Karlsbad kennen gelernt, Frau Specht recherchierte ein Essay über Ulrike Levetzow.«

Dann würde Mathias sie auf ein Glas an die Bar einladen, und sie würden ein wenig plaudern. Über die Zeit in Karlsbad, den Kongress der Historiker, über Goethe und den Wandel der Zeiten. Frau Herrwinkel würde außer einem verkrampften Lächeln nichts beizutragen wissen.

Was wusste sie von Goethe ...

Zwischen Mathias und ihr aber flimmerte dieses geheime Einverständnis, verbunden mit stummen Dialogen.

Schade …

Sei gewiss, ich werde das regeln.

Dann seine flehende Bitte: Stelle mich nicht bloß.

Und ihre unausgesprochene Antwort: Du kannst dich auf mich verlassen. Meine Tugend heißt Geduld.

Lange?

Ewig.

Ihren Gedanken folgend, hatte Teresa die Richtung verloren. Sie blieb stehen und musterte die Entgegenkommenden.

Drei Frauen ließ sie vorüberziehen, dann stellte sie sich einem älteren Herrn in den Weg.

»Entschuldigen Sie bitte. Ich suche den Kurfürstendamm.«

»Gleich um die Ecke. Folgen Sie mir, ich gehe gerade dorthin.« Der Mann setzte sich raschen Schrittes in Bewegung.

Teresa stöckelte aufgeregt hinterher.

Kommunikation fand nicht statt, aber Teresa nahm die Begegnung als gutes Omen.

20

O glücklich, wer noch hoffen kann, aus diesem Meer des Irrtums aufzutauchen.

Kein Mensch in Berlin kannte Professor Herrwinkel aus Eppenhofen, aber der Vortragssaal war zum Bersten gefüllt. Das hatte weniger mit dem Professor als mit der Tatsache zu tun, dass der Vortrag über die Kelten, der für den selben Abend vorgesehen war, wegen Erkrankung des Referenten ausfallen musste.

Der Veranstalter sprach bedauernde Worte und schlug vor, sich jetzt, wo man schon einmal da sei, in das Gebäude gegenüber zu begeben, wo der bekannte Historiker Professor Dr. Herrwinkel einen Vortrag über Goethe halte.

Mehr als die Hälfte der Besucher folgte diesem Rat. Scharenweise strömten sie in den Saal.

Herrwinkel, der hinter der Bühne beklommen die vielen leeren Stuhlreihen betrachtet hatte, die, wie er fand, wie gelbliche Gebisse zu ihm herauffeixten, vernahm das plötzliche Raunen und Füßescharren so vieler Menschen mit freudiger Erregung.

Er warf dem Veranstalter einen fragenden Blick zu. Der beugte sich zu ihm.

»Bis auf den letzten Platz besetzt, Herr Professor.«

Herrwinkel spähte in den Saal.

Tatsächlich. Anstelle leerer Stuhlreihen sah er in ein Rund erwartungsvoller Gesichter.

So weit hatte sich der Ruf, ein exzellenter Redner zu sein, also bereits verbreitet. Da saß man irgendwo in der Provinz und ahnte nicht, dass die Welt inzwischen Kenntnis genommen hatte, dass praktisch ganz Berlin von ihm sprach.

Er straffte die Schultern, schloss den mittleren Knopf seiner Jacke, überprüfte mit einem raschen Griff den Sitz der Krawatte und betrat die Bühne.

»Meine Damen und Herren. Wenn wir hier und heute von Goethe sprechen, dem Mann, dessen Gedankengut uns verbindet, der die deutsche Seele wie kaum ein anderer erfasst hat« – routiniert hob er die Stimme –, »bin ich glücklich, sagen zu können, Goethe altert nicht; mehr noch, er ist so jung wie nie.«

Er machte eine Pause, um seinem Publikum Gelegenheit zu geben, zustimmend zu applaudieren.

Nach dem ersten Applaus, das war seine Erfahrung, hatte er die Leute im Griff. Von da an folgten sie seinen Worten wie dressierte Pferdchen, nickten Zustimmung, lachten an den richtigen Stellen und schlossen mit ihm den Bund, auf den es ankam.

Die Leute hoben die Hände und klatschten.

Zufrieden fuhr Herrwinkel fort: »Wenn ich heute, hier in Berlin, zu Ihnen spreche und gleich mit einem Zitat des Meisters beginnen möchte: Wer in der Weltgeschichte lebt, dem Augenblick sollt er sich richten, wer in die Zeiten schaut und strebt, nur der ist wert, zu sprechen und zu dichten, so möchte ich mich dieser Aussage vollinhaltlich anschließen.«

Seinen Worten war zu entnehmen, dass er, Mathias Herrwinkel, Seite an Seite mit Goethe diesen Wert besaß.

Der Redner kam in Stimmung, er badete in seinen eigenen Worten. Hatten seine Augen zu Beginn des Vortrags die ersten Reihen noch nach Bergit Laustroem abgesucht, so war Bergit bald vergessen. Er suchte nach keinem bestimmten Menschen mehr. Das Oval ihm hingebungsvoll zugewandter Gesichter verschwamm zu einem Gesamtbild eindrucksvoller Größe.

Zu einem Monument eigener Größe.

Teresa war in der letzten Reihe gestrandet.

Eine Gruppe der hereinströmenden Keltenbesucher hatte sie zurückgedrängt.

Aber der Platz in der Nähe des Ausgangs bot Vorteile.

So hatte sie die Chance, als Erste den Saal verlassen zu können, und würde beim Empfang der Historiker bereits anwesend sein, wenn Herrwinkel den Raum betrat.

Glücklich saß sie auf ihrem Platz.

In ihren kühnsten Träumen hatte sie nicht erwartet, dass der Liebste in einer Stadt wie Berlin, in der es Hunderte von Konkurrenzveranstaltungen gab, eine solche Resonanz erhielt. Sie hatte geglaubt, er sei berühmt, aber er war mehr als das: Er war ein Star.

In ihre Gedanken hinein leitete Herrwinkel das Schlusswort ein.

»Wenn wir uns an diesem Abend mit dem anderen Goethe, dem Mann, der der Liebe nicht abgeneigt war und der eine faszinierende Wirkung auf die Frauen ausübte, beschäftigt haben, so möchte ich mich mit einem Gedicht von Ihnen verabschieden, das mir persönlich eines der liebsten ist.«

Hier schaltete Herrwinkel eine wirkungsvolle Pause ein und sah lächelnd auf seine Gemeinde hinunter. Dann fuhr er mit erhobener Stimme fort:

»Tadelt man, dass wir uns lieben, dürfen wir uns nicht betrüben: Tadel ist von keiner Kraft. Anderen Dingen mag das gelten; kein Missbilligen, kein Schelten macht die Liebe tadelhaft.«

Herrwinkel ließ das Manuskript sinken.

»Herzlichen Dank.«

Der Applaus brandete auf.

Teresa, die, von Herrwinkels Stimme umschmeichelt, ein wenig eingenickt war, schrak auf.

Das war doch ihr Gedicht gewesen, kein Zweifel, dass Mathias die Zeilen direkt an sie gerichtet hatte.

Herrwinkel verbeugte sich. Er dimmte die Stimme auf samtige Bescheidenheit.

»Ich danke Ihnen, dass Sie gekommen sind.«

In gespielter Hilflosigkeit hob er die Arme ein wenig hoch, als sei er der Woge der Begeisterung, die er, ein bescheidener Referent, gar nicht verdient habe, hilflos ausgeliefert.

Endlich ließ der Applaus nach.

»Wenn Sie ein Buch signieren lassen möchten, ich bleibe noch eine Weile hier.«

Getragen von Wellen der Euphorie, gab Herrwinkel eine Stunde lang Autogramme.

Der heutige Abend hatte den Beweis erbracht, dass er am Anfang einer neuen Karriere stand.

Die Teilnehmer des Kongresses standen nüchtern und gelangweilt in kleinen Gruppen herum und hielten steif die Sektkelche in den Händen. Teresa hatte sich an die Theke gerettet und hoffte unbeachtet auf Erlösung.

Der Spiegel an der Rückwand der Bar warf ihr Konterfei zurück. Der freche Wirbel über der Stirn nickte ihr aufmunternd zu, aber sie fühlte sich unwohl.

Ihr einziger Versuch, mit einem Herrn, der ebenfalls an der Bar gestrandet war, ins Gespräch zu kommen, war gescheitert.

Mitten im Satz hatte sich der Herr weggedreht.

»Wir sehen uns noch.«

Dann war er sichtlich erleichtert auf eine Gruppe zugeeilt, die den Saal soeben betreten hatte.

Nachdem das letzte Buch signiert war, schritt Herrwinkel, umringt von seinen Fans, hinüber zum Empfang der Historiker. Die Regie des abendlichen Ablaufs hatte perfekt funktioniert. Durch die Signierstunde verzögert, empfing ihn auch jetzt ein volles Haus.

Erwartungsvolle Gesichter wandten sich ihm zu.

Blitzlichter flammten auf. Die Presse war also schon da.

Sein Blick fiel auf eine Gruppe, in der eine junge Dame den Mittelpunkt bildete.

Kaiser hatte sich bereits angeschlichen und umbalzte sie mit einer Siegessicherheit, die einfach unverschämt war.

Durch irgendeine wissenschaftliche Leistung hatte er sich bisher noch nicht hervorgetan, aber auf dem gesellschaftlichen Parkett spielte er frech den Sieger.

Berauscht von der Woge des Erfolges, segelte Herrwinkel mitten in die Gruppe hinein.

Beherzt schüttelte er der Dame die Hand.

»Herrwinkel.«

Die Dame schien erfreut.

»Eva Schluppkoten. Ich war in Ihrem Vortrag. Gratuliere zu dem grandiosen Erfolg.«

Herrwinkel lächelte geschmeichelt.

»Helfen Sie mir, haben wir uns nicht schon einmal irgendwo getroffen? Bei den alten Pharaonen, den Etruskern oder sonst wo?«

Kaiser mischte sich ins Gespräch.

»Vielleicht bei Ikarus, Herr Kollege.«

Blitzschnell registrierte er das neue Styling.

Dieser Herrwinkel mauserte sich. Von Provinz auf Hauptstadt getrimmt, machte er Punkte.

Kaiser wandte sich an die Umstehenden.

»Ikarus war derjenige, der beim Höhenflug der Sonne zu nah kam und sich die Flügel verbrannte.«

»Das wussten wir schon, Herr Kollege.« Herrwinkel fühlte sich prächtig. Er zwinkerte Eva Schluppkoten zu.

»Wollen wir der Gefahr trotzen und einen gemeinsamen Flug an die Bar wagen? Der Sonne entgegen?«

Wieder einige Blitzlichter, diesmal wie Schnellschüsse aus einem Maschinengewehr.

»Guten Abend, Mathias.«

Irritiert wandte Herrwinkel sich um.

Teresa Specht!

Die Batterie gelblicher Zähne hinter einer Barriere braun-rosa geschminkter Lippen – der Anblick erinnerte ihn irgendwie an die leeren Stuhlreihen im Vortragssaal – verzerrte sich vor seinen Augen zu einer Groteske.

Die dunkel umrandeten Augen waren von zwei schwarzen Balken überschattet, und über der Stirn wippte ein Haarbüschel, das Herrwinkel ironisch zuzunicken schien.

Wiedehopf in Balzstellung, schoss es ihm durch den Sinn.

Dann fiel sein Blick auf den Fotoapparat, der über dem flachen Busen schaukelte und deutliche Signale aussandte: Gefahr!

Herrwinkel klammerte sich an einen Hoffnungsschimmer. Vielleicht war dieser balzende Wiedehopf gar nicht Teresa Specht, mit der er – es ließ sich leider nicht leugnen – das Bett geteilt und eine widersprüchliche Korrespondenz geführt hatte und bei der er sich nach der Karlsbader Nacht als Erster gemeldet hatte, anstatt den Ausrutscher so schnell wie möglich zu vergessen.

Vielleicht war die Frau mit den braun-rosa Lippen und dem albernen Haarbüschel über der Stirn eine misslungene Kopie, eine Art Sinnestäuschung.

Aber der Hoffnungsschimmer erlosch.

Die »Sinnestäuschung« war lebendig und wandte sich an die Umstehenden.

»Ich bin Teresa Specht. Mathias und ich kennen uns aus Karlsbad.«

»Flüchtig«, beeilte sich Herrwinkel, richtig zu stellen.

»Eine Zufallsbegegnung.«

Kaiser grinste.

»Sehr leicht zerstreut der Zufall, was er sammelt«, deklamierte er mit erhobener Stimme.

Und an Herrwinkel gewandt: »Denken Sie an Ikarus … Der Sonne zu nah und – klatsch! Zurück auf die Erde.«

Herrwinkel lächelte überlegen.

»Nicht alle versengen sich die Flügel.«

Er umfasste leicht den Ellbogen der blonden Dame.

»Kommen Sie!«

Kaiser bekam einen spöttischen Blick. »Manche fliegen auch davon.«

Teresa erhielt ein Abschiedslächeln.

»Wir sehen uns noch.«

So!

Er atmete durch.

Das war hoffentlich deutlich genug gewesen. Aber Kaiser war ein schlechter Verlierer.

Er lächelte maliziös. »Herr Kollege – wenigstens ein Foto.«

Er nestelte Teresa den Apparat vom Hals und dirigierte sie neben Mathias.

»Nun schön lächeln. Perfekt.«

Er gab Teresa den Apparat zurück.

»Das ist wunderbar getroffen. Ein Foto für den Nachttisch.«

Alle lachten.

Herrwinkel schenkte Kaiser einen Blick, in dem sich Abneigung und Bewunderung mischten.

Man war dem Kerl einfach nicht gewachsen. Jetzt kam es auf einen guten Abgang an.

Entschlossen legte er den Arm um die Schulter der blonden Dame.

»Gehen wir …«

Teresa blieb allein zurück.

Hilflos sah sie sich um und begegnete Kaisers Blick.

Er hatte seinem Kollegen Herrwinkel zwar eine Breitseite verpasst, ihn aber dennoch an der Seite des weiblichen Stars davongehen sehen. Er fühlte sich als Verlierer, aber es gab eine letzte Chance, das Spiel zu gewinnen.

Er beugte sich zu Teresa: »Darf ich Sie einladen? Es gibt noch eine andere Bar, intimer, etwas für Kenner.«

Ein Stockwerk tiefer half er Teresa auf den Barhocker, schnippte den Keeper herbei und lächelte wie ein Verführer.

»Und Sie sind ebenfalls Historikerin?«

»Nein – nur interessiert.«

»An wem?«

Teresa geriet ins Stammeln.

»An … an Goethe.«

Kaiser lachte.

»So, so – an Goethe.«

Er seufzte.

»Es gibt zu viele Goethe-Forscher, wenn Sie mich fragen.«

Ihn ritt der Teufel.

»Ich kenne Sie übrigens besser, als Sie glauben, Frau Specht.«

»Mich? Wieso?«

Kaiser lächelte geheimnisvoll.

»Herrwinkel hat sehr viel von Ihnen erzählt.«

»Von mir?«

»Ja, er war wie berauscht. Normalerweise ist er ja dem Flirten eher abgeneigt. Aber in Karlsbad muss ihn Amors Pfeil tief getroffen haben.«

Er senkte die Stimme, als ob er ein Geheimnis verriete.

»Er ist nur leider so außerordentlich schüchtern.«

Sofort ging Teresa in die Verteidigung.

»Das ist ja nicht das Schlechteste. Wenn einer nicht so direkt auf sein Ziel losgeht! Besser als diese Schürzenjäger.«

Der Haarschopf über ihrer Stirn wippte vor Erregung.

Kaiser lächelte. »Er scheint das Flirten inzwischen gelernt zu haben.«

Das Paar Herrwinkel-Schluppkoten schlenderte vorüber.

Satzfetzen erreichten Kaisers Ohr: »... Buchprojekt ... Verlag. Interessante Sache ...«

»Sehr interessant«, echote Eva Schluppkoten.

Ihr Lachen perlte durch den Raum.

Kaiser beschloss, ein wenig zu stören. Noch einmal wandte er sich an Teresa.

»Ich wünsche Ihnen beiden viel Glück. Und – seien Sie nachsichtig, kommen Sie ihm ein wenig entgegen.«

Dann bekam sie den kurzen Blick zugeworfen, der sie heute Abend schon öfter getroffen hatte. »Wir sehen uns noch.«

Auch Teresa rutschte von der Höhe ihres Hockers zurück auf den Boden.

Sie spürte deutlich, dass ihr Abend beendet war. Ab jetzt würden sich die Historiker zu festen Gruppen zusammenschließen, Berufsfremde waren nicht länger geduldet.

Aber der Abend hatte ihr ein großes Glück beschert.

Sie hatte das Bedürfnis, in ihre Pension zu gehen, die Beute zu sichern und zu sortieren. Ins Bett zu gehen, die Augen zu schließen und sich ihren Träumen hinzugeben.

Aber vorher würde sie in der Empfangshalle des *Savoy* heimlich auf Mathias' Rückkehr warten.

Würde er allein kommen, so waren ihre Vermutungen bezüglich des Doppelzimmers richtig: Er hatte vorgesorgt. Einer Wiederholung der Karlsbader Liebesfeier sollte nichts im Wege stehen.

Aber vielleicht würde ihm auch heute der Mut fehlen, sich zu äußern.

Als sie an ihm, der neben Eva Schluppkoten an der Bar lehnte, vorbeiging, traf sie sein wunder Blick mitten ins Herz.

Sie nickte ihm aufmunternd zu.

Er nickte zurück.

Am nächsten Morgen erwachte Herrwinkel aus einem dumpfen Schlaf.

Nur schwer fand er sich in der Realität des Morgens zurecht. Das wohlige Gefühl des gestrigen Triumphes war überschattet von einem unguten Erlebnis.

Aber von welchem?

Der Abend hatte trink- und plauderlustig in irgendeiner Pinte geendet.

Er war in Hochform gewesen, Eva Schluppkoten und Kaiser hatten gelacht und ihn zu immer neuen Anekdoten animiert.

Er hatte dem Pferdchen die Sporen gegeben und weitere Erfolge eingeheimst.

Zum Abschied gab es dann ein kleines Gerangel, da beide Herren Eva Schluppkoten ins Hotel geleiten wollten.

Kaiser hatte gesiegt, und Herrwinkel hatte noch einmal Ikarus erwähnt, den Träumer, der der Sonne zu nah gekommen und abgestürzt war.

»Schön aufpassen, Herr Kollege.«

Kaisers Antwort war wie ein Stein in seine aufgeräumte Stimmung gefallen: »Ihre Sonne, Herr Kollege, heißt doch Teresa. Ein Flügel scheint mir bereits angebrannt.«

Zu Fuß war er in sein Hotel zurückgekehrt.

Angetrunken und schwerfällig hatte er den Zimmerschlüssel verlangt.

Irgendwie war er in den zweiten Stock gelangt.

Und hier, am Ende des langen Flures, kerzengerade auf einem Stuhl sitzend und die Henkel ihrer Handtasche umklammernd, hatte Teresa Specht auf ihn gewartet.

War es ein Spuk gewesen oder grässliche Realität?

Er glaubte, geistesgegenwärtig das Schild mit der Aufschrift *Bitte nicht stören* an die Klinke gehängt zu haben, um dem Spuk eine deutliche Botschaft zukommen zu lassen, konnte sich aber nicht mehr genau daran erinnern.

Herrwinkel ging ins Bad und benetzte die Schläfen mit Wasser. Im Spiegel traf er Udo Wax nach einer durchzechten Nacht. Bleichgesichtig starrte der Coiffeur ihn an.

Verkatert waren sie doch alle gleich.

Dann ging Mathias zögernd zur Tür.

Wenn das Schild draußen an der Tür baumelte, war der Spuk Realität gewesen. Dann war die Affäre Teresa Specht in ein ernst zu nehmendes Stadium getreten.

Ins Stadium von Eifersucht und Bespitzelung.

Gefahrenzone Ikarus.

Zögernd öffnete er die Tür.

Unbeschwert leuchtete der polierte Türknopf in der Morgensonne. Der Albtraum löste sich auf.

Im Zimmer riss Herrwinkel beide Fensterflügel weit auf und atmete tief die frische Morgenluft ein.

21

Und doch, welch Glück, geliebt zu werden, Und Lieben, Götter, welch ein Glück

Teresa kehrte erst im Morgengrauen in ihre Pension zurück. Im trüben Licht der Deckenbeleuchtung wirkte das Verlies noch trostloser als am Nachmittag. Auch der Blick in die Gruft des Hinterhofes war wenig erheiternd.

Teresa ließ das Rollo herab, setzte sich an den Tisch und schrieb die Karte an Rosalie, die sie den ganzen Tag mit sich herumgetragen hatte.

Berlin, 10. Oktober

Liebe Rosalie,

Mathias und ich sind zum Kongress nach Berlin gereist, wo Mathias einen viel beachteten Vortrag gehalten hat.

Nun bleibt noch ein wenig Zeit für eine Sightseeing-Tour.

Das Adlon, in dem wir abgestiegen sind (s. Vorderseite) ist ein wunderbares Hotel.

Das Leben kann sehr schön sein, wenn man es zu zweit genießt.

Deine Teresa

Die Karte in der Hand, blieb Teresa noch eine Weile sitzen und fasste die jüngsten Ereignisse noch einmal zusammen.

Mit dem Goethe-Wort »Tadelt man, dass wir uns lieben ...« hatte Mathias sich eindeutig an sie gewandt. Es war das Gedicht, das ihre Beziehung von Anfang an begleitet hatte.

Aber anschließend war er nicht mit ihr, sondern mit der blonden Dame an die Bar gegangen. Sie schienen sehr vertraut miteinander zu sein, sicher kannten sie sich schon lange. Frau Herrwinkel dagegen war nicht gekommen ...

Nach einigem Nachdenken fand Teresa die Lösung: Die blonde Dame war sicher die Tochter. Sah sie dem Vater nicht verblüffend ähnlich?

Erschienen war sie als Vertretung der Mutter, weil diese verhindert war. Der Kongress hatte nicht in den hausfraulichen Terminkalender gepasst: Putzfrau, Schornsteinfeger, Obst einkochen ...

Um diese Jahreszeit gab es besonders viel zu tun, zu fegen, zu jäten. Diese Heimchen hatten ja ewig etwas zu pusseln, wurden nie fertig!

Verblödeten vor sich hin!

Keine Ahnung von Goethe!

Schickten die Tochter als Vertretung mit, zum Aufpassen, dass dem Papa nichts passierte.

Teresa ging ins Detail und stellte fest, dass das Bild passte. Es passte auch zu diesem Blick von Verzicht und Trauer, den Mathias ihr zuletzt zugeworfen hatte.

»Kommen Sie ihm entgegen«, hatte Kaiser gesagt. »Er ist so schüchtern.«

Die Recherche nachts in der Halle des Hotels hatte diese Aussage bestätigt. Herrwinkel war allein ins Hotel zurückgekehrt, hatte also das Doppelzimmer nicht als solches benutzt. Für wen, wenn nicht für sie beide, hatte er es reservieren lassen?

Aber im entscheidenden Augenblick hatte ihn der Mut verlassen! Eine Sekunde lang hatte sie gezögert, ob sie ihm ins Zimmer folgen sollte, hatte sich unter den kritischen Augen des Nachtportiers jedoch geschämt. Sein Blick über die Brille hinweg war so bohrend gewesen, dass sie sich erst, nachdem Mathias in den Fahrstuhl gestiegen war, aus ihrem Winkel herausgetraut hatte: »Ich habe leider umsonst gewartet. Meine Schwester wird aufgehalten worden sein.«

Aber alles in allem, zog sie das Resümee, dass der Abend ein Erfolg gewesen war.

Die Geschichte zwischen Mathias und ihr würde weitergehen. War es nicht überhaupt ein gutes Zeichen, dass Frau Herrwinkel ihren Mann nicht einmal zu einem so wichtigen Anlass begleitete?

Wahrscheinlich interessierte sie sich nicht für seinen Beruf, oder sie war nicht vorzeigbar, war irgendwann auf der Strecke geblieben, erlahmt zwischen Einkaufsliste und Kindergebrüll. Wie mochte es sexuell aussehen?

Teresa dachte an den Liebestaumel, in den sie Mathias Herrwinkel mühelos versetzt hatte, und fühlte sich der unbekannten Frau Herrwinkel haushoch überlegen.

Der Mann war ja richtig ausgehungert gewesen.

Teresa beschloss, die Liebesnacht nicht als »Wildern auf fremdem Terrain«, sondern als »von oben bestimmt« zu sehen.

Wer konnte etwas ausrichten gegen die Macht des Schicksals? Mathias und sie waren füreinander bestimmt, das stand eindeutig fest.

Ehe sie zu Bett ging, nahm sie Papier und Bleistift und machte eine Liste all der Eigenschaften, die Mathias und sie miteinander verbanden:

- Der akademische Hintergrund
  (Teresa fühlte sich inzwischen als Historikerin),
- das Interesse an Karlsbad und Berlin
  (Kultur als verbindendes Element),
- Interesse am beruflichen Vorankommen
  (»Sie haben doch das Zeug, ein Geschäft zu führen«),
- Interesse an Geselligkeit
  (»Unser Fest endet nie!«),
- und schließlich das Wichtigste: ein Höchstmaß an sexueller Übereinstimmung.

Nichts davon hatte Frau Herrwinkel zu bieten.

Hochzufrieden mit dem Ergebnis ihrer Zusammenstellung zog Teresa sich aus, unterzog sich vor dem gelbstichigen Spiegel einer eingehenden Musterung und fand auch dieses Ergebnis zufriedenstellend.

Nackt wirkte sie eigentlich besser als angezogen. Ein paar Dellen verunzierten Bauch und Oberschenkel, aber das mochte an der Beleuchtung liegen. Mathias jedenfalls hatte sich nicht daran gestört.

Glücklich zog sie sich das Nachthemd über den Kopf. Ehe sie sich hinlegte, stieg sie noch einmal auf das Bett und gab dem schief hängenden Bild einen Schubs.

Dann löschte sie das Licht.

Langsam glitt der »röhrende Hirsch« in die alte Position zurück.

Nach Hause zurückgekehrt, bekam die Illusion einen Knick. Schon als sie auf ihr Haus zuging, überfiel Teresa ein Gefühl von Einsamkeit.

In den letzten Tagen hatte der Wind viele Blätter von den Bäumen geweht, die als Leichen auf den Wegen lagen.

Totensonntagsstimmung lag über dem Garten.

Im Haus starrten sie die neuen Möbel an. Die Rosen steckten noch immer in der Vase, aber sie verliehen dem Zimmer keine Frische. Obwohl kaum angewelkt, nahm Teresa den Strauß und stopfte ihn in den Mülleimer.

Ein wenig verzagt öffnete sie den Briefkasten. Ein Reklamezettel flatterte zu Boden.

Sie zauberte Mathias' Homepage auf den Bildschirm und erwärmte sich an seinem Lächeln.

Dann öffnete sie die Mailbox. Es waren keine Nachrichten eingegangen.

Im Bad begegnete sie ihrem Spiegelbild.

Das Haarbüschel über der Stirn hatte standgehalten, aber von ihrem herzförmigen Mund war nur ein gerader Strich geblieben. So hatte sie ausgesehen, ehe Mathias Herrwinkel in ihr Leben getreten war.

Sie ließ sich ein Bad ein und versuchte, sich in dem warmen Wasser zu entspannen. Die Reise nach Berlin war anstrengend gewesen. Es war notwendig, sich gut zu erholen, dann würde sie weitersehen.

Nach einer Woche hatte Teresa die Strapazen vergessen. Der Mund hatte seine herzförmige Form zurückerhalten, das Büschel über der Stirn wippte wie gewünscht.

Die Berliner Fotos bescherten ihr eine Stunde voller Seligkeit. Lange betrachtete sie die Bilder, die sie heimlich gemacht hatte, als Mathias als Sieger den Saal betrat.

Auch das Gruppenfoto war gut getroffen.

Die Blonde war ihrem Vater wie aus dem Gesicht geschnitten.

Und er? So warmherzig strahlte nur ein Vaterlächeln.

Mit Herzklopfen vertiefte sie sich in das Foto, das Kaiser von Mathias und ihr gemacht hatte. Das Lachen war aus Mathias' Gesicht verschwunden, verkrampft schaute er in die Kamera, jeden Körperkontakt auffällig vermeidend.

Sie selbst dagegen war gut getroffen. Sie war nicht sehr fotogen, aber auf diesem Bild wirkte sie gelöst und heiter.

Lächelnd sah sie zu Mathias empor, und es war deutlich erkennbar, dass sie ein Paar bildeten. Dass er so streng geradeaus blickte, war schade, hatte aber natürlich einen tieferen Grund: Das Verhältnis musste noch geheim gehalten werden.

Dennoch beschloss sie, eine Vergrößerung des Fotos an die Universität zu senden.

Ebenso wie sie sollte Mathias etwas haben, das ihm über schwere Stunden hinweghalf.

Auch Mathias schaute auf der Heimfahrt schwermütig in die herbstliche Landschaft hinaus.

Nachdem das erste Triumphgefühl abgeflaut war und er die Ereignisse sortiert hatte, kehrte die Sehnsucht nach Bergit Laustroem mit quälender Heftigkeit zurück.

Warum war sie nicht gekommen?

In einer Berliner Buchhandlung hatte er ihr Gesamtwerk gesehen und sich lange in das Plakat vertieft, das über dem Büchertisch hing.

Er liebte diesen frechen Blick und das herausfordernde Lachen, und er brauchte das Gefühl, das sie ihm vermittelte, das Gefühl, ebenfalls ein Schriftsteller zu sein.

Wie wunderbar musste es sein, sich zu zweit der Muse hinzugeben und ein gemeinsames Künstlerleben zu führen.

Dichterischer Paarlauf, sozusagen.

Schüchtern wie ein Pennäler war er durch die Buchhandlung geschlichen, ehe er endlich den Mut fand, die Buchhändlerin um das Plakat zu bitten.

»Ich würde es auch bezahlen …«

Nach einigem Zögern hatte die Buchhändlerin das Plakat abgenommen und ihm ausgehändigt.

Im Gegenzug hatte er drei Bergit-Laustroem-Bücher gekauft und das Paket wie einen Schatz in seine Höhle getragen.

Zu Hause würde er die Bücher lesen und hin und wieder das Plakat aus seinem Versteck holen, um es anzusehen.

Zum Beispiel, wenn die kleinen Krisen kamen oder Lisa mit seinem Nebenbuhler Max auf Reisen war. Lisa mit ihren angestaubten Rentnerträumen, die sich zurzeit um eine gemeinsame Ferienwohnung in den Bergen rankten. Eine Wohnung für die ganze Familie, die sich überdies vergrößern würde. Ann-Sophie hatte da bereits etwas angedeutet …

Er seufzte.

Das Ziehen in der Herzgegend war wieder deutlich zu spüren. Übergangslos fielen ihm die fünf Beerdigungen ein, an denen er in diesem Jahr teilgenommen hatte.

Er hatte die Reden geschrieben und zugesehen, wie der Sarg ins Grab gesenkt wurde. Dann hatte er sich die Frage gestellt, wer wohl der Nächste sei …

Überraschend überfiel ihn die Sehnsucht nach Bergit Laustroems Stimme, einer Stimme, die laut das Leben bejahte, begleitet von einem unverschämten Lachen.

Nach einigem Zögern fand er den Mut, sie anzurufen, aber anstelle des Anrufbeantworters, für den er sich bereits ein Sprüchlein zurechtgelegt hatte (»Was ist Berlin ohne Sie?«), ging er Kalinka ins Netz.

Eine raue Stimme teilte ihm mit, dass Bergit und Benedikt in die Slowakei gefahren seien und vor Ende des Monats nicht zurückerwartet würden.

»Aber wer sind Sie denn eigentlich?«, fragte die Stimme plötzlich.

Mathias schluckte und zog in Erwägung, einfach auflegen. »Nur ein Verehrer«, sagte er schließlich. Dann war die Verbindung unterbrochen.

Den Rest der Fahrt beschäftigte ihn intensiv die Frage nach diesem Benedikt.

Er konnte sich Bergit nicht an der Seite eines festen Partners vorstellen und beschloss, Benedikt der Kaste der Berufskollegen zuzuordnen.

Sicherlich recherchierten sie zusammen nach irgendeinem Fossil aus der Steinzeit.

Auch Mathias versuchte die Totensonntagsstimmung, die ihn nach Betreten seines leeren Hauses überfallen hatte, zu vertreiben, indem er sich das Bild seiner unerreichbaren Liebe auf den Bildschirm zauberte.

Bergit Laustroems Lächeln begleitete ihn beim Abendessen und den Sieben-Uhr-Nachrichten, beim Überfliegen der Zeitungen und beim Studieren der Post.

Im Briefkasten hatte eine Ansichtskarte von Sylt gelegen.

Lieber Opi,
ich bin mit Mama und Omi auf einer großen Insel. Es ist ganz toll, die großen Schiffe zu sehen und die Möwen zu füttern. Ich hab dich ganz doll lieb,
dein Max.

Zwei Krakel bewiesen, dass Max den Text zumindest selbst unterschrieben hatte.

Mathias drehte die Karte um und betrachtete leidenschaftslos den Schwarm Möwen, der sich auf ein Schiff zu stürzen schien. Dann legte er die Karte zur Seite.

Während er seinen Koffer auspackte und die schwarzen Rollis und die Lederjacke beinahe andächtig in seinem Schrank deponierte – Indizien, dass es noch ein anderes Leben gab als das, das er zu führen gezwungen war –, versuchte er, das Triumphgefühl wiederzubeleben, das ihn in Berlin erfasst hatte.

Aber die Freude war überschattet.

Das unvermutete Auftauchen von Teresa Specht in seiner ureigenen Domäne hatte ein ungutes Gefühl hinterlassen. An sich hatte sie sich nichts zuschulden kommen lassen, war auch zurückgetreten, als er ihr zu verstehen gegeben hatte, für sie nicht zur Verfügung zu stehen. Sie war weder aufdringlich noch direkt peinlich gewesen, aber trotzdem …

Gerade der Umstand, dass sie sich nicht beleidigt gezeigt hatte, erzeugte in ihm das diffuse Gefühl von Gefahr.

In Gedanken versuchte er, die Gefahr einzukreisen, um gewappnet zu sein, kam aber zu keinem Ergebnis.

Schließlich beschloss er, nicht weiter darüber nachzudenken und sich dem vertrauten Alltag zu widmen.

Rückzug auf sicheres Terrain.

Er rief Lisa an.

»Wie geht es euch? Ich wollte mich für die schöne Karte bedanken. Hier ist der Opi ...«

22

Heute, nur heute
lass dich nicht fangen.
So bist du hundert Mal entgangen.

Lisa Herrwinkel hatte die Adventszeit immer geliebt.

Ebenso wie die Tätigkeiten im Frühling, wenn die Fensterkästen neu bepflanzt und die Gartenmöbel ins Freie getragen wurden, liebte sie es, das Haus weihnachtlich herauszuputzen.

Adventskränze gab es gleich drei im Haus: einen (silber-weiß) in der Diele, einen (rot-grün) im Esszimmer und einen kleinen, über und über mit Zapfen und Beeren bestückt, in der Küche.

Sobald man das Haus *An den Hainbuchen* betreten hatte, sollte man von einem Gefühl des Friedens und dem Duft frisch gebackener Plätzchen empfangen werden, und bei der Verabschiedung sollte sich jeder Gast eines der goldverschnürten Päckchen aussuchen dürfen, die in der Diele auf einem weihnachtlich geschmückten Tablett bereitlagen.

Mathias Herrwinkel war die Dekorationslust seiner Frau stets auf die Nerven gegangen.

»Lisas Dekowahn« hangelte sich an den kirchlichen Festen entlang, tobte an den Geburtstagen der Familienmitglieder und steigerte sich zur Weihnachtszeit zu einem gigantischen Finale. Mathias hatte zur Kenntnis nehmen müssen, dass das Schmücken des Hauses zu jenen Beschäftigungen gehörte, die Lisa sich nicht nehmen ließ, zumal, wie er verbittert feststellte, die Zeitabstände kürzer zu werden schienen.

Kaum dass der Tannenbaum entsorgt war, so saßen die ersten Osterhasen auf der Fensterbank, und kaum war Ostern überstanden, kam das Fest der Rhododendrenblüte (eine Erfindung Lisas, um die Gartensaison zu eröffnen), gefolgt von diversen Grillpartys, die ihn durch den Sommer begleiteten.

Im Herbst gab es ein Erntedankfest, dem das Kartoffelfeuer folgte, und zu seinem Schrecken standen plötzlich ausgehöhlte Kürbisse mit Angst einflößenden Visagen auf den Fensterbänken herum, umgeben von allerlei Schnickschnack in den Farben Gelb und Orange.

Ein neues Ritual war geboren: Halloween!

Er hatte sich in sein Arbeitszimmer geflüchtet und Lisa angedroht, auf der Stelle auszuziehen, wenn er dort eine einzige Dekoration vorfände, einschließlich Blattpflanzen und Familienfotos im Silberrahmen.

In diesem unruhigen Jahr jedoch, in dem die Gefühle auf eine Weise durcheinander geraten waren, die Besorgnis erregend war, begrüßte er die vertrauten Rituale erstmalig als beruhigende Wohltat.

Er schämte sich seiner Aussteigergedanken, die ihren Höhepunkt im Wunschdenken eines gemeinsamen Lebens mit Bergit Laustroem erreicht hatten.

Das Schriftstellerpaar auf Lesereise. Dichterischer Paarlauf …

Wie gut, dass er niemandem von seinen Fantasien erzählt hatte. Auch in Richtung Evelyn dachte er mit unguten Gefühlen. Was sollte er mit dem jungen Ding, das sich die Liebesabenteuer mit jungen Künstlern von einem alten Lüstling finanzieren ließ?

Denn darauf war es ja letztendlich hinausgelaufen.

Auf eine erneute Einladung zur Weihnachtsvernissage »Christmas alternativ« hatte er entsprechend reagiert: »Ich bin Anhänger des traditionellen Weihnachtsfests, rechne also nicht mehr allzu oft mit meinem Beitrag.« Zufrieden hatte er den Brief in den Kasten geworfen. Erledigt!

Als er von der Post zurückkehrte, stand der Wagen von Ann-Sophie vor der Tür, und er hatte mit echter Freude registriert, dass Max-Mathias Herrwinkel seine Aufwartung machte.

Er bastelte mit Lisa in der Küche ein Pfefferkuchenhaus. Gleichzeitig hörten sie Märchen, in denen der Nikolaus durch tief verschneite Wälder stapft, um lieben Kindern gute Gaben zu bringen.

Mathias klatschte in die Hände. »Darf der Opi helfen?«

Lisa warf ihm einen erstaunt-verunsicherten Blick zu.

In der letzten Zeit war es allzu selten vorgekommen, dass der Opi sich einbrachte.

Mathias mit dem kurz geschorenen Haarkranz, den schwarzen Pullovern und dem fernen Blick war ihr fremd geworden.

Sie lachte ihn an.

Mit heimlicher Freude registrierte sie, dass die Flügelchen wieder wuchsen. Die Vorhut der ersten Büschel zitterte bereits über der Spitze der Ohren.

Der Herbst ließ sich in diesem Jahr gut an.

Wie immer, wenn er in seinem Beruf gefordert wurde, hatte Mathias eine gute Zeit. Zwei Reden waren zu schreiben, ein Kollege zu Grabe zu tragen, mehrere Artikel warteten auf die Korrektur. Das Leben in der Universität bot einen festen Boden. Man hatte Erfolg, denn man kannte sich aus.

Wie unangenehm dagegen die Rutschpartie in Situationen, die man nicht hatte einschätzen können, in denen man wie ein Idiot herumgeschlittert war.

Wenn er daran dachte, mit welchem pennälerhaften Eifer er, Professor Dr. Herrwinkel, Plastikbeutel voller Sektflaschen mit sich tragend, die steile Straße zum Hotel Thomayer hinaufgespurtet war, um dann mit Teresa Specht …

Oder in Berlin das unwürdige Gerangel mit Kaiser um Eva Schluppkoten, bei dem er natürlich unterlegen war.

»Ihre Sonne, Herr Kollege, heißt doch Teresa …«

Und das nach einem Triumph wie dem, den er an diesem Abend als Referent erlebt hatte.

Standing Ovations – nicht ganz, aber fast.

Man begab sich eben nicht von einem Podest direkt in die Gosse. Wie wohltuend dagegen das vertraute Familienleben!

Der feste Tagesablauf, sein Platz am Tisch, die Serviette im Silberring, der Blick in den Garten, Lisas »Frühstückskuss« …

Verlässliche Werte, in jahrelanger Arbeit aufgebaut.

Die Adventszeit wurde in diesem Jahr gemeinsam gefeiert.

Max durfte zusehen, wie an jedem Sonntag ein Lichtlein mehr angezündet wurde, und sich auf die selbstgebackenen Pfefferkuchen freuen, die es gab.

Schließlich hatte er die Mandeln in den Teig drücken dürfen.

Anschließend waren Opi und er spazieren gegangen und hatten Kastanien gesammelt, die nun in der Küche auf der Fensterbank lagen.

Beim Sammeln hatte Mathias wieder das Ziehen zur Schulter hin gespürt und registriert, dass das Bücken ernste Schwierigkeiten machte. Zum Frühjahr plante er einen Rundumcheck mit anschließendem Kurlaub.

Lisa würde ihn begleiten …

Reisen in unbekannte Gefilde plante er für die nähere Zukunft nicht. Stattdessen nahm er sich vor, das Thema der Ferienwohnung noch einmal zu überdenken.

Vielleicht würde man bereits im nächsten Jahr Lisas

Traum realisieren können: Jahreswechsel mit der ganzen Familie vor der Kulisse der tief verschneiten Bergwelt.

Silvester im Pulverschnee!

Festmenü und der Blick in die Zukunft.

Familienspaziergang ins neue Jahr.

Am Weihnachtsabend würde er die Sprache darauf bringen.

Das Bild der Idylle, in die Herrwinkel sich gedanklich eingependelt hatte, zeigte einen störenden Kratzer: Kollege Kaiser hatte neuerdings eine geradezu impertinente Art zu lachen, sobald er seiner ansichtig wurde.

Immer wieder kam er auf die Berlinreise zu sprechen.

»Sie haben eine große Spannweite, Herr Kollege. Die Fans folgen Ihnen ja sogar in die Hauptstadt.« Er machte eine kleine Pause und fügte hinzu: »Vor allem die Damen.«

Es folgte der bekannte Griff in die Innentasche des Jacketts. »Ich war in diesem Sommer übrigens in Ägypten.«

Schon fächerte er die Fotos auf den Tisch.

Mathias wartete ruhig ab, bis Kaiser seine Litanei der Selbsterhöhung beendet hatte: »Mein Hotel, mein Kamel, meine Reisebegleiterin …«

Dann warf er ebenfalls ein Foto auf den Tisch, ein einziges nur.

»Mein Enkel!«

Er grinste Kaiser an.

»Beeilen Sie sich, mein Lieber. Die Zeit läuft Ihnen sonst davon.«

Kaiser war so verblüfft, dass er es versäumte, seinen letzten Trumpf zu ziehen.

Die Frage nach Teresa Specht.

»Ist es etwas Ernstes«, hatte er augenzwinkernd fragen wollen, »oder bloß etwas zum Üben?«

Aber Mathias war bereits gegangen.

Lisa nutzte die gute Stimmung, um ein Gesteck – grüner Zweig mit angeheftetem Tannenzapfen und roter Kerze – auf einer Ecke des Schreibtisches zu platzieren.

In den Zweigen steckte ein Kärtchen, auf das Max einen roten Kringel gemalt hatte. Darunter standen die Worte: »Nicht böse sein, Lisa und Max.«

An dem Gesamtarrangement lehnte ein Foto, auf dem sich Max über eine dicke Kerze beugte. Gegen diesen Adventsgruß vom kleinen Max konnte der Opi nichts einzuwenden haben.

Lächelnd blieb Lisa stehen und sah sich um.

Sie mochte das Refugium ihres Mannes nicht, die kühle Atmosphäre von Disziplin und Ordnung, die leere Fensterbank, die weißen Wände.

Als einziger Schmuck dienten ein Globus und eine antike Karte mit den Landesgrenzen des Römischen Reiches.

Und Staub!

Mathias' Verteidigung des eigenen Refugiums grenzte auch die Putzfrau aus. Selbst Lisa durfte den Raum zwecks Reinigung nur im äußersten Notfall betreten.

Dieser Notfall, beschloss sie, nachdem sie mit dem Finger über die Schreibtischplatte gestrichen hatte, war eingetreten.

Wenn Lisa putzte, kam Leidenschaft auf.

Sie putzte die Regalfächer und die Fensterbank, den Aktenschrank und die Ablage, sie kletterte auf einen Stuhl und wischte über die Gardinenstange, sie polierte den Metallschirm der Lampe.

Schließlich nahm sie sich den PC-Tisch vor, rieb den Bildschirm des Computers ab und machte sich über die »Maus« her, die Spuren von häufigem Gebrauch aufwies.

Lisa beträufelte sie mit einem Putzmittel und wischte sie trocken. Dann wiederholte sie die Prozedur.

Spielerisch rollte sie sie ein wenig hin und her.

Plötzlich flammte auf dem Bildschirm ein Bild auf. Eine Frau mit wilden roten Haaren und grünen Augen starrte sie an.

Verblüfft starrte Lisa zurück.

Nach einer Weile erlosch das Bild. Der Bildschirm wurde dunkel.

Lisa erinnerte sich nicht, wie sie die Maschinerie in Gang gesetzt hatte, und ärgerte sich zum wiederholten Mal, dass sie sich den neuen Techniken stets widersetzt hatte.

Mathias hatte ihr die Bedienung des Computers und das Surfen im Internet erklärt, war jedoch rasch ungeduldig geworden.

»Übe bitte niemals allein, es könnte etwas kaputtgehen.«

Bea hatte sich ebenfalls Mühe gegeben, aber dringend zu einem eigenen PC geraten.

»Wenn du in Papas Dateien herumpfuschst …«

Letztendlich war es dabei geblieben, und das Thema geriet in Vergessenheit.

Als Mathias zurückkam, fand er einen »garnierten« Schreibtisch und eine verunsicherte Lisa vor.

Gegen das Adventsgesteck konnte er nichts sagen, da es mit einem Bild des Enkels bestückt war. Über Bilder des Enkels hatte man sich an jedem Platz der Welt zu freuen – dieses Thema war tabu.

»Ein kleiner Gruß vom kleinen Max«, sagte Lisa und lächelte so entschuldigend wie möglich.

»Ja, ja, danke.«

Mathias nahm hinter dem Schreibtisch Platz. Mit Mühe gelang ihm ein Lächeln.

»Und noch etwas!«

»Ja?«

»Mir ist beim Putzen ein kleines Missgeschick passiert. Ich bin irgendwie an den Computer gekommen, und auf einmal war ein Bild auf dem Schirm.«

Mathias warf ihr einen Blick zu.

»Von selbst?«

»Das weiß ich auch nicht. Irgendwie ist es auf die Mattscheibe gekommen.«

Mathias tippte auf die Maus, und Bergit Laustroem flammte auf. Mathias und Lisa starrten sie beide gleich verblüfft an.

Mathias schwieg eine Weile.

»Diese Scheißtechnik!«, brüllte er plötzlich los.

»Wenn du wüsstest, wie Leid ich es bin, mich ständig auf dem neuesten Stand zu halten. Während ich noch herumdoktere, haben die Idioten schon wieder etwas Neues erfunden!«

Ungeduldig fuhr er mit der Maus über das Pad und schaltete den PC aus.

»Hoffentlich hast du mit deinem Sauberkeitswahn nicht etwas kaputtgemacht. Da, wo jetzt dieses Bild erschienen ist, waren nämlich unersetzliche Dateien«, blaffte er Lisa an.

»Unersetzliche *was*?«

»Ach, lass es gut sein«, sagte er müde.

»Wer war die Frau denn eigentlich?«, fragte sie.

»Vielleicht solltest du einmal einen Kurs besuchen«, lenkte er ab. »Einen Intensivkurs für Senioren. Ich werde mich erkundigen, wer so etwas anbietet.«

»Mal sehen«, sagte sie.

»Obwohl du es ja eigentlich nicht brauchst.«

»Nein«, antwortete sie.

»Wer war die Frau denn eigentlich?«, wiederholte sie ihre Frage.

Mathias strich sich mit der Hand über die Stirn.

»Ich weiß es nicht«, sagte er. »Irgendeine Moderatorin vielleicht. Viel schlimmer ist, dass das Ding die ganze Zeit eingeschaltet war.«

Er hob die Stimme: »Was das kostet!«

Da Lisa nicht sicher war, ob sie die Verursacherin der Kosten gewesen war, zog sie es vor, zu schweigen.

Mathias' Stimmung schien auf den Nullpunkt gesackt zu sein.

Sein Blick war, wie so oft in diesem Jahr, in unbekannte Fernen gerichtet.

Bergit Laustroem ..., dachte er.

»Der kleine Max kommt am Samstag vorbei, wir wollen Nüsse vergolden«, sagte Lisa in seine Gedanken hinein.

Er holte den Blick zurück und sah sie schweigend an.

»Wie schön«, sagte er schließlich.

Der Advent verging friedlich.

Bereits nachmittags um vier leuchteten die Kerzen.

In der Küche sang Lisa die alten Lieder.

Ann-Sophie war wieder schwanger. Diesmal würde es ein Mädchen werden.

Maximiliane.

Assistiert von Max, buk Lisa die traditionellen Weihnachtsplätzchen: Nusshäufchen, Marzipansterne und Zimtherzen.

Lächelnd schichtete sie sie in die große Blechdose mit dem Weihnachtsmotiv.

23

Irrtum, lass los der Augen Band. Und merkt euch, wie der Teufel spaße.

Im Berufsleben hinterließ der Advent keine Spuren.

Wenn Herrwinkel aus der Welt der Weihnachtsvorbereitungen, diesem süßlichen Gemisch aus Tanne, Plätzchen, Kindermund und »Leise rieselt der Schnee« hinaus »ins Freie trat«, fühlte er sich wie frisch geboren.

Beruflich lief zurzeit alles wie gewünscht. Eine klare Welt aus Regeln und erkennbaren Zeichen umfing ihn, sobald er die Universität betrat.

Karriere wurde groß geschrieben, und Herrwinkel trabte wie gewohnt an der Spitze.

Nur wenn ihm Kaiser auf einem der langen Flure entgegenkam, spürte er die Spannung den Rücken hinaufkriechen.

Wie zwei rivalisierende Kater hielten sie aufeinander zu, um sich, auf gleicher Höhe angekommen, aus den Augenwinkeln heraus zu fixieren.

Meist begnügte sich Herrwinkel mit einem Kopfnicken, während Kaiser ihn auf eine Weise anblitzte, die eine baldige Konfrontation ahnen ließ.

Und natürlich war es Kaiser, der ihm eines Morgens einen Umschlag aushändigte, der Teresa Spechts Handschrift aufwies. »Das hier ist versehentlich in meinem Kasten gelandet.«

Zögernd, als ob er Angst habe, sich zu verbrennen, öffnete Herrwinkel das Kuvert.

Er faltete das Schreiben auseinander.

Lieber Mathias,

anbei mein Lieblingsfoto.

Ich kann Axel nicht genug danken. Er hat wohl als Einziger erkannt, wie es um uns steht, und so schöne Bilder gemacht.

(Welcher Axel?, dachte Herrwinkel entsetzt. Meinte sie etwa Kaiser?)

An der Bar hatten wir eine schöne Stunde, wir haben fast die ganze Zeit von dir gesprochen. Wir beide bilden einen kleinen, verschworenen Fanclub. Axel ist sehr einfühlsam, das würde man auf den ersten Blick gar nicht vermuten. Und das Wichtigste: Er hält dicht!!!

Wie schade, dass es diesmal nicht mit einer gemeinsamen Nacht geklappt hat, aber wir haben ja Zeit.

Es ist ein gutes Gefühl, so beruhigt in die Zukunft blicken zu können.

Das Foto von uns beiden steht auf meinem Nachttisch. Der letzte Blick des Tages gilt dir.

Bis bald, Mathias,
deine Teresa

P.S. Dein Vortrag war wundervoll, ich bin so stolz auf dich.

Wie betäubt betrachtete Herrwinkel das Foto.

Mit einem Siegerlächeln betrachtete Teresa ihre Beute.

Die Beute war er. Ein Wild, das sie verfolgt und gefangen hatte.

Als ahne er bereits, dass er in eine Falle geraten war, starrte er verkrampft in die Kamera. Wie ein Wissenschaftler, der gerade einen großen Erfolg gefeiert hatte, sah er nicht aus. Eher wie einer, der von einer Viper gebissen wurde und noch nicht weiß, ob er den Biss überleben wird.

»Na?«

Kaiser war unbemerkt hinter ihn getreten.

»Gute Nachrichten?«

Er griff nach dem Foto.

»Ach, die Frau Specht«, sagte er. »Eine sehr originelle Dame. Wir haben uns fabelhaft unterhalten.«

Er lachte herzlich.

Herrwinkel gelang es, Foto und Brief in den Umschlag zurückzustecken und das Zittern der Hände zu verbergen. Mit Mühe brachte er ein Lächeln zustande.

»Frau Specht ist eine allein stehende Frau, die ihr Leben meistert. Ich kann daran nichts komisch finden.«

»Aber ich doch auch nicht«, besänftigte Kaiser.

»Außerdem wäre es ungerecht. Sie hat ja durchaus einen Beitrag geleistet.«

In seinen Augen blitzte die Spottlust.

»Und sie sieht Dinge, die sonst niemand erkennen kann.«

Er senkte die Stimme. »Sie schaut den Menschen in die Seele.«

Er machte eine Pause und fügte in dramatischem Ton hinzu: »Meist geht ein frühes Ahnen dem späteren Wissen voraus!«

Er grinste. »Ein Spruch für Ihre Aphorismensammlung, Herr Kollege. Heute Nachmittag gehe ich übrigens ins Museum.« Er zwinkerte Herrwinkel zu. »Schöne Menschen betrachten. Die Bilder interessieren mich weniger. Kommen Sie doch mit.«

»Ich habe keine Zeit.« Herrwinkel trat ungeduldig den Rückzug an.

Kaiser lachte.

»Ich weiß, der Herr Enkel. Wie alt ist er jetzt?«

»Beinahe drei«, antwortete Herrwinkel gereizt.

»Genießen Sie es. Mit drei Jahren sind sie am niedlichsten.«

Wieder dieses unverschämte Lachen.

»Woher wollen Sie das wissen? Ich denke, Sie haben keine Kinder«, fragte Herrwinkel mühsam beherrscht.

»Das nicht« – Kaiser strahlte unverdrossen gute Laune aus –, »aber ich war selbst mal drei!«

Nach drei Wochen meldete sich Teresa im Büro zurück.

Dort war inzwischen eine junge Kollegin eingezogen, die sich ungeniert ausgebreitet hatte.

Papiere lagen auf Teresas Schreibtisch, die Fensterbank war mit Topfblumen zugestellt. An der Wand steckten Ansichtskarten von den Kanaren.

Sie reichte Teresa die Hand.

»Maria Mariotti. Auf gute Zusammenarbeit.«

Teresa lächelte dünn. »Guten Tag. Sind Sie zur Aushilfe hier?«

Maria Mariotti lachte.

»Zur Probe. Ich hoffe auf eine ganze Stelle. Mir gefällt es sehr gut hier. Im Haus ging das Gerücht um, dass Sie frühzeitig in Pension gegangen sind.«

Teresa fühlte einen kleinen Stich. Sägte da jemand an ihrem Stuhl?

»Ich habe es aber nicht glauben wollen«, fuhr Frau Mariotti fort, »Sie sind doch allein stehend. Da ist man froh, wenn man einen Beruf hat und unter Menschen kommt. Das ist übrigens mein Mann!« Sie kramte ein Foto aus der Tasche.

»Und das ist unser Baby.«

Frau Mariotti zeigte zwei Fotos von ihrem Mann, zehn von ihrem Mann mit Baby und zum Schluss eine Flotte von Fotos, die das Baby allein in allen möglichen Stellungen zeigten.

Teresa betrachtete stumm das Familienglück Frau Mariottis und schluckte.

»Ich werde meinen Arbeitsplatz übrigens tatsächlich aufgeben«, hörte sie sich zu ihrer eigenen Verblüffung sagen. »Aber nicht aus Altersgründen, ich werde heiraten.«

Frau Mariotti starrte sie an.

»Sie werden hei...«

Teresa nickte würdevoll.

»Im nächsten Frühjahr. Bis dahin müssen Sie mich noch ertragen.«

Sie öffnete die Handtasche und förderte ebenfalls ein Foto zutage. Es zeigte Herrwinkel und sie in Berlin und steckte in einem Silberrahmen.

Teresa platzierte beides gut sichtbar auf ihrem Schreibtisch. Neugierig betrachtete Maria Mariotti das Foto.

»Ihr Zukünftiger sieht aber sehr ernst aus«, stellte sie fest.

»Mein Mann hat einen Lehrstuhl an der Universität«, klärte Teresa sie auf. »Außerdem schreibt er Bücher. Spezialbereich Goethe. Womit beschäftigt sich denn Ihr Mann?«, fragte sie.

»Mein Mann arbeitet im Baugeschäft«, antwortete Frau Mariotti verlegen.

»Ach je«, sagte Teresa und lächelte mitleidig.

Die Kunde, dass Teresa Specht heiraten werde, verbreitete sich wie ein Lauffeuer.

Nach siebenunddreißig Jahren Betriebszugehörigkeit stand sie zum ersten Mal im Mittelpunkt.

Frau Schroth aus der Zentrale, ebenfalls allein stehend, näherte sich mit unverhohlener Neugier.

»Wo haben Sie Ihren Zukünftigen denn kennen gelernt?«

»In Karlsbad, anlässlich eines Goethe-Kolloquiums. Mein Verlobter hat einen Vortrag gehalten.«

»Und wo genau hat die Begegnung stattgefunden?«

Frau Schroth, seit mehr als zwanzig Jahren ebenso beharrlich wie erfolglos auf Mannsuche, hoffte auf den goldenen Tipp.

Teresa lächelte.

»Genau genommen auf der Straße.«

»Auf der Straße?«

»Ich habe mir das Plakat betrachtet, das seinen Vortrag ankündigte. Er hat mich gesehen und angesprochen.«

»Und dann?«

»Dann sind wir in eine Bar gegangen, und danach …«

Teresa kam nicht mehr dazu, die Geschichte der wundersamen Begegnung zu Ende zu erzählen, denn Frau Schroth war gegangen. Der Tipp war unbrauchbar.

Die Wahrscheinlichkeit, beim Betrachten eines Plakates von dem betreffenden Referenten angesprochen zu werden, war äußerst gering.

Sogar ihre frühere Kollegin Chris Schlüter machte, von Neugier getrieben, ihre Aufwartung.

»Ich hörte, dass Sie heiraten werden, da wollte ich doch gratulieren.«

Neugierig betrachtete sie die unscheinbare Kollegin von einst. Frau Specht schien verändert. Die kecke Frisur und das Leuchten in den Augen waren neu.

»Ich würde übrigens gern wieder anfangen zu arbeiten«, sagte Chris und ließ die Blicke durch das Büro schweifen. »Ich langweile mich zu Hause.«

Sie warf Teresa einen Blick zu und fügte hinzu: »Versprechen Sie sich nur nicht zu viel von der Ehe.«

»Ich werde mich bestimmt nicht langweilen«, antwortete Teresa. »Mein Mann ist Wissenschaftler. Ich werde ihm bei seiner Arbeit zur Seite stehen. Zurzeit planen wir eine Vortragsreise. Thema Goethe.«

Chris sah sie bewundernd an.

»Da haben Sie aber Glück gehabt!«, stellte sie fest.

»Kein Glück, Verstand«, klärte Teresa sie auf. »Und ich habe mir Zeit gelassen. Man nimmt eben nicht den Erstbesten, der zufällig vorbeikommt.«

Wolf Schröder bekam die Nachricht über den Gartenzaun gereicht.

Er hatte in letzter Zeit öfter an Teresa gedacht.

Die Bank, bei der er angestellt gewesen war, hatte seinen Arbeitsplatz gestrichen: Sparmaßnahmen.

Zwangsläufig hatte er viel Zeit zum Spazierengehen, und sein Weg führte ihn nicht ganz zufällig an dem Haus vorbei, in dem Teresa wohnte.

Heute hatte er sie im Garten entdeckt, wo sie das Laub zusammenrechte. Sie bemerkte ihn und kam an den Zaun.

Erstaunt betrachtete er sie.

»Sie haben sich verändert«, stellte er fest. »Ist etwas passiert?«

»Ja«, sagte Teresa.

»Haben Sie was gewonnen?«

»Entdeckt!«

»Und was haben Sie entdeckt?«

»Einen neuen Kontinent.«

Erstaunt musterte er das wippende Haarbüschel über der Stirn. »Ich werde heiraten«, sagte sie in sein Schweigen hinein.

Wolf Schröder entdeckte ein Licht in ihren Augen, das ihm noch nie aufgefallen war. Vielleicht hätte er ihr mehr Beachtung schenken sollen.

»Mein Zukünftiger ist Universitätsprofessor«, teilte ihm Teresa ungefragt mit. »Außerdem schreibt er Bücher. Wir werden gemeinsam auf Vortragsreise gehen.«

Nachdenklich trat Wolf Schröder den Heimweg an.

Da hatte er etwas verpasst.

Der unbekannte Professor hatte in Teresa Specht das Besondere entdeckt, an dem er achtlos vorbeigegangen war. Vielleicht war sie eine Koryphäe auf ihrem Gebiet, vielleicht war sie sogar berühmt.

Bestimmt verfügte sie über ein »heimliches Glockenspiel«. Wohlhabend war sie auf jeden Fall.

Wolf Schröder erinnerte sich an die stillen Wasser, die bekanntlich tief sind und an denen man nicht so achtlos vorübergehen sollte.

An der Straßenecke wandte er sich noch einmal um.

Friedlich lag das Häuschen in der Nachmittagssonne.

Teresa Specht rechte den Rasen.

24

Ein Fehltritt stürzt vom Gipfel dich herab.

Die Zeit zwischen den Jahren versetzte Lisa in Hochstimmung. Die Weihnachtsprüfung war bestanden, der Gänsebraten perfekt gelungen, alle Geschenke hatten Anklang gefunden.

Das Fest war ungewöhnlich friedlich vonstatten gegangen; man hatte gelächelt und sich gegenseitig bestätigt, dass es schon lange nicht mehr so schön gewesen sei.

Mathias' Blicke hatten glücklich auf den Seinen geruht, was in der letzten Zeit nicht selbstverständlich gewesen war. Es schien, als sei er aus unbekannten Fernen zurückgekehrt.

Lisa fühlte sich rundherum zufrieden, als sie die Spuren des Weihnachtsfestes beseitigte und den Silvesterabend vorbereitete.

Alles hatte seine Richtigkeit. Es war warm, es roch gut.

Im Vogelhäuschen zwitscherten die Meisen. Im Kasten vor dem Fenster blühte die Schneerose.

Das Telefon klingelte, und Freunde riefen an.

Das Telefon klingelte, der kleine Max verlangte den Opi.

Das Telefon klingelte, Bea fragte nach einem Rezept.

Am Tag nach Weihnachten traf sich Lisa mit ihren Freundinnen im Café König.

Kindermundgeschichten und erste Weihnachtsfotos wurden ausgetauscht, die Silvesterplanung besprochen.

»Georg und ich machen eine Schiffsreise«, sagte Gilda. »Die Donau hinunter mit kurzen Landaufenthalten.«

»Wir fliegen wieder nach Mallorca«, teilte Marlies mit. »Ein bisschen Sonne tanken. Der Winter ist lang genug.«

»Bei uns gibt's diesmal einen richtigen Silvesterball«, hielt Mareike dagegen. »Wir fliegen nach Wien. Das hab ich mir schon ewig gewünscht.«

»Wir feiern alle zusammen zu Hause«, sagte Lisa.

Die Damen wandten ihr die Köpfe zu. Neid blitzte in den Augen.

»Macht aber viel Arbeit«, versuchte Ute ihren Silvesterball zu retten. »Und dann … Familie …« Sie senkte die Stimme. »Risiko!!!«

Lisa lächelte: »Aber sie kommen doch gern.«

Die Damen schwiegen und rührten in ihren Tassen.

Die Tatsache, dass die erwachsenen Kinder die Feiertage mit den Eltern verbrachten, hatte den Wert von Schiffsreise und Silvesterball übertroffen. Das kam sehr selten vor.

»Na, dann wünsche ich euch viel Spaß«, beendete Gilda das Thema. »Hoffentlich zankt ihr euch nicht.«

Lisa gab keine Antwort.

Sie lächelte.

Silvester kam und wurde wie geplant gefeiert.

Auch der kleine Max durfte in diesem Jahr dabei sein und formte beim Bleigießen ein zierliches Figürchen.

Allgemein war man der Ansicht, dass dies nur das Schwesterchen sein könne, das erwartet wurde.

Mathias erhielt in diesem Jahr zwei Figuren, die sich in Form und Größe ähnelten.

»Papa häutet sich«, deutete Bea die Situation.

Niemand erinnerte sich mehr an das Krokodil, das Mathias im letzten Jahr geformt hatte.

Lisa formte nichts.

Als sie den Löffel mit dem Blei ins Wasser senkte, zerfiel alles zu winzigen Kügelchen.

Totale Auflösung!

»Was soll denn das bedeuten?«, fragte Bero, der die Spiele der Familie gottergeben über sich ergehen ließ. »Warmer Regen?«

»Nein, Mama wünscht sich eine Perlenkette.«

»Die soll sie bekommen!« Mathias lachte befreit. Ein kühler Hauch hatte ihn soeben gestreift. Nichts Ernstes – schon vorbei.

»Einreihig oder doppelt?«

»Einreihig genügt.«

Zum Schluss blieb eine Bleifigur übrig, die natürlich der kleine Max auflösen und ins Wasser senken durfte.

»Diesmal: Wunsch frei für die ganze Familie!«

Es zischte.

Gespannt betrachtete man das Ergebnis.

Eindeutig ein Ferienhaus.

Lisa konnte sogar den Schnee erkennen, der das Dach bedeckte. Im kommenden Jahr waren also gleich mehrere Glücksmomente zu erwarten: ein weiteres Enkelkind, ein Ferienhaus und eine Perlenkette.

Blieb die Deutung der zweiten Person an Mathias' Seite.

»Natürlich Mama!«

Der dreiunddreißigste Hochzeitstag stand an und würde groß gefeiert werden.

Aber zunächst galt es den Geburtstag des kleinen Max zu begehen, der in diesem Jahr auf einen Samstag fiel.

»Da treffen wir uns alle zum Mittagessen«, teilte Lisa der Familie mit. »Max darf sich wünschen, was es geben soll. Und der Papi soll auch nicht zu kurz kommen.«

Freundlich bot sie Bero einen der frisch gebackenen Silvesterkrapfen an. Aber er wies sie zurück. »Nein, danke!«

Seit Tagen plagte er sich mit seiner ganz privaten Weihnachtskrankheit.

Überproduktion von Magensäure.

In der ersten Januarwoche hatte Lisa viel zu tun.

Die Weihnachtsdekoration hatte an Glanz eingebüßt und begann zu nadeln. Die Christrosen waren eingegangen und wurden durch frisches Grün ersetzt, das Vogelhäuschen musste gesäubert und neu gefüllt werden.

Während Lisa geschäftig im Haus umhereilte, lief in ihrem Hinterkopf bereits die Planung für Max' Geburtstag an.

Er hatte sich Spaghetti mit Tomatensauce gewünscht, und natürlich sollte er sie bekommen.

Aber die Erwachsenen würden sich sicher über ein Cassoulet freuen. Etwas Deftiges nach all dem süßen Weihnachtskram.

Eine Woche vor dem Geburtstag besprach Lisa den Ablauf des Festes mit Ann-Sophie.

- Treffen gegen elf Uhr.
- Gabentisch und Kerzen ausblasen.
- Sherry für die Großen.
- Festmenü.
- Familienspaziergang.

Bero ließ sich entschuldigen: zu viel Arbeit in der Praxis wegen der Feiertage. Dummerweise sagte am selben Tag auch Bea ab. Zu viel Arbeit im Geschäft.

Daraufhin hängte sich Lisa ans Telefon und versuchte, Bero zum Kommen zu überreden.

Gekonnt setzte sie das Mittel des schlechten Gewissens ein.

»Was ist denn ein Geburtstag ohne den Papa?«

»Er bekommt eine Eisenbahn, und abends spiele ich mit ihm. Anschließend sehen wir uns gemeinsam ein Kinder-Video an.«

»Aber das ist doch nicht dasselbe. Komm wenigstens zu Gabentisch und Kerzenausblasen oder zum Mittagessen. Nur ein Stündchen«, bettelte sie.

Schließlich sagte er zu.

»Ist gut. Zum Essen.«

Er griff nach den Magentabletten. Die Säure hatte bereits mehrere Angriffe gestartet.

Zufrieden mit dem Ergebnis ihrer Bemühungen, holte Lisa einen Packen Zeitungen, die sie seit Tagen nicht gelesen hatte, und breitete sie auf dem Küchentisch aus.

Sie hatte den ersten der angewelkten Adventssträuße gerade entsorgt, als ihr Auge auf eine halbseitige Anzeige fiel:

Ewiger Wonnebrand, glühendes Liebeband,
Siedender Schmerz der Brust, schäumende Gotteslust!
Pfeile, durchdringet mich, Lanzen, bezwinget mich,
Keulen, zerschmettert mich, Blitze, durchwettert mich!
Dass ja das Nichtige, alles verflüchtige, glänze der Dauerstern, ewiger Liebe Kern.

Johann Wolfgang von Goethe

Lieber Mathias,
nun sind es 225 Nächte, seitdem wir uns in Karlsbad begegnet sind. Du hast mich sehr glücklich gemacht. Glück und Liebe zum neuen Jahr.

Immer, deine Teresa.

Nicht verstehend starrte Lisa den Text an.

Lieber Mathias ... Karlsbad ... 225 Nächte ...

Sie rechnete nach. Zeitlich kam es hin, dass Mathias vor 225 Tagen (die unbekannte Teresa schien eher in Nächten zu rechnen) in Karlsbad gewesen war.

Kühl bis ins Herz ging Lisa ins Arbeitszimmer und begann es methodisch zu durchsuchen.

Im hinteren Winkel des Kleiderschranks, hinter dem russischen Pelz versteckt, stieß Lisa auf eine Papprolle und förderte ein Plakat zutage.

Sie rollte es auseinander.

Die »Moderatorin«.

Oder doch nicht?

Zum wiederholten Mal ärgerte sie sich, dass sie nicht imstande war, das Porträt der Dame eigenständig auf den Bildschirm zu holen.

Die Ähnlichkeit war verblüffend, aber die Dame, die unvermutet auf dem Bildschirm aufgeflammt war, hatte wild gekräuseltes Haar gehabt, während diese das Haar straff zurückgekämmt trug. Aber der spöttische Blick aus grünen Augen war unverkennbar der gleiche.

Leider fehlte der untere Rand, auf dem der Name

aufgedruckt gewesen war. Irgendjemand hatte ihn abgeschnitten.

Sie steckte das Plakat zurück in die Rolle und verstaute beides am alten Platz.

Sich zur Ruhe zwingend, nahm sie in Mathias' Schreibtischsessel Platz, starrte den PC an und tippte vorsichtig auf die Maus.

Nichts geschah.

Der erlittene Schreck verwandelte sich plötzlich in Wut gegen sich selbst.

Mit einer Frau, die, anstelle unermüdlich Familienfeste zu arrangieren und Tischdekorationen zu kreieren, Computerkurse besuchte, hätte sich Mathias ein Zweitleben nicht erlauben können, denn dass er ein Doppelleben führte, war offensichtlich.

Lisa übersah, dass sich auch Frauen, die sämtliche Computersysteme der Welt beherrschten, mit ähnlichen Problemen herumgeschlagen hatten wie sie, und rief Ann-Sophie an.

Bero war am Telefon.

»Ich habe dir doch bereits zugesagt. Zum Kerzenausblasen werde ich es nicht schaffen, aber zum Essen werde ich pünktlich da sein«, teilte er ihr mit.

Lisa stutzte.

Hatte da etwas mitgeklungen? Warum war er so gereizt?

»Ich wollte Ann-Sophie sprechen.«

Auch Ann-Sophie schien nervös.

»Wir bekommen heute Gäste. Was ist denn?«

»Ich muss dir etwas erzählen.«

»Aber doch nicht jetzt. Schließlich sehen wir uns am Sonntag.«

»Aber ich muss es loswerden. Komm morgen bitte ins Café König.«

»Mutter, bitte …«

Lisa vergaß den üblichen Bettelton, den sie an dieser Stelle anzuschlagen pflegte. Ihr Ton war ungewohnt scharf. »Du wirst bitte kommen. Es ist wichtig.«

»Geschenke und Menüfolge haben wir aber schon eingehend besprochen.«

Die Ironie im Ton der Tochter war unverkennbar.

Lisa runzelte die Stirn.

Welche Geschenke? Ach so, sie sprach von der Geburtstagsfeier.

»Das ist jetzt unwichtig. Sei bitte pünktlich da.«

Ann-Sophie kam allein.

Nervös nahm sie an Lisas Ecktischchen Platz.

»Ich hab wenig Zeit. Max ist bei meiner Nachbarin.«

Lisa entrollte das Plakat.

»Diese Dame habe ich sowohl auf Papas PC als auch in seinem Kleiderschrank gefunden. Versteckt in einer Papprolle.«

Ohne rechtes Interesse betrachtete Ann-Sophie das Plakat. »Aber das hat doch nichts zu bedeuten.«

»Und das auch nicht?«

Mit bebenden Händen reichte ihr Lisa die Zeitungsseite mit der »Anzeige«.

»Zum Glück waren am Erscheinungstag noch alle im Urlaub. Deshalb kamen bisher keine peinlichen Rückfragen.«

Ann-Sophie überflog den Text.

Ihr eben noch ironisch lachendes Gesicht war ernst geworden. »Der Damenclub hat sich auch nicht gemeldet?«

»Alle noch unterwegs.«

»Und Papa?«

»Hat die Zeitung wohl nicht gelesen, sonst hätte er sie sicher nicht herumliegen lassen.«

Sie warf Ann-Sophie einen Blick zu. »Sag mir, was ich tun soll.«

»Ich weiß es nicht.«

Lisa hob die Stimme: »Aber es geht uns alle an!«

Schweigend starrten sie einander an.

Schließlich sagte Ann-Sophie: »Erst mal abwarten. Verdachtsmomente sammeln. Still verhalten. Papa war lange nicht so friedlich. Er hat sogar für das Familien-Ferienhaus in den Bergen plädiert. Ich kann mir wirklich nicht denken …«

Wieder betrachtete sie das Plakat.

»Andererseits – eine sehr attraktive Frau. Kennst du ihren Beruf?«

»Autorin.«

»Gebiet?«

»Biografien.«

Ann-Sophie dachte nach.

»Wollte Papa nicht auch mal Schriftsteller werden?«

»Das ist lange her.«

»Wer weiß? Manchmal schlafen die Träume nur. Vielleicht heißt dieser hier Teresa.«

Sie griff nach der Zeitung.

»Ewiger Wonnebrand, glühendes Liebeband ...«

Sie hob den Blick.

»Wie heißt sie denn mit Nachnamen?«

»Ich weiß nicht ...«

Ann-Sophie warf einen Blick auf die Uhr. »Ich muss los.«

Sie erhob sich.

»Tut mir Leid, Mama, ich werde mir die Sache durch den Kopf gehen lassen, aber im Augenblick ...«

Lisa schenkte ihr einen verzweifelten Blick. »Aber was soll ich tun?«

Ann-Sophie schlüpfte in den Mantel.

»Zunächst einmal nichts. Verhalte dich still, wecke keine schlafenden Hunde.« Sie beugte sich zu Lisa hinab und gab ihr einen Kuss auf die Wange. »Vielleicht verläuft es sich ja im Sande!«

Sie zwinkerte ihrer Mutter zu. »Wir sehen uns am Sonntag.«

Ohne sich umzublicken, verließ sie das Café. Schlechter Stimmung fuhr sie nach Hause.

Die Sache kam ihr ungelegen. Sie hatte mit der Schwangerschaft zu tun, die nicht so glatt verlief wie die erste.

Bero war allzu oft abends in der Praxis und begann, sich dem Familienleben zu entziehen. Der kleine Max quängelte in letzter Zeit viel und klammerte sich allzu energisch an ihren Rockzipfel.

Zurzeit rief der Gedanke, in absehbarer Zeit ein zweites Baby zu haben, ein Gefühl der Überforderung in ihr hervor.

25

Der Lügner hofft vergeblich Treu und Glauben.

»Vielleicht verläuft es ja im Sande.«

Ein Satz wie ein Rettungsanker.

»Nur keine schlafenden Hunde wecken. Schließlich hat Papa die Anzeige gar nicht gelesen. Er war schon lange nicht mehr so familiär.«

In der Tat, Mathias' gute Stimmung hielt an.

Munter vor sich hin summend, half er Lisa bei den Geburtstagsvorbereitungen.

Er fühlte sich wohl, denn positives Denken war angesagt, wenn er über die Runden kommen wollte.

Verweigerung brachte Nervenkrisen und schadete dem Herzen. Auch in diesem Jahr würden monatlich mehrere Geburtstagsfeiern zu überstehen sein, wenn man die Einladungen aus dem engsten Freundeskreis dazuzählte.

Kamen die kirchlichen Feste, die Jubiläen und die Geburt eines weiteren Enkelkindes hinzu. Es war also angezeigt, sich bewusst einzubringen, anstatt sich weiterhin belästigt zu fühlen.

Zustimmen, die Freuden des Familienlebens genießen, anstatt heimlich von Bergit Laustroem zu träumen.

Was sie wohl gerade tat?

In *Kultur heute* hatte er eine Rezension über ihr neuestes Buch gelesen.

»... weiß die Autorin detailgenaue Milieuschilderungen mit einer höchst amüsanten Sprache zu verbinden.«

Ach ja ...

Er hätte die Rezension gern aufbewahrt, fürchtete jedoch, dass Lisa sie finden und erneut Verdacht schöpfen könnte. Die »Moderatorin« hatte sie einmal geschluckt, ein zweites Mal würde es nicht gelingen.

Kam hinzu, dass Verdächtigungen betreffs amouröser Verhältnisse, die man gar nicht genossen hatte, besonders schmerzlich waren. Er befestigte eine Schnur mit Lampions über der Anrichte und blies zwanzig rote Luftballons auf.

»Mehrmals täglich Ja sagen«, eine der Standardregeln auf dem Wege zum positiven Denken.

»Ja ... ja ... ja!«

Er summte vor sich hin.

»Ja ... ja ... ja ... ja ... ja!«

Lisa warf ihm einen Blick zu. »Hast du was gesagt?«

»Nein! Ich übe das Geburtstagslied für Max.«

Theatralisch baute er sich vor ihr auf: »Ja, ja, ja! Das Mäxchen wird drei Jahr!«

Lisa war begeistert. »Das könnten wir alle zusammen singen, während Max die Kerzen ausbläst!«

Der Herrwinkelsche Familienchor, dachte er ironisch.

Laut sagte er: »Ja!«

Auch dieses Fest verlief zu Lisas Zufriedenheit.

Keiner wehrte sich dagegen, das Geburtstagslied »Ja … ja … ja« anzustimmen, das Mathias um eine weitere Strophe erweitert hatte.

»Nein, nein, nein, der Max ist nicht mehr klein.«

Selbst Bero, dessen gelbliche Gesichtsfarbe gelegentlich Zweifel aufkommen ließ, ob er das Herrwinkelch Familienglück wirklich so genoss, wie es den Anschein hatte, sang aus voller Kehle mit.

Sein satter Bariton stützte die schwachen Stimmen der Familie.

Nach dem Essen – Buchstabensuppe, Spaghetti, Cassoulet, Wackelpudding in drei Farben – holte Mathias die Prospekte von Ferienhäusern, die er inzwischen besorgt hatte, und breitete sie auf dem Tisch aus.

Dann leitete er die Diskussion ein:

»Altes Haus kaufen und modernisieren, Fertighaus aufstellen lassen oder neu nach eigenen Plänen bauen? Ich warte auf Vorschläge.«

Alle waren sich einig, dass ein altes Haus zu modernisieren am kreativsten, ein Fertighaus jedoch am preiswertesten und praktischsten sei.

Lisa hätte sich für jeden Haustyp erwärmen können, wenn die Familie nur oft genug zusammen war.

Ann-Sophie wollte es hell, luftig und kindgerecht.

»Einbaumöbel, einfache Materialien und wenig Schnickschnack. Ich will nicht dauernd darauf achten müssen, dass etwas kaputtgeht.«

Auch Mathias war für ein Fertighaus.

»In meinem Alter muss so was schnell gehen. Ich habe keine Zeit mehr, zwei Sommer lang nach originalgetreuen Fliesen zu suchen.«

Bea und Bero schlossen sich der Allgemeinheit an.

»Es sollte nur nicht allzu weit weg sein«, sagte Bero, »damit Ann-Sophie auch mal allein mit den Kindern hinkann«, und ich zu Hause meine Ruhe habe, fügte er in Gedanken hinzu.

»Es sollte sich auch für einen Kurzurlaub lohnen. Zwei, drei Tage oder so«, bestätigte Bea, innerlich fest entschlossen, das neue Familienidyll möglichst zu meiden.

Über den Tisch hinweg warf ihr Bero einen Blick zu.

Er mochte ihr hübsches, klares Gesicht. Das schwarze Kleid betonte die schlanke Figur. Neben ihr wirkte Ann-Sophie mit ihrem hilflosen Schmuckgeklimper wie ein überladener Christbaum.

Hatte sie zwischen den beiden Schwangerschaften eigentlich einen einzigen schlanken Tag gehabt? Wenn ja, musste er ihn verpasst haben. Ihm schien, als ob sie seit Jahren in diesen unförmigen Kasacks herumliefe.

Er wandte den Blick ab. Es gab Momente, in denen Bero es bedauerte, bereits mit Ann-Sophie verlobt gewesen zu sein, als Bea seinen Weg kreuzte.

Der Brief kam mit der Morgenpost.

Mathias hatte einige Vorlesungen zu halten und war entsprechend früh aufgebrochen.

Lisa warf einen kurzen Blick auf den Absender und spürte die gleiche Herzenskälte wie am 2. Januar, als sie die »Liebesbotschaft« in der Zeitung gefunden hatte.

Teresa Specht
Eichenweg 7
Burghausen

Die Adresse war mithilfe einer kleinen Eselsbrücke leicht zu merken: Specht hämmert Eiche. Unglückszahl: sieben

Zusammen mit der Telefonrechnung und einer Ansichtskarte legte Lisa den Brief in den Postkasten zurück und steckte eine Zeitung als Köder unter die Klappe.

Durch das Küchenfenster hindurch beobachtete sie, wie Mathias am Nachmittag die Zeitung aus dem Kasten zog und das Türchen öffnete.

Gleich darauf erschien er in der Küche.

»Tag, Schatz.«

»Hallo, war Post da? Ich hab noch nicht nachgesehen.«

»Bloß die Telefonrechnung und eine Karte. Hier …«

Er legte beides auf den Küchentisch.

Lisa warf ihm einen Blick zu. »Sonst nichts?«

»Nein. Von wem ist denn die Karte?«, lenkte er ab.

»Von Mareike«, sagte Lisa. »Sie schreibt, Wien sei …«

Aber das schien Mathias nicht mehr zu interessieren.

»Lies es mir nachher vor«, sagte er und verschwand eilig in seinem Arbeitszimmer.

Panisch riss er Teresas Brief auf.

Er hatte die ersten Zeilen noch nicht gelesen, als er Lisas raschen Schritt hörte.

»Mathias?«

Er steckte den Brief in die Innentasche seines Jacketts.

»Ja?«

Lisa erschien im Türrahmen.

»Ich wollte nur fragen ... Ist etwas passiert?«, unterbrach sie sich.

»Warum?«

»Du siehst so blass aus.«

»Ich hatte einen schweren Tag«, sagte er. »Am besten, ich mache vor dem Abendessen noch einen Spaziergang.«

Als er gegangen war, schenkte Teresa dem Zimmer einen raschen Rundumblick, aber sie fand nur ein Stück des Briefumschlags mit einem Teil des Absenders. Teresa Spec...

Sie öffnete den Kleiderschrank und wühlte hinter dem russischen Pelz nach der Papprolle.

Die Rolle war leer.

Also hatte das Plakat doch mehr zu bedeuten, als Mathias zuzugeben bereit war. Er hatte für die »Moderatorin« ein anderes Versteck gefunden.

Beim Abendessen sprach sie ihn ganz offen darauf an.

»Ich habe heute deinen Schrank aufgeräumt«, begann sie das Verhör.

Mathias lächelte ironisch.

»Schon wieder?«, fragte er.

»Das Plakat der Moderatorin war nicht mehr da.«

»Nein?«, fragte er scheinbar interessiert.

»Die leere Papprolle habe ich in den Keller gebracht, die brauchst du ja zurzeit nicht mehr.«

Lisas Stimme hatte etwas Atemloses.

»Vielleicht möchte ich den Brief von Teresa Specht darin verstecken.« Er legte seine Hand auf die ihre.

»Lisa« – er lächelte väterlich –, »wir wollen uns doch in unserem Alter nicht mehr mit dummen Verdächtigungen herumplagen. Ich habe das Plakat weggeworfen, weil es dich beunruhigt hat. Genauso wie den Brief« – er suchte in den Taschen seines Jacketts –, »den ich jetzt gerade nicht dabei habe. Er muss auf meinem Schreibtisch liegen, ich hole ihn gleich.«

Lisa zwang die Stimme zur Ruhe.

»Von wem war er denn?«

»Von Teresa Specht, einer früheren Sekretärin. Sie ist arbeitslos geworden und fragt, ob ich vielleicht Schreibarbeiten für sie habe. Früher konnte ich ihr manchmal etwas vermitteln. Übrigens eine herzensgute Seele.«

Mathias atmete durch. Der Einfall mit der Sekretärin war gut. Nur nicht den Familienfrieden durch eine gänzlich uninteressante Person, wie diese Teresa Specht es war, stören lassen, nachdem man Bergit Laustroem gerade vom Tisch hatte.

Außerdem, an seinem inneren Auge flimmerte Kaisers unverschämtes Lächeln vorüber, hatte Frau Specht genug Unheil angerichtet.

Eine Weile aßen sie schweigend vor sich hin.

Plötzlich hob Mathias den Blick: »Was mir gerade einfällt, deine Freundinnen – hätte da nicht eine etwas zu tippen?«

Lisa fuhr aus ihren Gedanken auf, in denen sich Mathias gerade mit der Sekretärin vergnügt hatte.

»Bitte?«

Mathias lächelte begütigend.

»Wir sprachen gerade von Frau Specht. Ich fragte, ob nicht eine deiner Freundinnen Schreibarbeiten für sie hätte.«

»Schreibarbeiten?«

Vor Lisas innerem Auge lag Frau Specht gerade mit hochgeschobenem Rock quer über Mathias' Schreibtisch.

»Ich glaube nicht«, sagte sie verwirrt.

»Oder einer ihrer Männer?«

»Ich glaube nicht«, wiederholte Lisa.

Dann fiel ihr Blick auf Mathias' Gesicht. In seinen Augen funkelte noch immer das Feuerchen, in das sie sich einst verliebt hatte. Warum sollte es anderen Frauen anders ergehen?

Gerührt betrachtete sie die inzwischen nachgewachsenen Haarbüschel, die über die Ohren wippten.

Zwei Flügelchen, zum Abheben bereit.

Ann-Sophie hatte sich gerade eine Tasse Kaffee eingeschenkt und einen Blick in die Zeitung geworfen, als das Telefon klingelte.

Sie ließ das Blatt sinken und starrte den Apparat an. In der segensreichen Stunde, die sie zwischen dem Gang zum Kindergarten und den Haushaltspflichten ganz für sich hatte, ließ sie sich ungern stören.

Um diese Zeit riefen mit Vorliebe Freundinnen an, die Eheprobleme oder Gesellschaftsklatsch loswerden wollten, und leider gehörte auch ihre Mutter seit neuestem zu jenen Personen, denen sie nur ungern in die Falle ging.

Der Anrufbeantworter sprang an.

Es war Lisa!

»Hallo, Liebling, ich weiß, dass du da bist, nimm doch bitte mal ab.«

Lisa legte eine kurze Pause ein und begann von neuem. »Ich habe Neuigkeiten. Ich weiß jetzt, wer die Dame auf dem Plakat ist, und ich weiß sogar, wie sie heißt.«

Sie senkte die Stimme. »Es handelt sich um eine ehemalige Sekretärin. Sie heißt Teresa Specht und wohnt in Burghausen. Ich habe mich entschlossen, hinzufahren.«

Ann-Sophie nahm den Hörer ab.

»Ja?«

»Annchen, Liebes, ich weiß, dass ich dir furchtbar auf die Nerven falle, aber ich muss dich noch einmal sprechen.«

»Hoffentlich nicht im Café König. In dieser Woche habe ich garantiert keine Zeit.«

Auf diese unfreundliche Bemerkung ging Lisa gar nicht erst ein, aber sie verfiel auch nicht in den berüchtigten Bettelton.

»Da ich jetzt weiß, um welche Person es sich handelt, kann ich hinfahren und mir endlich Klarheit verschaffen.«

»Warum sprichst du nicht mit Papa?«

»Das habe ich schon getan, von ihm weiß ich ja, dass es die Sekretärin war.«

»Ja, und?«

»Ich möchte es von ihr wissen. Er sagt, sie sei einfach eine ehemalige Sekretärin. Aber schließlich sind ja auch andere Dinge geschehen. Das Plakat, das er jetzt an einem anderen Ort versteckt hat, das Bild, das plötzlich auf dem PC aufgeflammt ist, und gestern ein Brief von ihr, der übrigens auch sofort verschwand, und der unerwähnt geblieben wäre, wenn ich nicht die Rede darauf gebracht hätte. Und last but not least« – Lisa schöpfte Atem – »die halbseitige Liebeserklärung in der Zeitung.«

Sie hob theatralisch die Stimme: »Ewiger Wonnebrand, glühendes Liebeband …«

»Irgendetwas stimmt in der Tat nicht«, überlegte Ann-Sophie laut. »Sekretärinnen haben selten eine Homepage oder lassen Plakate mit ihrem Konterfei drucken. Wäre sie andererseits Autorin, fände man sie im Internet. Aber dort ist keine Teresa Specht aufzuspüren, ich habe nachgesehen. Vielleicht ist die Frau ganz harmlos.«

»Harmlos? Siedender Schmerz der Brust, schäumende Gotteslust … Das nennst du harmlos? Wenn du nur ihr Bild gesehen hättest! Frauen mit so schrägen Katzenaugen sind nicht harmlos.«

Ann-Sophie zwang sich zur Ruhe. Die bevorstehende Entbindung und das nachlassende Interesse Beros am Familienleben beschäftigten sie weit mehr als die Probleme ihrer Mutter.

Sie atmete tief durch.

»Was willst du denn eigentlich von der Dame?«

»Ich will sie kennen lernen.«

26

In meinen Adern welches Feuer,
In meinem Herzen welche Glut.

Eine volle Stunde lief Lisa durch die umliegenden Straßen, ehe sie den Mut fand, sich dem Haus Eichenweg sieben zu nähern. Aus sicherer Entfernung hatte sie das Anwesen eingehend betrachtet, und erste Zweifel waren aufgekommen.

Das Anwesen wirkte äußerst bescheiden. Unauffällig schob sich das Haus in eine Reihe ähnlicher Häuser. Schwer vorstellbar, dass Professor Herrwinkel an der gestutzten Hecke entlangschlich, um sich heimlich durch die kleine Gartenpforte zu drücken. Ebenso wenig passte das Haus zu der rothaarigen Moderatorin, deren ironisches Lächeln ihr vom Bildschirm entgegengeflimmert war. Würde sie mit ausgebreiteten Armen den schmalen Plattenweg entlangeilen, um illustre Gäste zu begrüßen?

Das Haus erzählte nichts von Geselligkeiten.

In strenge Falten gelegt, verhinderten dichte Gardinen jeglichen Einblick. Auch der Garten strahlte eine abweisende Ordnung aus. Das rechteckige Rasenstück war von Blättern befreit, die Hecke gestutzt, die Stauden waren zurückgeschnitten.

Einen Augenblick lang überlegte Lisa, ob es nicht besser sei, einfach umzukehren und als sei nichts geschehen nach Hause zurückzufahren.

Heute Abend würde sie wie gewohnt den Tisch decken. Mathias würde Platz nehmen und erzählen, wie sein Tag verlaufen war.

Sie würde kleine Alltagsgeschichten beisteuern: Ann-Sophie hatte angerufen. Mäxchen ließ den Opi grüßen. Nichts Unheilvolles hätte den ruhigen Ablauf unterbrochen. Alles würde weitergehen wie bisher.

Lisa fühlte bei diesem Gedanken eine wohlige Wärme in sich aufsteigen, aber sie führte ihn nicht aus.

Anstatt umzukehren, drückte sie auf den Klingelknopf.

Im Haus flammte ein Licht auf. Kurz darauf erschien eine Frau mittleren Alters im Türrahmen.

Lisa gelang ein Lächeln.

»Entschuldigten Sie die Störung, ich möchte Frau Specht sprechen.«

Die Frau erwiderte das Lächeln.

»Ich bin Frau Specht.«

Lisa war verwirrt.

»Entschuldigen Sie das Versehen, eine Verwechslung … Ich wollte …«

Erschrocken trat sie den Rückzug an.

Die Frau reichte ihr die Hand. »Aber ich habe Ihren Besuch erwartet. Kommen Sie doch herein.«

Lisa stolperte über die Matte und fiel beinahe über die Flurkommode.

Teresa fing sie auf.

»Geben Sie mir Ihren Mantel. Es ist schön, dass wir uns endlich kennen lernen. Mathias hat öfter von Ihnen erzählt. Kommen Sie …«

Sie dirigierte Lisa durch die Diele.

Wie betäubt von dem unerwarteten Empfang, betrat Lisa das Wohnzimmer.

»Nehmen Sie Platz, ich mache uns einen Tee.«

Lisa setzte sich, und während Teresa in der Küche werkelte, hatte sie Zeit, sich in die Bildergalerie zu vertiefen, die das Sideboard schmückte.

Demonstrativ im silbernen Rahmen: Mathias und Teresa.

Dann etliche Bilder, die Mathias allein zeigten. Ein Zeitungsausschnitt, der den Vortrag in Karlsbad ankündigte. Sogar eine Rezension war eingerahmt: »Einmal mehr gelang es Mathias Herrwinkel, seine Hörer mit einem hochbrisanten Thema zu fesseln.«

Die Teekanne in der Hand, kehrte Teresa zurück.

Sie schenkte ein.

Auch sie warf einen Blick auf die Bildergalerie.

»Ja, das war ein großer Triumph in Karlsbad. Die Leute haben minutenlang geklatscht, ich war so stolz auf ihn.«

»Auf wen?«

»Auf Mathias, natürlich.«

Teresa hob verträumt die Augen.

»Es ist schon toll, einen berühmten Mann zu haben.«

Lisa starrte die fremde Frau an. Wieder fiel ihr Blick

auf das Foto im Silberrahmen. So wurden Erinnerungsfotos gerahmt: »Silberne Hochzeit«.

Auch Lisas Blick war an dem Foto hängen geblieben.

»Das Bild ist besonders gut getroffen. Ein Kollege von Mathias, Axel Kaiser, hat es aufgenommen. Axel ist übrigens ein besonders netter Kollege«, fügte sie hinzu. »Wir haben uns erst kürzlich anlässlich des Kongresses der Historiker getroffen. Mathias und ich mögen ihn sehr.«

Lisa schluckte. Frau Specht schien sich nicht nur in Mathias' Berufsleben bestens auszukennen, sie hatte sich auch in seinem Privatleben eingenistet.

Während ihr selbst dieser Kaiser nur vom Hörensagen bekannt war, schien Frau Specht näher mit ihm befreundet zu sein.

Sie schluckte. »Waren Sie schon öfter zusammen auf Reisen?«

Frau Specht lachte.

»Natürlich, kürzlich erst in Berlin. Wir freuen uns schon auf den Kongress in Hamburg. Vielleicht können wir ein paar Tage an der See anhängen. Mathias liebt das Meer«, fügte sie erklärend hinzu.

Lisa wurde von einem leichten Schwindel erfasst.

Wie hieß der Gruselfilm, in dem sie eine Rolle spielte, deren Text sie nicht kannte? *Dem Wahnsinn nahe?*

In welchem Albtraum war sie gelandet?

Eine heiße Welle rieselte ihr den Rücken hinunter. Sie erhob sich.

»Entschuldigen Sie.«

Teresa lächelte.

»Wenn Sie sich erfrischen wollen, zweite Tür links.«

Auf dem Weg ins Bad warf Lisa einen Blick durch die geöffnete Schlafzimmertür.

Auf dem Nachttisch, vergrößert und gerahmt: Mathias.

Über dem Bett, ebenfalls gerahmt: das Gedicht, das ihm Frau Specht zum neuen Jahr durch die Zeitung hatte zukommen lassen.

»Ewiger Wonnebrand, glühendes Liebesband …«

Hier war kein Zweifel mehr möglich.

Als sie ins Wohnzimmer zurückkehrte, hatte sie sich gefasst. Sie lächelte.

»Sogar im Bad haben Sie ein Bild von meinem … von Mathias?«

Teresa nickte. »Mein Tag soll gut beginnen, außerdem« – sie lachte – »schaut er mir so gern beim Duschen zu.«

Das Haarbüschel über der Stirn nickte harmlos-belustigt zu ihren Worten.

Dagegen wirkten die schwarzen Brauen Furcht einflößend. Die Brauen gehörten zu einer Frau, die keinen Spaß verstand. Aber die Augen waren schön. Wie winzige Flammen leuchteten sie in einem dunklen Goldton.

Ob sich Mathias in diesen Blick verliebt hatte?

Verzweifelt versuchte Lisa, zwischen ihrem Mann und dieser Person eine Verbindung herzustellen.

Sie räusperte sich.

»Waren Sie einmal seine Sekretärin?«, fragte sie.

Frau Specht warf ihr einen erstaunten Blick zu. »Seine Sekretärin? Nein, wir haben uns ganz zufällig kennen gelernt.«

»Und was verbindet Sie?«

Darüber hatte Teresa lange genug nachgedacht.

»Die Literatur, die Wissenschaft … und natürlich die Erotik.«

Sie lächelte. »Mathias braucht es sehr.«

Ihr Blick bohrte sich in Lisas Pupille. »Ehefrauen vergessen das allzu oft.«

Lisa errötete. Die Erotik war in der Tat manchmal zu kurz gekommen. Schuldbewusst hob sie den Blick.

Teresa nickte bedeutungsvoll. »Sehen Sie … manche Männer können einem Leid tun.«

»Nun, sie holen sich schon, was sie brauchen.«

Lisa hatte sich gefasst. Sie war kampfbereit.

»Apropos Karlsbad … es gibt da so ein Plakat von einer Dame …«

»Dame?«

»Rothaarig, grüne Augen …«

Teresa lachte.

»Sie meinen Bergit Laustroem. Warten Sie.«

Rasch schaltete sie den Computer ein und surfte lässig durch das Internet.

Lisa sah es mit hilfloser Wut. Sie war doch verdammt auf der Strecke geblieben mit ihren Mohnstriezeln und Vanillekringeln, ihren Geburtstagsfesten und Feiern zu

Ehren der Rhododendrenblüte. Während all der Jahre, in denen ihre Gedanken unermüdlich um immer dieselben Dinge gekreist waren, hatte draußen das wilde, das wahre Leben stattgefunden, hatten sich Mathias und Frau Specht miteinander vereint.

»Hier, Bergit Laustroem.«

Teresa wandte sich um.

»Ist es die, die Sie suchen?«

Gebannt starrte Lisa auf das Bild.

Der ironische Blick aus grünen Augen … unverkennbar.

»Ja.«

Teresa lachte: »Eine Kollegin, Mathias und ich haben sie in Karlsbad kennen gelernt. Sie recherchierte einen Roman aus der Goethe-Zeit. Ulrike von Levetzow, übrigens ein hochinteressantes Thema.«

Sie lächelte. »Aber das wissen Sie sicher.«

Lisa wusste es nicht. Sie wusste so vieles nicht.

»Frau Laustroem ist übrigens gebunden«, fuhr Teresa fort. »Sie müssen keine Angst haben.«

Sie genoss die Situation. Dass die Ehefrau auftauchte und Rechenschaft verlangte, passte in den Roman, den sie zu schreiben begonnen hatte.

Heute Abend würde sie die Szene ihrem Tagebuch anvertrauen und mit jenem Satz beenden, der so gut wie kein anderer passte: Wir haben uns lange gegen unsere Gefühle gewehrt, würde sie schreiben, aber »es« war stärker als wir.

Als Lisa gegangen war, verschickte Teresa zum ersten Mal in ihrem Leben eine Mail.

Der Adressat war Mathias.

Sie stellte fest, dass ihr das Mailen einen besonderen Genuss verschaffte.

Das Heimlich-Lautlose dieser Art der Kontaktaufnahme gefiel ihr. Es hatte etwas von dem verstohlenen Blick durch ein Schlüsselloch. Es war wie ein Geheimnis, das man sich ins Ohr flüsterte.

Briefe und Faxe konnten jedem in die Hände fallen, die Mailbox aber war so etwas wie ein Versteck. Sie schrieb:

Liebster,
heute war deine Frau hier.
Ich habe ihr unsere Liebe gestanden, von der sie im Übrigen bereits wusste.
Sie hat Verständnis gezeigt. Wie wunderbar, dass wir uns nicht länger verstecken müssen. Ich hoffe, wir sehen uns so bald wie möglich.

Deine Teresa.

Sie druckte die Mail aus und heftete sie in eine Mappe. »Liebesbriefe«, schrieb sie auf das Deckblatt.

Zufrieden lächelte sie vor sich hin.

Die Geschichte zwischen Mathias und ihr nahm Gestalt an. Es gab das detaillierte Tagebuch, das jede Begegnung bezeugte, einen seidenbezogenen Kasten mit Fotos und Zeitungsausschnitten und die Mappe, in der sie die schriftlichen Beweise ihrer Liebe sammeln würde.

Bis jetzt waren nur ihre eigenen Briefe darin, aber mit der Zeit würde es ein richtiger Briefwechsel werden.

Sie spürte ein wohliges Gefühl von Macht, als sie sich noch einmal die Abschiedsszene mit Lisa Herrwinkel vor Augen führte:

»Grüßen Sie Mathias von mir«, hatte sie gesagt, und ehe Lisa antworten konnte, lächelnd hinzugefügt:

»Wenn Sie nach Hause zurückkehren, wird Mathias bereits über Ihren Besuch informiert sein. Wir haben keine Geheimnisse voreinander.«

27

Ihr müsst mich nicht durch
Widerspruch verwirren.
Sobald man spricht,
beginnt man schon zu irren.

Es gehörte nicht zu Mathias' Gewohnheiten, täglich die eingegangenen Mails abzurufen, zumal alles Wichtige im PC der Universität landete.

So war er entgegen Lisas Annahme nicht über ihren Besuch in Burghausen informiert und trat ihr arglos entgegen. Beim Abendessen brachte er das Thema auf die Feierlichkeiten der Emeritierung.

»Ich dachte, dass wir neben der offiziellen Feier im Hotel Krone auch eine kleinere zu Hause abhalten. Für die Familie, für enge Freunde und ein paar Kollegen. Vielleicht am Samstag vor dem offiziellen Teil«, schlug er vor.

Über ihren Teller hinweg warf ihm Lisa einen Blick zu.

Ihr Mann hatte sich in den letzten Wochen renaturiert.

Die Haarbüschel wippten wie gewohnt hinter den Ohren, anstelle schwarzer Rollkragenpullover trug er weiße Hemden und Krawatten.

»Wo sind eigentlich deine neuen Pullis geblieben?«, fragte sie, ohne auf das Thema der Festlichkeiten einzugehen. »Trägst du sie nicht mehr?«

»Ach, die habe ich aufgegeben«, antwortete er. »Du kannst sie Bero schenken.«

»Sie standen dir doch so gut.«

»Sie kratzten am Hals. Außerdem waren sie zu warm. Aber das ist doch jetzt ganz unwichtig.«

Er warf Lisa einen erstaunten Blick zu.

Es geschah zum ersten Mal in ihrer langjährigen Ehe, dass sie das Thema einer bevorstehenden Einladung unberührt ließ. »Werden wir Frau Specht auch einladen?«, fragte sie unvermittelt.

»Wen?«

»Frau Specht. Schließlich gehört sie zum engeren Familienkreis.«

Durch Herrwinkels Gedanken flimmerte Teresas letzter Brief. Er dachte an das Foto, das Kaiser aufgenommen hatte: Frau Specht und er in Berlin, und – last but not least – an das letzte Schreiben von ihr, das er gerade noch hatte verschwinden lassen können.

Lisas Stimme unterbrach seine Gedanken.

»Sie würde sich bestimmt freuen, Axel Kaiser wiederzusehen.« Bei dem Namen Kaiser zuckte Herrwinkel zusammen. Kaiser, der Unglücksbote – Kaiser, durch dessen Person Unaussprechliches ins geheiligte Berufsleben vorgedrungen war.

Lisas Stimme wurde noch einen Ton dunkler: »Hat sich Frau Specht heute Nachmittag gemeldet?«

»Aber um Gottes willen, warum denn?«

In einer Art entsetzten Erstaunens sah er Lisa an.

Sie gab den Blick zurück.

Mit seinem weißen Hemd, der gemusterten Krawatte, den Haarbüscheln hinter den Ohren wirkte er wie immer. Nichts ließ auf einen Mann schließen, dessen Foto den Nachttisch einer fremden Dame schmückte.

Einen Augenblick lang war Lisa geneigt, an eine Sinnestäuschung zu glauben.

»Weil sie es mir gesagt hat.«

»Was gesagt hat?«

»Dass sie sich heute bei dir melden würde.«

»Dass Frau Specht sich bei mir melden würde?«

Er lachte befreit auf. »Wann soll sie dir das denn gesagt haben?«

Lisa lächelte.

»Heute Nachmittag.«

Im Zeitraffer raste vor Herrwinkels innerem Auge ein Kaleidoskop unliebsamer Bilder vorüber.

Frau Specht und er beim Tanz. Frau Specht und er im Bett. Die Auslage der Karlsbader Metzgerei: Brüstchen auf Tortendeckchen. Er hörte das Klappern der Sektflaschen, mit denen er die Straße hinaufgespurtet war, und begegnete Bergits spöttischem Blick. Er sah Kaiser, den Fotoapparat im Anschlag, und ganz zuletzt Teresas Lächeln, das sie ihm im Vorübergehen zugeworfen hatte, als sie allein die Feier verließ.

Alles in allem: dummer, harmloser Kram.

Er holte Luft.

»Die Frau ist eine Wahnsinnige, die sich in eine Idee verrannt hat.«

»Ich hatte eher den Eindruck, dass ihr seit längerer Zeit etwas miteinander zu tun habt. Frau Specht schien überzeugt davon.«

»So etwas kommt vor. Einsamkeit schafft Illusion.«

»Ihre Wohnung ist mit Fotos von dir gepflastert.«

»Das gehört zu dieser Art von Wahn dazu.«

»Du hättest sie vielleicht darauf hinweisen sollen, dass sie einem Wahn verfallen ist.«

»Das habe ich getan, als ...«

Er hielt inne. Hatte er Frau Specht wirklich darauf hingewiesen? Er erinnerte sich nicht mehr.

»Ich habe ewig nichts von ihr gehört«, lenkte er ab.

»Bis auf den Brief von neulich, in dem sie um eine Stelle als Sekretärin bat. Frau Specht ist übrigens niemals Sekretärin gewesen, ihr habt euch zufällig kennen gelernt«, trieb sie ihn in die Enge.

Aber er bekam die Kurve.

»Das passt doch ins Bild. Wahrscheinlich träumt sie von einem solchen Job: Chef verführt Sekretärin.«

Er lachte. »Nein, das hat sie frei erfunden.«

»Aber du warst es doch, der die Sekretärin ins Spiel gebracht hat.«

»Ich?«

»Nachdem du den Brief gelesen hattest, sagtest du, er sei von einer ehemaligen Sekretärin, die um Schreibarbeiten bittet.«

Verdammt.

Hinter Mathias' Stirn gewann das Karussell der Verwirrung an Tempo.

Er hielt es an, indem er mit der Faust auf den Tisch schlug. »Genug der Faxen. Ich habe weiß Gott anderes zu tun und keine Lust, mich mit den Seifenoperträumen ehemaliger Sekretärinnen zu befassen.«

Er erhob sich, ging ans Fenster und starrte einige Sekunden in den Garten.

Dann hatte er sich gefasst und wandte sich um.

»Aber es ist gut, dass du sie aufgesucht hast, vielleicht bringt sie der Anblick der Ehefrau zur Besinnung. Wenn nicht, müssen Maßnahmen ergriffen werden«, fügte er mit erhobener Stimme hinzu.

Aber da war noch etwas Unangenehmes.

»Du sagtest, dass sie sich melden wollte?«, fragte er nervös. Wieder wanderte sein angstvoller Blick in den Garten hinaus. Möglich, dass Frau Specht bereits auf das Haus zuhielt.

»Ja, um dir von meinem Besuch zu erzählen. Sie sagte, ihr hättet keine Geheimnisse voreinander.«

»Das werden wir sehen. Da sie mich nicht angerufen hat, wird sie eine Mail geschickt haben. Komm mit.«

Erregt eilte Herrwinkel ins Arbeitszimmer und schaltete den PC ein. Eine einzige Nachricht. Absender: Teresa Specht.

Liebster, heute war deine Frau hier. Ich habe ihr unsere Liebe gestanden, von der sie im Übrigen bereits wusste. Sie hat Verständnis gezeigt. Wie wunderbar, dass wir uns nicht länger verstecken müssen. Ich hoffe, wir sehen uns so bald wie möglich.

Deine Teresa.

Erregt sprang Mathias vom Stuhl auf.

»Siehst du jetzt, dass es sich um eine Wahnsinnige handelt? Die Frau gehört eingesperrt.«

Nervös begann er im Zimmer auf und ab zu laufen.

»Und damit du es weißt: Ich werde mich jetzt zum ersten und zum letzten Mal mit ihr treffen. Damit sie kapiert, dass es aussichtslos ist. Wenn du willst, kannst du dabei sein, wenn ich meine ehemalige Sekretärin treffe«, fügte er ironisch hinzu. Lisa sah ihn an.

»War sie denn nun deine Sekretärin, oder war sie es nicht?« Mathias fühlte deutlich das Netz, in dem er sich verfangen hatte.

Er verfluchte Lisas Gedächtnis, in dem sie winzigste Details speicherte. Noch nach Jahren erinnerte sie sich daran, wer was zu wem und zu welchem Zeitpunkt gesagt hatte.

»Ich weiß es nicht mehr«, schrie er sie an. »Ich habe anderes zu denken!«

Das hatte er in der Tat.

Den Abend verbrachte er in seinem Arbeitszimmer und tüftelte an seinem Plan.

Der Sache musste ein rasches Ende bereitet werden, große Dinge, zum Beispiel die Beendigung seines Berufslebens, die er mit den gebotenen Festlichkeiten begehen wollte, erforderten volle Aufmerksamkeit. Es ging nicht an, dass eine ehemalige Sekretärin die Früchte eines vierzigjährigen Berufslebens an sich riss.

In welchem Jahren war sie denn überhaupt seine Sekretärin gewesen?

Er hatte den dienstbaren Geistern dieser Kategorie so wenig Aufmerksamkeit geschenkt, dass sie in seiner Erinnerung vorrangig aus gepflegten Händen bestanden, die Kaffee reichten. Oder brachte er da etwas durcheinander?

Wie hieß die jetzige eigentlich? Frau Fröhlich?

Sein Gedächtnis ließ erschreckend nach, das hatte er in letzter Zeit öfter festgestellt, wenn ihm der Name eines Kollegen, der ihm unvermutet auf der Straße begegnete, nicht einfallen wollte. Er hatte Lisa beneidet, die sich Situationen dieser Art mit einem Trick entzog: Anstatt den Namen zu nennen, breitete sie die Arme aus und rettete sich in eine Pauschalanrede. »Meine Liiiebe ... wie schön, Sie zu sehen.«

Er pfiff die davoneilenden Gedanken zurück.

Auch dass diese so leicht abschweiften und sich nicht wie früher an die Zügel nehmen und in die gewünschte Richtung dirigieren ließen, war neu.

Er seufzte. Allzu viel war nicht mehr los mit ihm.

Also zurück zu Teresa Specht!

Wo sollte er sich mit ihr treffen?

Nach Eppenhofen konnte er sie nicht einladen, das war klar. Und ihr Haus war erst recht gefährlich. Vielleicht nahm sie ihn gefangen und mauerte ihn im Keller ein. Den mannstollen Weibern in ihrem Wahn war alles zuzutrauen. Es empfahl sich also ein neutraler Ort. Am besten ein Hotelzimmer.

Es war ja möglich, dass Frau Specht der Wahrheit mit einem Schreikrampf begegnete. Da war ein öffentliches Café sicher ungeeignet.

Er erinnerte sich an ein relativ ungemütliches Tagungshotel in der Nähe der Autobahn.

Die Atmosphäre sollte so sachlich wie möglich sein, das Zimmer eine kleine Sitzecke haben. Der Bettrand war für Aussprachen dieser Art nicht zu empfehlen.

Er würde eine Flasche Selterswasser und zwei Gläser hinaufbringen lassen. Die Krimsektzeiten waren vorbei.

Länger als eine Stunde durfte das Treffen nicht dauern, und anschließend würden beide in verschiedene Richtungen nach Hause fahren und sich hoffentlich nie wieder über den Weg laufen. Mathias schaltete den PC ein und schrieb eine Mail:

Liebe Frau Specht,
in dringender Angelegenheit würde ich Sie gerne zu einer Unterredung bitten.
Ich schlage als Treffpunkt das Hotel Zur Webermühle in Kirchhain vor. Es hat eine direkte Zufahrt zur A3.
Am kommenden Sonntag werde ich gegen sechzehn Uhr dort sein. Fragen Sie an der Rezeption nach mir.

Ich gehe davon aus, dass die Unterredung nicht länger als eine Stunde dauern wird.

Mit freundlichem Gruß,
M. Herrwinkel.

Er las noch einmal, was er geschrieben hatte, und war zufrieden. Kurz, knapp, präzise. Keinerlei Vertraulichkeiten.

Am nächsten Morgen hatte Herrwinkel es betont eilig. Dringende Geschäfte waren zu erledigen.

Bereits im Mantel, eilte er an Lisa vorbei, aber der gefürchteten Frage entging er nicht. Sie verstellte ihm den Weg. »Hast du Kontakt zu Frau Specht aufgenommen?«

Gut gespielt zog Herrwinkel die Brauen in die Höhe.

»Frau Specht?«

Lisa schenkte ihm ein nachsichtiges Lächeln.

»Du wolltest dich mit ihr treffen.«

»Ach so, ja, natürlich. Hier« – er nestelte einen Zettel aus der Tasche –, »die Adresse des Restaurants, in das ich sie gebeten habe. Hoffentlich blamiert sie mich nicht«, fügte er hinzu.

Er trat näher und legte ihr den Arm um die Schulter.

»Du kannst natürlich mitkommen. Ich weiß nur nicht, ob es gut wäre.« Er lachte. »Man muss den Teufel ja nicht an die Wand malen.«

»Vielleicht komme ich nach«, sagte Lisa und legte den Zettel in das Körbchen mit den Einkaufszetteln und unerledigten Rechnungen.

Zufrieden klappte Herrwinkel den Mantelkragen hoch und verließ das Haus.

Nach längerer Zeit war ihm wieder einmal etwas gelungen. Lisa würde nicht kommen.

Aber es war trickreich, ihr die Teilnahme, sogar mit der genauen Angabe des Treffpunktes, vorgeschlagen zu haben.

Teresa erhielt Herrwinkels Nachricht am Abend gegen elf Uhr. Ihr wurde warm ums Herz.

Sie liebte dieses Spiel der direkten Nachrichtenübertragung, die Wunder der Technik, die es möglich machten.

Sie las die Mail mehrere Male und lächelte.

Mathias hatte noch nicht begriffen, dass Heimlichkeiten nicht mehr nötig waren, dass sie zusammengehörten, ganz und gar. Sie griff nach einer Karte, die den Marktplatz von Burghausen zeigte, und bestätigte die Bitte um das Treffen.

Liebster Mathias,
wie schön, dass du mir sofort geantwortet hast und wir uns nicht länger verstecken müssen.
Deine Mail von gestern Abend war wie ein Kuss zur guten Nacht. Ich freue mich unendlich auf das Wiedersehen.

Deine Teresa.

28

Mit Sturm ist da nichts einzunehmen.
Wir müssen uns zur List bequemen.

Das Hotel *Zur Webermühle* lag in unmittelbarer Nähe der Autobahn und gehörte zu den trostlosen Zweckbauten der Sechzigerjahre.

Von den Firmen war es in den letzten Jahren immer seltener gebucht worden und so zu einem heimlichen Treffpunkt verliebter Paare abgesunken, die es nicht störte, dass das Hotel jeglichen Reiz vermissen ließ und das Restaurant den Namen kaum noch verdiente. Die Gäste der Webermühle kamen nicht zum Essen hierher. Mathias hatte den Wandel der Verhältnisse nicht bemerkt, als er sich eilig der Rezeption näherte, den Schlüssel verlangte und hinauf in sein Zimmer fuhr.

Dort stellte er sich, noch in Hut und Mantel, an das Panoramafenster und schaute auf den fast leeren Parkplatz hinunter, auf dem sein Wagen seltsam verloren wirkte.

Er sah den Autos zu, die an der benachbarten Tankstelle hielten und wieder fuhren, und beobachtete eine Gruppe Touristen, die aus einem Bus stieg und über den Platz eilte.

Probeweise legte er die Hand auf den Heizkörper und stellte fest, dass er eiskalt war. Er drehte den Knopf auf die höchste Stufe, aber es tat sich nichts.

Er fror.

Ohne die festen, geregelten Bindungen, die seinem Leben einen sicheren Halt gaben, fühlte er sich auf schutzlose Weise einsam.

Er schaute in den schmutzig grauen Tag hinaus, an dem es kaum hell geworden war, ein Tag ohne Glanz, ein Tag, bestens geeignet, um einem Albtraum namens Teresa Specht den Garaus zu machen.

Der Portier lächelte ironisch, als Teresa mit wichtiger Stimme nach Professor Dr. Herrwinkel fragte.

»Der Herr erwartet Sie schon. Zimmer sieben, dritter Stock.« Interessiert betrachtete er das Haarbüschel über der Stirn der eher konservativen Dame. Die Erwartung pikanter Liebesspiele brachte selbst die langweiligsten Gestalten in Schwung.

Der Portier dachte an sein eigenes Liebesleben und seufzte. Mariandl würde selbst ein Haarbüschel über der Stirn nicht zu jener Aura verhelfen, die er als Beihilfe zum Liebesspiel neuerdings nötig hatte. Im nächsten Monat würde er sechzig Jahre alt werden.

Es wurde Zeit, sich nach einer jüngeren Gespielin umzusehen.

Teresa nahm den Lift in den dritten Stock.

Anstelle einer Menükarte und dem Hinweis auf die

Restaurants des Hotels – Grillroom, Café und Bar – empfahl heute ein Werbeplakat diverse Erotikfilme, die an der Rezeption auszuleihen waren. Eine nackte Blondine mit grellrosa Lippen räkelte sich auf einem getigerten Teppich.

Sie schaute verführerisch unter einem Kranz verklebter Wimpern hervor und schürzte die Lippen zu einem Flüstern: »Wählen Sie Manuela!«

Teresa lächelte. Manuela wandte sich an all die vernachlässigten Männer, deren Frauen eher das Kotelett im Kopf hatten, das der Mann zu sich nahm, als den Mann selbst. Mathias hatte auch so einen ehelichen Pfannendeckel zu Hause, davon hatte sich Teresa mit eigenen Augen überzeugen können. Solche Frauen sollten sich nicht wundern, wenn es den Mann zu einer anderen hinzog. Fast hätte sie der nackten Manuela komplizenhaft zugelächelt.

Der Anblick der Webermühle hatte sie jedoch verwundert.

Abgesehen davon, dass das Haus schwer zu erreichen gewesen war – Teresa hatte sich vom Bahnhof ein Taxi nehmen müssen –, hatte sie ein Hotel wie das Imperial in Karlsbad oder das Savoy in Berlin erwartet, ein Haus mit Niveau.

Aber wahrscheinlich war ihrem Zukünftigen heute vor allem daran gelegen, das persönliche Erotikprogramm auszubauen, sodass er auf das Hotel nicht weiter geachtet hatte.

Sie beschloss, den Fauxpas zu übersehen.

Teresa verließ den Lift und eilte den langen Flur entlang. Zimmer vier, fünf, sechs, sieben.

Sie klopfte an.

Mathias öffnete die Tür.

Auch er war wohl gerade erst eingetroffen, denn er erschien in Hut und Mantel.

Er lächelte schmallippig.

»Kommen Sie herein.«

Die Begrüßung fiel anders aus als erwartet. Teresa beschloss, auch dies zu übersehen.

Sie küsste Mathias auf die Wange.

Nicht allzu stürmisch, aber doch sehr vertraut. Der Taumel würde sich später einstellen.

Zum Zeichen, dass hier keine private Vorstellung ablief, ließ Mathias die Tür angelehnt.

»Nehmen Sie bitte Platz.«

Er wies auf das eine der beiden Sesselchen.

»Möchten Sie ein Glas Wasser?«

»Ich möchte mich zunächst ein wenig erfrischen.«

Herrwinkel nahm diesen Wunsch ungeduldig zur Kenntnis. Er warf einen Blick auf die Uhr. Je eher er die unliebsame Situation hinter sich hatte, desto besser.

Fast bereute er den Entschluss, zu diesem Treffen gebeten zu haben. Vielleicht wäre es besser gewesen, gar nicht zu reagieren. Totschweigen, in Grund und Boden ignorieren. Vor allem jetzt, wo Lisa eingeweiht war, hätte er sie zu seiner Komplizin machen können: »Wir werden dem Wahnsinn gemeinsam die Stirn bieten.«

Sehnsüchtig sah er nach der Tür. Der Fluchtweg lag nah! Aber das war nicht ungefährlich. Vielleicht würde Frau Specht aus Rache sein Haus in Brand stecken oder Amok laufen. Es geschahen ja die verrücktesten Dinge.

Er räusperte sich und bereitete den ersten Satz vor: Frau Specht, ich möchte Sie dringend bitten, zur Kenntnis zu nehmen, dass ich ein glücklich verheirateter Mann bin. Hier – zur Übung kramte er aus seiner Brieftasche ein Foto der letzten Silvesterfeier – sehen Sie mich im Kreise meiner Familie. Und hier – es folgte die Flotte von Fotos des kleinen Max – ist mein Enkelchen.

An dieser Stelle plante er den Einsatz eines Lächelns.

Das zweite ist unterwegs.

Zufrieden lehnte er sich zurück.

Perfekt.

Beruhigt wie immer, wenn er eine Sache im Griff hatte, sammelte er die Beweise seines Glücks zusammen und verstaute die Bilder in der Innentasche seines Mantels. Er lockerte den Kragen.

Die Heizung war inzwischen in Gang gekommen.

Herrwinkel begann zu schwitzen, aber er wagte es nicht, den Mantel auszuziehen. Frau Specht könnte die Geste missverstehen. Nichts durfte an die peinliche Situation in Karlsbad erinnern. Er seufzte.

Zehn Minuten waren bereits vergangen.

Die Dame erfrischte sich ungewöhnlich lange. Ungeduldig trommelte Mathias mit den Fingern auf der Tischplatte herum.

Wieder fingerte er nach den Fotos: Mein Enkel – der kleine Max.

Unerwartet überfiel ihn eine Welle der Sehnsucht.

Morgen, wenn der Spuk vorbei war, würden sie miteinander spazieren gehen, im Park die Enten füttern, Steinchen übers Wasser hüpfen lassen.

Das Leben der einfachen Freuden genießen.

Wieder heftete er den Blick auf die Badezimmertür.

Drinnen war Heftiges im Gange. Es raschelte, Glas klirrte, dann Ströme von Wasser …

Das beunruhigte ihn. Nahm sie etwa eine Dusche?

Erneut wurde er von Fluchtgedanken überfallen, aber ehe er sie in die Tat umsetzen konnte, öffnete sich die Tür.

Komplett angezogen erschien Teresa auf der Bildfläche.

Er hatte dies noch nicht ganz zur Kenntnis genommen, als sie mit lasziven Bewegungen das Kleid aufknöpfte.

Der fleischfarbene Spitzenunterrock erschien.

Brüstchen auf Tortendeckchen …

Wenn er doch die makabre Auslage der Karlsbader Metzgerei endlich aus seinen Gedanken verbannen könnte.

Mathias brach der Schweiß aus. Seine Zunge fühlte sich pelzig an.

Er räuspert sich.

»Frau Specht, ich wollte mich …«

Sie lächelte.

»Später, Mathias. Natürlich müssen die Dinge geklärt werden. Zum Beispiel, wer zu wem zieht. Mein Haus ist groß genug, und Lisa wollen wir doch die Heimat nicht nehmen.

Aber erst …«

Sie wandte sich dem Bett zu und lächelte ebenso verführerisch wie die Blondine auf dem Erotikplakat. Dann schürzte sie die Lippen und suchte Blickkontakt.

Teresa – so viel war klar – würde nicht zu jener Sorte von Ehefrauen gehören, die die Erotik anderen Frauen überließen. Sie nestelte an ihrem Unterrock.

Eine spitzenbesetzte Korsage erschien.

Mathias rang nach Luft. Er fühlte, wie ihm das Blut in den Kopf schoss.

Es war wie damals. Der Rausch nahm seinen Lauf und steigerte sich womöglich zum Finale. Er spürte bereits die suggestive Kraft, die von dieser Frau ausging, die von Anfang an so getan hatte, als ob sie zusammengehörten.

Die nur angelehnte Tür öffnete sich.

Ann-Sophie!

Den entsetzten Blick seiner Tochter würde Mathias Herrwinkel niemals vergessen. Das Blitzlicht ihres Fotoapparates ebenso wenig.

Es traf ihn wie die Spitze einer Lanze.

Ann-Sophie hatte genug gesehen.

Zurück den Gang entlang, der Lift als Fluchtpunkt.

Papa in Hut und Mantel im Sessel sitzend, und diese Frau, die sich ihm halb nackt präsentierte …

Jetzt wurde klar, was beide verband: eine kleine Perversion. Zuschauer willkommen? Die Tür war nur angelehnt.

Papa ein Voyeur. Jahrelanger heimlicher Genuss mit der passenden Gespielin. Ein Hotel, das sich ganz ungeniert bereits im Lift als Etablissement auswies. Ein Erotikschuppen an der Autobahn.

Und er seit Jahren Mitglied in diesem Verein.

Erst am Abend rief sie Lisa an.

»Ich muss gestehen, dass mir dein Auftrag, Papa zu bespitzeln, nicht recht war. Es hat etwas Widerliches, aber es war notwendig.«

»Er war also da.«

»Schlimmer als das …«

»Frau Specht war also auch da.«

»Sie machte Striptease vor ihm.«

Lisa verschlug es die Sprache.

»Sie machte was?«

»Sie tanzte halb nackt vor seinen Augen.«

»Und Papa?«

»Papa saß im Sessel und sah zu.«

»Nackt?«

»In Hut und Mantel. Es muss ihn sehr erregt haben, der Kopf war schon rot angelaufen.«

»Klar, als er dich gesehen hat …«

»Nein, der Kopf war schon vorher rot. Es war wegen der Darbietung.«

»Das kann ich mir nicht vorstellen.«

»Ich habe Fotos. Frau Specht als Erotiktänzerin und im Hintergrund ein Mann in Hut und Mantel.«

Lisa schluckte.

Hoffnung kam auf – »Vielleicht war er es gar nicht« – und wurde zunichte gemacht: »Morgen bring ich dir die Fotos.«

Lisa konnte auf das zurückgreifen, was sie gelernt hatte: Sich zusammennehmen. Jahrelange Übung bringt Perfektion.

Bis zur Feier der Emeritierung würde sie noch stillhalten. Sie würde die Dinge zurechtrücken, aber sie wollte keinen Skandal. Sie würde aufrecht stehen, lächeln und Glückwünsche entgegennehmen. Sich an der Seite ihres Mannes den Fotografen stellen, Blumen ordnen und Kaffee einschenken.

Irgendwann vielleicht die Contenance verlieren, aber erst, wenn alles vorbei wäre.

Auch vor den Freundinnen hielt Lisa dicht.

Kaffeeklatsch im Café König.

Gilda erzählte von einer Scheidung. »Meine ehemalige Schulfreundin hat es getroffen. Kurz vor dem sechzigsten Geburtstag. Ein Drama, sage ich euch.«

Die Damen nickten verständnisvoll.

»Kam aber nicht unerwartet. Ute war eine Karrierefrau, die zusätzlich Arbeit mit nach Hause brachte. Wie besessen surfte sie im Internet, nächtelang.«

»Woher weißt du das?«

»Hat mir ihr Mann erzählt. Er fühlte sich vernachlässigt. Am Ende hat er eine andere gehabt.«

»Eine Jüngere …«

»Eine, die mit ihm zusammen fernsah und nicht allein für sich auf den PC glotzte. Eine, die ein anständiges Essen auf den Tisch brachte, anstatt sich in ihrem Arbeitszimmer zu verkriechen.«

»Es soll ja süchtig machen«, teilte Mareike mit. »Süchtiger als fernsehen.«

»Was ist das eigentlich, dieses Internet?«, fragte Marlies.

»Ich schäme mich zuzugeben, dass ich es immer noch nicht weiß.«

»Ich weiß es auch nicht genau. Sicher ist nur, dass es nicht wichtig ist, wenn du die Familie halten willst. Schlimm genug, dass es die Männer so gepackt hat.«

»Manche surfen nicht im Internet und haben trotzdem Probleme mit der Familie«, warf Lisa in die Diskussion ein. »Die haben das Gefühl, auf der Strecke geblieben zu sein.«

Darauf wusste keine etwas zu sagen.

Die Damen rührten stumm in ihren Tassen.

»Jedenfalls ist es schlecht, wenn Welten entstehen, von denen du keine Ahnung hast«, fuhr Lisa fort und dachte an die »Moderatorin«, deren Bild plötzlich auf dem Bildschirm erschienen war, ohne dass sie hätte sagen können, wieso. »Es ist wie mit Scheuklappen leben«, zog sie das Resümee.

Gilda lachte. »Kann doch sehr gemütlich sein. Ich will gar nicht mehr alles sehen.«

Lisa sah stumm auf die Straße hinaus.

»Gemütlich, bis der Unfall kommt«, sagte sie dann.

29

Bei jedem Fest,
wenn's noch so glänzend war,
nichts ward vermisst,
mir fehlte die Gefahr.

Mathias' anfängliche Verunsicherung ließ nach.

Weder Lisa noch Ann-Sophie ließen ein Wort zu den Ereignissen im Hotel Zur Webermühle fallen, noch legten sie ihm peinliche Fotos vor, mit der schrillen Aufforderung, sich doch bitte zu äußern.

Vielleicht, dachte er zärtlich, hatte sich seine Lieblingstochter klug verhalten und nichts erzählt: den Vater schonen, der Mutter nicht wehtun.

Eine Familie musste zusammenhalten, in guten wie in schlechten Zeiten.

Mit etwas Glück würde sie es so gesehen haben.

Zärtlich ruhten Herrwinkels Augen in diesen Tagen auf allem, was sein war: auf Haus und Garten, Räumlichkeit und Mobiliar; auf Ann-Sophie, Bero und dem kleinen Max, und auf Bea, die für das Frühjahr eine Verlobung angekündigt hatte. Den Kandidaten, einen gewissen Ralf-Pierre Lasceau aus Saarbrücken, hatte sie der Familie bereits vorgestellt. Der junge Mann trug den Namen der Mutter, die Französin und ebenfalls aus der Modebranche stammte. Der Vater war wohl verstorben, jedenfalls war er an dem Nachmittag des Kennenlernens nicht erwähnt worden.

Diesbezüglich würde man taktvoll nachhaken müssen.

Aber alles in allem war die Verbindung zu begrüßen. Nachdem Ann-Sophie mit Dr. Bero C. Brenner das Image der Familie Herrwinkel bestätigt hatte, durfte man Bea ein bisschen Exotik zugestehen.

Ein bisschen Exotik schadete nicht.

Herrwinkel sah die Anzeige im *Eppenhofener Tageblatt* bereits vor sich:

..gebe ich die Vermählung meiner Tochter Bea mit Herrn Ralf-Pierre Lasceau bekannt.

Tagesadresse: Hôtel L'Alsace-Lorraine, Strasbourg.

Oder salopper:

Wir heiraten!

Bea Herrwinkel, Ralf-Pierre Lasceau.

Tagesadresse …

Auf jeden Fall brachte die Verbindung einen Hauch von Welt in die Familie, ohne dass man sich selbst allzu sehr verbiegen musste.

Nach der Hochzeit, das war bereits beschlossen, würde das Paar in Eppenhofen wohnen.

Sie würden das Geschäft vergrößern und ein Haus bauen.

Weitere Enkel waren zu erwarten: kleine Herrwinkels.

Innerlich rieb sich Mathias die Hände.

Es war wunderbar, im Alter mit Stolz und Liebe zusehen zu dürfen, wie sich die Familie vergrößerte.

Mit Stolz und Liebe folgte sein Blick auch Lisa, die geschäftig wie immer zwischen Küche und Esszimmer hin- und herlief. Wie eine Frau, deren Mann in Kürze in den Ruhestand treten würde, sah sie nicht aus.

Sie wirkte jugendlich, ein wenig erhitzt vielleicht, aber das mochte an den Feierlichkeiten liegen, die auf sie beide zukamen.

Schmeckte der Frühstückskuss ein wenig kühler als sonst? Nein, Lisas Augen bargen keine Geheimnisse.

Allmählich wagte Herrwinkel durchzuatmen. Es war noch einmal gut gegangen. Das Ungeheuer namens Teresa hatte sich zurückgezogen. Keine Briefe, keine Mails.

Es war wie das Erwachen aus einem Albtraum.

Die Erleichterung, noch einmal so glimpflich davongekommen zu sein, verlieh seinem Tun beschwingte Leichtigkeit.

Mit Eifer widmete er sich nun der Planung der Festlichkeiten. Als ihm Kaiser auf dem Flur entgegenkam, näherte er sich mit elastischem Schritt und freiem Blick.

Launig hielt er den Kollegen an. Der lachte das typische Kaiser-Lachen.

»Na, wie klingt die letzte Strophe der Karriere: Exsultate, jubilate oder bitterer Grabgesang?«

»Exsultate, jubilate! Ich habe noch viel vor.«

»Freut mich. Gibt's denn eine Feier?«

»Zwei! Eine kleine, private für gute Freunde und die Familie und für die grauen Eminenzen eine große in der Krone. Die Einladung werden Sie in diesen Tagen erhalten.«

Kaisers Lächeln vertiefte sich.

»Ach bitte, ich würde so gern zu der privaten Feier kommen. Die großen Anlässe mag ich nicht. Die Ruhmesreden sind immer so anstrengend.«

Herrwinkel warf ihm einen spöttischen Blick zu.

»Und was ist der wahre Grund?«

Kaiser senkte vertraulich die Stimme: »Ich würde so gern Ihren Enkel kennen lernen.«

Herrwinkel lachte.

»Ich habe auch zwei schöne Töchter und eine attraktive Frau« – er fühlte sich prächtig, Besitzerstolz kam auf – »und demnächst eine wunderhübsche Enkelin.«

»Sie scheinen mir überhaupt von schönen Frauen umgeben zu sein. Was macht eigentlich Frau Specht?«

Herrwinkel zuckte zusammen, als habe ihm jemand ins Herz gestochen.

»Ich habe schon längere Zeit nichts mehr von ihr gehört«, sagte er zurückhaltend.

»Na, zur Siegesfeier wird sie sich sicher melden.«

Kaiser klopfte Herrwinkel freundschaftlich auf die Schulter. »Und ich werde auch da sein. Ich freu mich darauf!«

Die Festwoche begann mit Bergen von Post.

Herrwinkel war gerührt.

Er hatte nicht geahnt, wie bekannt er war.

Auch Evelyn schickte einen Glückwunsch: »... wünsche ich dir das Beste zum neuen Lebensabschnitt und möchte dich gleichzeitig zur Vernissage in meinem Atelier einladen. Es gibt neue Bilder. Küsse, Evelyn.«

Zum ersten Mal antwortete Herrwinkel nicht. Er besaß genug Bilder, und ihre luftigen Küsse hatten ihn allzu oft enttäuscht. Auch Bergit Laustroem meldete sich. Sie hatte die Nachricht der Emeritierung in einem Fachblatt gelesen.

Bergit gratulierte formell und leistete sich, auf Karlsbad anspielend, ein kleines ironisches P.S.:

»Bei jedem Fest, wenn's noch so glänzend war,
nichts ward vermisst: Mir fehlte die Gefahr.«

Herrwinkel ließ sich das Goethe-Zitat auf der Zunge zergehen. Bergit Laustroem hatte es wieder einmal getroffen.

Wie wohltuend, ein wenig zu geistreicheln. Auf dieser Ebene hätte er gern öfter kommuniziert, aber er beschloss, auch diesen »Gruß aus der Vergangenheit« zu ignorieren, und warf die Karte in den Papierkorb.

Weg mit Evelyn und Bergit Laustroem und den dazugehörigen Fantasien. Zwei Albernheiten, nicht der Rede wert, Jugendtorheiten sozusagen.

Lisa fand die zerrissene Karte beim Leeren des Papierkorbs, und auch die andere fiel ihr in die Hand – die einer jungen Malerin aus Eppenhofen, die in vertraulichem Ton zum Atelierfest einlud.

»Küsse, Evelyn.«

Nachdenklich hielt sie die neuen Beweisstücke in der Hand. Mathias, ein Chamäleon.

Striptease im Hotel, Atelierfeste mit jungen Malerinnen … Wer weiß schon etwas von den Menschen, mit denen man sein Leben teilt?

Was wusste sie von Mathias?

Einen Augenblick zögerte sie, ob sie Ann-Sophie von ihrem Fund berichten sollte.

Dann ließ sie es bleiben.

Vielleicht später einmal.

Die kleine private Feier fand am Samstag statt.

Lisa hatte ein Büfett aufbauen lassen und auch die Dekoration dem Partyservice überlassen: Efeuranken mit Winterjasmin und Schneeheide.

»Zum Anlass passend«, hatte Mathias launig bemerkt. »Vor allem die Schneeheide.«

Dann hatte er sie in den Arm genommen und hinzugefügt: »Aber auch die Rosen werden wieder blühen.«

Ebenso sanft wie entschlossen hatte sich Lisa der Umarmung entzogen.

»Ich muss noch einmal nach den Sektvorräten sehen.«

Vor sich hin murmelnd, stieg sie die Kellertreppe hinunter.

»Altmännergeschwätz!«

Mathias hatte nichts bemerkt.

Müßig schlenderte er umher, naschte hier und da ein Konfekt und las die Gästeliste noch einmal durch.

Ann-Sophie, Bero und Max.

Bea, Ralf-Pierre und ein paar Studienfreunde aus alten Zeiten, von Lisas Seite die Freundinnen Mareike und Gilda mit ihren Männern.

Die Welt der Universität würde am großen Abend in der Krone teilnehmen.

Widerstrebend hatte er auch Kaiser zu diesem Abend eingeladen, nicht gerade von Herzen, aber ein Gebot der Höflichkeit.

Auch Lisa hatte sich vor den Festlichkeiten einer Generalüberholung hingegeben. Die Spuren von Schreck und Enttäuschung wurden weggezaubert.

Am Nachmittag schlüpfte sie in ein neues Kleid, das tadellos saß, weil sie der Schock, den die Striptease-Fotos ausgelöst hatten, um zwei Kilo erleichtert hatte.

Nichts, dachte sie, macht so dick wie ein zufriedenes Leben. Ab und zu eine kräftige kalte Dusche ersparte zwölf Runden Joggen.

Die Familie war bereits am Nachmittag erschienen, und gegen Abend waren die Gäste vollzählig versammelt.

Kurz nach acht Uhr klingelte es noch einmal.

Überrascht öffnete Lisa die Tür.

Als Erstes erschien ein überdimensionaler Blumenstrauß.

Dann ergriff jemand ihre Hand.

»Kaiser! Ich erinnere mich, dass wir vor Jahren einmal eine sehr angeregte Unterhaltung miteinander geführt haben. Ich glaube, es war anlässlich der Eröffnung des historischen Museums. Sind Sie seitdem wieder einmal dort gewesen?«

Lisa erinnerte sich nicht an die Begegnung, aber das Lachen kam ihr bekannt vor.

Im Kollegenkreis ihres Mannes wurde nur wenig gelacht, die Welt der Historiker kam ernst daher. Kaisers strahlende Heiterkeit war wie eine warme Welle.

Kaiser entledigte sich der Blumen und nahm Blickkontakt auf. »Ich bedanke mich für die Einladung. Als Einzelgänger freut man sich, ab und an am Familienleben anderer teilnehmen zu dürfen.« Er schenkte Lisa den sonnig-blauen Blick, dem er seine größten Erfolge zu verdanken hatte. »Es ist sehr lieb, dass Sie an mich gedacht haben.«

Die warme Welle hatte inzwischen Lisas Herz erreicht.

Sie erwiderte das Lächeln.

»Kommen Sie herein«, sagte sie.

Herrwinkel, der die Treppe hinunterfederte und bereits das bewährte Begrüßungslächeln aufgesetzt hatte (für Anlässe dieser Art hatte sich »herzlich-jovial« bewährt), wurde von Kaisers Stimme im Anflug gestoppt.

»… ein echter Franzose! Sensas! Endlich ein wenig Kultur in Eppenhofen.«

Vielstimmiges Gelächter.

»Ich liebe Paris, den Wein, die Frauen …«

Zustimmung.

»Die Frau, die Sie sich ausgesucht haben, Monsieur Lasceau, ist ja auch ein französischer Typ. Bea – ich darf doch Bea sagen? –, also, wenn ich nicht wüsste, dass Ihr Vater ein echter Eppenhofener ist, ich hätte Sie links des Rheins angesiedelt.«

»Bea bestätigt das Familienerbe wirklich nur unvollkommen.« Das war Bero.

»Was willst du denn damit sagen?«

Süffisantes Gelächter.

»Dafür kommt Ann-Sophie dem väterlichen Erbgut umso mehr entgegen.« Das war erneut Bero.

Dann wieder Kaiser, mit erhöhter Stimme. »Wie sehr freue ich mich, Sie endlich einmal kennen lernen zu dürfen.«

Lisas Stimme, warm und herzlich: »Und wir freuen uns, dass Sie gekommen sind. Humor und Mutterwitz tun jeder Party gut. Hier geht es oft allzu …«

»Allzu wie?«

»Allzu konservativ zu«, beendete Lisa ihren Satz.

»Sehr wahr. Das weniger Konservative sucht sich der Eppenhofener lieber …«

Herrwinkels Auftritt stoppte Kaisers Rede. Er erhob sich und eilte auf den Gastgeber zu.

»Herr Kollege, nehmen Sie es einem alten Mitstreiter nicht übel – ich habe die Einladungen verwechselt. Glücklicherweise, wie sich herausgestellt hat, denn so gemütlich wie hier wird der Abend in der Krone sicher nicht werden. Außerdem ergab sich umso eher die Gelegenheit, Ihre reizende Gattin wiederzusehen.«

Kumpelhaft legte er Herrwinkel die Hand auf den Arm und lächelte in die Runde.

»Dass schöne Frauen ihn umgeben, habe ich gewusst, aber welch ein Juwel er zu Hause hat …«

Zufrieden registrierte er das leichte Beben in Herrwinkels Schultern.

Aber Kaiser bremste sich rechtzeitig.

»Freuen wir uns! Der Hausherr gibt sich die Ehre. Ich wette, dass jetzt auch bald das Büfett eröffnet wird.«

Geschmeidig begab er sich an Lisas Seite: »Lisa, was können Sie mir denn empfehlen?«

»Reichen Sie mir Ihren Teller, Axel.«

Verunsichert registrierte Herrwinkel den Blick, den Lisa seinem Kontrahenten zuwarf.

»Lisa …«

»Axel …«

Kaiser hatte eine gekonnte Art, zu fremden Personen übergangslos jene Nähe herzustellen, die Herrwinkel erst nach mehreren Anläufen gelang.

Während er sich Hummersalat auf den Teller häufte, analysierte er Kaisers Vorgehen.

Einer seiner Tricks war sicher in der Art begründet, fremde Menschen beim Vornamen zu nennen und dann sogleich das Distanz gebietende »Sie« folgen zu lassen.

Der Vorname klang vertraut, das »Sie« nahm die Angst, dass hier Grenzen überschritten wurden. Außerdem klang es auf souveräne Weise international.

Mathias beschloss, sich den Trick zu merken.

Die legere Art der Kontaktaufnahme passte zu dem neuen Lebensabschnitt, den er beginnen würde: der Zeit der Kaschmirjacketts und wehenden Schalenden.

Im Laufe des Abends bot sich öfter die Gelegenheit, Kaisers Wirkung zu testen.

Die Herrwinkelschen Damen, allen voran Lisa, hatte er mit der gleichen Sicherheit erobert wie die schönen Reisebegleiterinnen, mit denen er durch die Welt zu surfen pflegte. Nicht zuletzt seiner Unterhaltungsgabe war es zu verdanken, dass es ein gelungenes Fest wurde.

Gegen Mitternacht versammelte man sich in bester Stimmung zu einem letzten Drink.

Die Kellerbar, ein Relikt aus der Anfangszeit ihrer Ehe und längst aus der Mode gekommen, feierte Auferstehung. Kaiser übernahm natürlich die Rolle des Keepers.

Er war in Topform.

»Mit sechsundsechzig Jahren, da legt man noch mal los!«, teilte er den Gästen mit.

Mit gespieltem Ernst blickte er in die Runde: »Manchmal fragt man sich ja, was gewisse Paare eigentlich verbindet.«

»Was Sie verbindet, liegt doch auf der Hand.«

»Auf der Hand?«

Vielstimmiges Gelächter.

»Der Gastgeber ist zu beneiden. Schöne Töchter und eine so attraktive Frau, umso …«

Gefahr!

Lisa fühlte einen Stich.

»… umso unverständlicher ist …«

Mathias blickt ihm direkt in die Pupillen.

»Was?«

Verlegen zappelte Kaiser in dem Netz, in dem er sich verfangen hatte.

Er hob das Glas. »Trinken wir auf den Jubilar.«

Herrwinkel warf ihm einen Blick zu. »Auf Ihr Wohl, Herr Kaiser.«

»Auf das Ihre, Herr Specht.«

Verdammt!

Aber außer Lisa und Ann-Sophie hatte niemand etwas bemerkt.

»Lasst uns aufbrechen«, sagte Ann-Sophie. »Es ist spät.«

30

Doch ein gekränktes Herz erholt sich schwer.

Standhaft bleiben, nicht schlapp machen, sich bis in die Haarspitzen hinein zusammennehmen!

Gegen spröde Haarspitzen gibt es Gels und Kuren, was gibt es gegen Angstzustände und einen flatternden Magen?

Und gegen eine grenzenlose Verwunderung? Gegen chronisches Nicht-wahr-haben-Wollen?

Lisa hielt mit Ann-Sophie Kriegsrat.

»Und wenn alles nur ein Hirngespinst ist?«

Schweigend schob ihr Ann-Sophie das bewusste Foto zu.

Teresa Specht beim Tanz. Im Hintergrund ein Mann in Hut und Mantel.

Lisa brachte ein schiefes Lächeln zustande.

»Fast wie ein Krimiplakat.«

»Ist ja auch ein Krimi.«

»Und die Leiche?«

»Die wird noch gesucht.«

»Und das Motiv?«

»Überdruss. Du weißt ja, wenn's dem Esel zu wohl wird, steigt er aufs Eis.«

Lisa stieß ein trockenes Lachen aus.

»Nicht nur aufs Eis. In der Gratulationspost befand sich die Karte einer jungen Malerin.«

Sie hob ironisch die Stimme: »Küsse, Evelyn! Eine aus dem Burgmilieu. Dort wird er sich wohl als Nächstes einschwingen.«

»Woher weißt du das?«

»Neuerdings trägt er Kaschmirjacken und lange Schals. Die Haare lässt er sich auch wachsen.«

»Papa, der Späthippi.«

Erneut griff Ann-Sophie nach dem Foto.

»Er ist schon recht wandlungsfähig. Erst schwarze Rollis und Stoppellook, jetzt Flatterschals und Wallelocken.«

»Na, Letzteres wird wohl ein Traum bleiben.«

Wider Willen musste Lisa lachen. »Wir haben noch eine Dame vergessen: Bergit Laustroem. Auch von ihr kam ein Gruß, ich glaube, das war die mit dem intellektuellen Touch. Sie grüßte auch nicht einfach so wie die anderen, sie grüßte mit Goethe.« Lisa hob theatralisch die Stimme: »Bei jedem Fest, wenn's noch so glänzend war, nichts ward vermisst, mir fehlte die Gefahr.«

»Na, die hat ihn ja nun eingeholt.«

»Leider nicht nur ihn. Ich frage mich, wie ich die Feier durchstehen soll: Bestimmt hat er mit jeder zweiten der anwesenden Damen etwas gehabt. Ich spüre förmlich die Blicke im Rücken.«

Sie senkte die Stimme zu einem Flüstern: »Das da vorne ist seine Frau, die mollige mit der spießigen Frisur.«

»Du bist doch nicht mollig …«

»Das sagst du …«

Die Damen schwiegen eine Weile, dann wieder Lisa:

»Ganze Welten hat er vernascht: Die historische Welt, die literarische Welt, und jetzt macht er sich über die künstlerische Welt her.«

Wieder Schweigen.

Dann Lisa: »Wenn er jetzt sterben würde, stünden Heerscharen von Witwen an seinem Grab, eine echte und Dutzende von eingebildeten. Es ist ein Skandal.«

Ann-Sophie lachte.

»Spart die Grabpflege. Eine wird immer kommen und ein Gebinde niederlegen.«

»Über so etwas lacht man nicht.«

»Nein? Hast du nicht mal gesagt, wenn einer von uns beiden stirbt, zieh ich nach Baden-Baden?«

»Ein Kalauer, der damals die Runde machte. Das war doch nicht ernst gemeint.«

Ann-Sophie zündete sich eine Zigarette an.

»Wenn alles vorbei ist, ziehst du erst mal zu uns. Du musst zur Ruhe kommen.«

»Das werde ich wohl. Falls es Bero nicht stört.«

Ann-Sophie nahm einen tiefen Zug.

»Bero C. Brenner ist doch kaum noch da. Er hat sich in der Stadt ein Büro gemietet. Angeblich, um in Ruhe arbeiten zu können.«

»Und in Wirklichkeit?«

Ann-Sophie warf ihr einen kurzen Blick zu.

»Das fragst du?«

Sie grinste süffisant: »Vielleicht trifft er sich mit Papa im Künstlerviertel.«

»Glaubst du, das ist möglich?«

»Alles ist möglich.«

Mathias erlebte aufregende Tage.

Er probte seine Rede.

Hatte er auch hundertmal bewiesen, dass er ein begnadeter Redner war, der krönende Abschluss all dieser Siegesfeiern sollte den Anwesenden ewig im Gedächtnis bleiben.

Nichts durfte schief gehen, in Eppenhofen musste noch einmal das Seufzen der Bewunderung ertönen.

Er wartete Lisas nächsten Friseurtermin ab, sodass er das Haus für sich hatte, und schritt zur Generalprobe.

Mit Mühe schleppte er den großen Garderobenspiegel in sein Arbeitszimmer und kippte den Schreibtisch auf die Seite, sodass er einem Rednerpult glich. Dann zog er den dunklen Anzug an und zupfte die Fliege unter dem Kinn zurecht.

Mit Lisas Stilkamm ordnete er die Locken hinter den Ohren und betrat schließlich elastischen Schrittes den Raum. Er stützte sich auf das »Rednerpult« und lächelte seinem Spiegelbild herzlich zu.

»Sehr geehrter Herr Ministerialrat,
liebe Kolleginnen und Kollegen,
sehr geehrte Damen und Herren.«

In seiner Fantasie verhundertfachte sich das Lächeln, das ihm der Spiegel zurückwarf.

»Wenn ich heute zu Ihnen spreche, so möchte ich mit einem Dankeschön beginnen …«

Es folgten die Namen all derer, denen er zu danken hatte, und eine Passage über Leben und Leiden der Historiker im Allgemeinen.

Dann gab er ein paar launige Anekdoten zum Besten, in die er geschickt die Stationen seines beruflichen Aufstiegs eingebaut hatte, und steigerte sich schließlich zum Finale.

Herrwinkel zauberte ein warmes Lächeln auf sein Gesicht und beugte sich ein wenig vor:

»All das – und noch viel mehr – habe ich meiner Frau zu verdanken, ohne die ich heute nicht hier stünde. Zumindest nicht so frisch und nicht so fröhlich. Ich danke Ihnen.«

In seiner Fantasie brandete frenetischer Beifall auf. Er blickte auf eine Woge applaudierender Hände und in Lisas Augen, die sehr stolz und glücklich zu ihm aufsah.

Perfekt!

Er kippte den Schreibtisch wieder in seine normale Lage und schleppte den Spiegel in die Garderobe zurück.

Nachdem er ihn aufgehängt hatte, zwinkerte er sich noch einmal zu. Die Rede war angekommen. Er war in Bestform gewesen, und morgen würde er sich noch einmal steigern.

Er fühlte das Kribbeln des Siegers vor dem Start.

Auch Lisa bereitete sich auf den Auftritt ihres Mannes vor. Sie wartete ihrerseits eine stille Stunde ab und schritt zur Kleiderprobe, bis sie sich schließlich für das schlichte dunkelblaue Kostüm entschied, das ihrem kritischen Blick am ehesten standhielt.

Das Kostüm war ein Schlankmacher, und da sie durch den Schock zwei Kilo verloren hatte, passte es besonders gut.

Probehalber steckte sie die kleine Perlenbrosche (zehnter Hochzeitstag) und die mit dem Brillanten (zwanzigsten Hochzeitstag) ans Revers, beschloss dann aber, auf jeden Schmuck zu verzichten.

Vielleicht das Seidentuch von Garnier (fünfzigster Geburtstag)? Aber es hatte die Neigung, zu rutschen, und heute konnte sie nichts brauchen, das zusätzlich nervös machte.

Auch das Tuch wanderte zurück in den Schrank.

Lisa betrachtete sich im Spiegel und war zufrieden.

Gut, dass sie sich zwei helle Strähnen in die Welle hatte machen lassen, die schräg über das linke Auge fiel.

Die Sicht war ein bisschen behindert, aber das störte sie nicht, am liebsten hätte sie sich den Haarvorhang ganz vor das Gesicht gezogen. Zum ersten Mal kam Verständnis für die Schwestern aus dem Orient auf, die sich von Kopf bis Fuß in schwarze Stoffmassen hüllten, unter denen alles verschwand: überflüssige Pfunde ebenso wie Tränen und Trauer.

Lisa schlüpfte in die Pumps mit den hohen Absätzen, die sie ein einziges Mal, und dann nie wieder, getragen hatte, biss die Zähne zusammen und stöckelte probehalber durch die Diele. Wenn sie sich sehr beherrschte, würde es gehen.

Sie warf sich noch einen letzten Blick zu, dann schleuderte sie die Schuhe von den Füßen und sank erschöpft auf den Bettrand. Alles hatte seine Grenzen.

Schließlich zog sie das Kostüm aus und hängte es auf den Bügel. Dann stellte sie die Pumps in den Schuhschrank zurück und zerrte sich den Body vom Leib.

Sie zog das Nachthemd über den Kopf, legte sich ins Bett und griff nach dem Telefon.

Nervös wählte sie die Nummer von Ann-Sophie, hinterließ eine Nachricht und kroch unter die Decke.

So schrecklich, wie man es sich vorstellt, ist das Sterben gar nicht, dachte sie. Es kommt auf den Grad der Erschöpfung an. Fünf Minuten später klingelte das Telefon.

Sie griff nach dem Hörer.

»Annchen?«

Sie hörte ein sonores Lachen.

»Leider bloß Axelchen, ich wollte alles Gute wünschen für den großen Auftritt.«

Kaiser!

Lisa rappelte sich hoch.

»Ich, ich werde gar nicht da sein«, sagte sie verwirrt.

Sie biss sich auf die Lippen, warum sagte sie das?

»Sind Sie krank?«

»Nein, ja, mir geht es nicht gut genug.«

»Gut genug für was?«

Sie ärgerte sich über ihr sinnloses Gestammel.

»Gut genug für die vielen Menschen.«

»Dann schlage ich Ihnen ein Alternativprogramm vor: Ein Essen zu zweit im Ding-Hau. Mögen Sie die asiatische Küche? Frühlingsröllchen und so? Oder lieber etwas Deftiges? Das könnten Sie bei mir zu Hause essen. Haxen mit Sauerkraut gelingen mir meisterhaft.«

Er lachte sein ansteckendes Lachen.

Vor Lisas innerem Auge rauschte der Film der letzten Monate vorüber.

Das Bild der »Moderatorin«, der russische Pelz, die Karten und Mails, das Gedicht in der Zeitung, Mathias' Konterfei auf dem Nachttisch einer fremden Dame und eine Flotte von Fotos, die einem den Atem verschlugen.

Plötzlich hatte sie Teresas Stimme im Ohr. »Mathias braucht es sehr.«

Wut stieg in ihr hoch.

Hatte sie sich jemals gefragt, ob sie selbst auch etwas brauchte?

Kaiser bot ihr eine Entscheidungshilfe.

»Na?«, fragte er mit jener dunkel-werbenden Stimme, der er seine größten Erfolge zu verdanken hatte. »Die Haxen oder die Frühlingsröllchen?«

»Die Frühlingsröllchen«, sagte sie.

Eine Viertelstunde später schlüpfte Lisa erneut in das blaue Kostüm.

Auf wunderbare Weise passte es noch besser als zuvor.

Es passte besser als gut. Es war wie gemalt. Zufrieden drehte sie sich vor dem Spiegel.

Sie würde Mathias bitten müssen, ihr noch ein paar Schocks zu verpassen. Offensichtlich dienten sie der Schönheit.

Herrwinkel spürte, dass seine Rede nicht nur gut war. Sie war brillant. Wie von selbst glitten die Worte über seine Lippen. Jede Geste saß. Die Pointen kamen zielsicher über die Rampe, und die Zuhörer lachten an den richtigen Stellen.

Geübt hatte er das Stimmvolumen zurückgehalten, sodass er sich noch einmal steigern konnte, als er sich dem Finale näherte. Geschickt setzte er eine winzige Pause ein, in der er seine Hörer schweigend ansah.

»All das« sagte er leise, um die Stimme gleich darauf dramatisch zu heben, »und noch viel mehr« – suchend wanderten seine Augen durch die erste Reihe – »verdanke ich meiner Frau, ohne die ich heute nicht hier stünde. Zumindest nicht so frisch und nicht so fröhlich.«

Der Beifall brandete auf, und Herrwinkels suchende Augen hatten ein Ziel gefunden.

Teresa Specht erhob sich halb von ihrem Sitz, wandte sich um und verbeugte sich. Sie entblößte die Zähne, lächelte und nickte den Applaudierenden zu.

Der Haarschopf auf ihrem Kopf wippte im Takt.

31

Ich bin zu alt, um nur zu spielen, zu jung, um ohne Wunsch zu sein.

Seitdem Wolf Schröder seinen Job verloren hatte und in finanzielle Schwierigkeiten geraten war, lenkte er seine Schritte immer öfter in den Eichenweg.

Am Haus Nummer sieben verlangsamte er seinen Schritt und lugte über die Hecke. Es war Frühling geworden, und entlang des Plattenweges blühten die Krokusse.

Sehnsüchtig wanderten seine Augen zum Haus hinüber, das Teresa Specht offenbar allein bewohnte.

Er hatte ihre Ankündigung, dass sie heiraten werde, nicht ernst genommen und betrachtete dieses Haus als möglichen Unterschlupf für schlechte Zeiten.

Nicht dass er den Lebensabend mit ihr hätte verbringen wollen, aber man konnte zu Kräften kommen, sich körperlich, seelisch und finanziell erholen und frisch gestärkt zu neuen Ufern aufbrechen.

Die Voraussetzungen für diesen Deal waren gut, denn er hatte das sehnsüchtige Glitzern in Teresas Augen gesehen und wusste, dass Frauen, deren Augen so glitzerten, sich nicht lange bitten ließen. Überdies waren sie dankbar und notfalls bereit, für den Genuss zu zahlen.

Mit Nahen des Frühlings war sein Blick über die Hecke sehnsüchtiger geworden, und als die warme Jahreszeit fortschritt, ohne dass Teresa aufgetaucht wäre, wurde er nervös.

Nun musste es doch bald so weit sein, dass sie im Garten herumstocherte und Hilfe brauchte.

Denn so hatte er es geplant: Er wollte ihr helfen, den Garten in Ordnung zu bringen, zum Dank ins Haus gebeten werden und spätestens beim dritten Mal im Bett landen.

Von da an war alles möglich …

Als er heute seine Schritte in den Eichenweg lenkte, sah er schon von weitem, dass die Rollos heruntergelassen waren und eine fremde Frau den Postkasten leerte.

Zögernd näherte er sich.

»Entschuldigen Sie, ich suche Frau Specht.«

Die Frau sah ihn an.

»Frau Specht ist nicht da!«

Wolf Schröder runzelte die Stirn. »Meine Frau und ich haben schon länger nichts von ihr gehört. Es ist doch hoffentlich nichts passiert, ein Unfall oder so?«

Die Frau musterte ihn.

»Frau Specht ist zu ihrem Verlobten gezogen«, sagte sie schließlich.

»Also doch ein Unfall«, stellte Wolf Schröder fest, aber die Frau verstand den Scherz nicht.

»Nein«, wiederholte sie, »Frau Specht ist zu ihrem Verlobten nach Eppenhofen gezogen, vorübergehend.

Sie sind sich noch nicht einig, ob er zu ihr zieht oder sie zu ihm. Er ist ja wohl auch noch verheiratet.«

In den Augen der Frau spürte Wolf Schröder deutlich das Verlangen nach Klatsch, das sich durch ebenso deutliche Zeichen verrät wie das Verlangen nach erotischer Betätigung. Vertraulich senkte er die Stimme: »Das hätte ich aber nicht von ihr gedacht«, sagte er. »Frau Specht wirkte immer so zurückhaltend.«

»Stille Wasser sind tief«, antwortete die Frau und sah ihn bedeutungsvoll an.

Das hatte Wolf Schröder auch schon festgestellt.

»Na, dann vielen Dank«, sagte er und wandte sich zum Gehen.

»Bitte schön«, sagte die Frau.

Nachdenklich sah sie ihm nach.

Schon wieder ein Freier, der um die Gunst der Nachbarin warb. Teresa Specht musste eine Suggestivwirkung auf Männer haben, die dem eigenen Geschlecht verborgen blieb.

So kurz vor dem Ziel, das sie so beharrlich angestrebt hatte, durfte Teresa keine Fehler machen. Die Selbstbeherrschung, die zu ihren herausragenden Tugenden gehörte, half ihr dabei. Geschickt unterließ sie es, gewisse Themen zur Sprache zu bringen.

Mathias hatte einen Schock erlitten und musste erst wieder zu Kräften kommen.

Wie Ikarus war er nach seiner Siegesfeier mitten im Flug abgestützt.

Die Botschaft, dass Lisa ausziehen wollte, hatte ihn frontal getroffen. Um ihren Wunsch zu begründen, hatte sie Fotos auf den Tisch gelegt, die Ann-Sophie von ihm und Teresa Specht im Hotel Zur Webermühle gemacht hatte, Fotos, die er längst vergessen hatte.

Dummerweise war er so überrascht von dem Anblick der Striptease tanzenden Teresa gewesen, dass er ein wenig zu hastig zugegriffen und sie überdies schmunzelnd betrachtet hatte. Diese Hast hatte Lisa als einen weiteren Beweis dafür gewertet, dass er sich in der Pornoszene zu Hause fühlte und süchtig nach Bildmaterial aller Art war, ja, sich kaum beherrschen konnte, wenn ihm so etwas in die Finger geriet.

»Du kannst sie alle behalten«, hatte sie ihn angegiftet. »Material für dein Archiv!«

Auf eine Diskussion hatte sie sich nicht eingelassen, sondern ihm mitgeteilt, dass sich zu der Bettgenossin Teresa noch eine Bergit und eine Evelyn gesellt hätten. »Damen, von denen ich es genau weiß!«

Die anderen, deren Namen sie gar nicht erst erfahren wolle, hielten sich wohl noch im Verborgenen.

Sie, Lisa, wolle jedenfalls nicht durch eine Stadt gehen und annehmen müssen, dass jede zweite der entgegenkommenden Damen eine Bettgenossin ihres Mannes sei.

Mathias hatte einen flauen Scherz gewagt und damit eine Lawine ausgelöst.

»Nur jede dritte«, hatte er gesagt.

Lisa hatte einen Tobsuchtsanfall bekommen und den Koffer gepackt.

Heimlich hatte Mathias die Szene genossen.

Der Schauspieler in ihm applaudierte. Nie hätte er gedacht, dass Lisa so viel Talent für das dramatische Fach besaß. Aber es war kein Theater gewesen.

Erst als sie eindeutig mitteilte, dass sie nicht zurückkehren werde, hatte er den Ernst der Lage begriffen.

Es sei nicht nur das, teilte sie ihm bei einer letzten Aussprache mit, sie sei auch »aufgewacht« und habe gemerkt, dass ihr doch viel entgangen sei.

Bereitschaftsdienst für die Enkel sei nicht alles im Leben, schließlich sei sie einige Jahre jünger als er und habe eine Menge nachzuholen. Sie wolle eine kleine eigene Wohnung haben, das Haus könne er dann mit seinen Gespielinnen teilen. Dass sie Eppenhofen für immer den Rücken kehre, sei selbstverständlich.

Nach Lisas Auszug hatte sich Teresa zunächst still verhalten. Sie wollte Ruhe bewahren und abwarten, bis sich der Sturm gelegt hatte.

Zum rechten Zeitpunkt, wenn sich ein gewisser Grad der Vereinsamung mit allgemeiner Verwahrlosung des Haushaltes verbunden haben würde, wollte sie behutsam Kontakt aufnehmen. Dann würde sie als rettender Engel auftauchen, der schnell und ohne viel Worte zu machen das Nötige erledigte: im Haushalt und im Bett.

Nach sechs Wochen war der Grad der Verwahrlosung so stark, dass es sogar Mathias auffiel. Ihm wurde klar, dass etwas geschehen musste.

Aber was?

Da er sich schämte, allein in einem Eppenhofer Lokal zu essen, kochte er sich selbst etwas zusammen, das nicht schmeckte und eine Menge fettiges Geschirr zurückließ.

Immer öfter ließ er eine Mahlzeit ausfallen, sodass er an Gewicht verlor.

Im Gegensatz zu Lisa stand ihm die Gewichtsabnahme nicht. Es gab Tage, an denen er älter aussah, als er war.

Schließlich musste er sich eingestehen, dass ihm Hilfe fehlte. Lisa hatte sich nicht mehr gemeldet, und auch die Töchter boten keinerlei Unterstützung an.

Hatte er denn die Hilfe der Töchter erwartet?

Er lachte bitter in sich hinein: Eigentlich nicht.

Die Putzfrau war ohne Ankündigung weggeblieben, was ihn anfangs nicht gestört hatte. In dem Zustand, in dem er sich befand, hätte er das nervtötende Herumwirtschaften und die Plappersucht von Frau Gerstleimer nicht ertragen.

Er rief Bea an, die Einzige der Familie, die zurzeit noch mit ihm sprach.

»Wo kriege ich eine Putzfrau her?«, fragte er, in der Hoffnung, dass sie ihm eine Hilfe besorgen würde.

»Gib eine Annonce auf. Die Frauen, die sich melden, schaust du dir dann der Reihe nach an. Aber sei vorsichtig, es ist viel Schrott darunter«, fügte sie hinzu. »Schließlich handelt es sich um einen Vertrauensposten, und du bist ein allein stehender Mann mit Haus und Vermögen. Anfangs musst du ihr ein wenig auf die Finger sehen.«

Schöne Aussichten!

Er legte den Hörer auf und massierte sich die schmerzenden Schläfen.

Das Ganze schien aufwendiger als gedacht.

Erschöpft verschob er die Aktion auf die nächste Woche.

Ein Tag folgte dem anderen, und nichts geschah.

Manchmal überfiel ihn die Sehnsucht nach dem kleinen Max. Enten füttern im Park, Steinchen übers Wasser hüpfen lassen ... Rentnerfreuden nach einem langen Leben der Sorge um die Seinen. Das Künstlerimage, nach dem er sich so gesehnt hatte, gestaltete sich von selbst. Ohne Lisas Mahnung vergaß er, zum Friseur zu gehen.

Die Büschel überwucherten die Ohren, und Locken ringelten sich im Nacken.

Inzwischen sehe ich wie der Direktor eines drittklassigen Zirkus aus, dachte er mit einem Anflug von Selbstironie. Spaziergänge fanden nur noch abends statt, wenn die Gefahr, Bekannte zu treffen, gering war.

Mit der Zeit hatte er sich an das leise Hungergefühl gewöhnt, das fortan sein Begleiter war, aber dauernder Mangel schädigt das Gehirn. Man neigt zu Halluzinationen.

Als er eines Abends den Teich im Stadtpark umrundete, überfiel ihn die erste Wahnidee.

Er glaubte, Lisa an der Seite von Axel Kaiser zu sehen.

Kaiser riss eine Tulpe aus dem Beet, roch daran und überreichte sie seiner Begleiterin.

Sie kicherte albern und steckte sie an den Griff ihrer Handtasche.

Entsetzt wandte Herrwinkel sich ab.

Eine Sinnesverwirrung, der weitere folgen würden.

Eine Fata Morgana des Grauens.

Axel und Lisa! Blanker Terror.

Es musste etwas geschehen!

Auf dem Nachhauseweg überfiel ihn eine tiefe Sehnsucht nach geordneten Verhältnissen.

Ein gepflegtes Haus, geregelte Mahlzeiten, der feste Platz am Tisch, Servietten im Silberring.

In dieser Stimmung erreichte ihn der Anruf von Teresa Specht. Höflich fragte sie, ob er wieder einmal einen Vortrag halte und ob er so freundlich sei, sie rechtzeitig davon zu unterrichten. Mathias atmete auf.

Endlich eine weibliche Stimme, die nicht beleidigt klang und ihm Sünden vorwarf, von denen er inzwischen nicht mehr wusste, ob und wo er sie begangen hatte.

Teresa Specht war weit entfernt davon, Sünden vorzuwerfen, sondern erinnerte an eine Zeit, zu der er ein geschätztes Mitglied der Gesellschaft gewesen war.

»Ich würde Ihnen so gern wieder einmal zuhören«, sagte sie weich.

Ihre Stimme bebte vor Bewunderung.

Er hatte sich um seine Vortragsreisen nicht mehr gekümmert, seitdem ihm Lisa den Schock des Lebens verpasst und aus einem geordneten Leben einen Trümmerhaufen gemacht hatte.

Hatte er sich denn überhaupt noch um etwas gekümmert?

Ich bin in der Tat schockgefroren, dachte er mit einem Anflug von Sarkasmus.

Leise lachte er in sich hinein.

»Ach, wissen Sie, ich bin zurzeit ein wenig …«

Aber er wurde von der weichen Stimme unterbrochen.

»Das weiß ich doch«, sagte sie. »Kann ich Ihnen irgendwie helfen?«

»Ich brauche dringend eine Putzfrau«, platzte er heraus. »Ich müsste mich seit Wochen darum kümmern, aber irgendwie fehlt mir die Energie dazu.«

Eine Woche später erschien Teresa Specht und stellte eine Hilfe in Aussicht, mit der sie bereits gesprochen hatte. Die Hilfe war jedoch noch nicht abkömmlich, und während der Übergangszeit stand sie selbst zur Verfügung.

Erleichtert verkroch sich Mathias in seinem Arbeitszimmer und setzte den PC in Gang.

Er begann an einer Rede zu feilen, die er vor Wochen zu schreiben begonnen, aber nicht fertiggestellt hatte.

Während er arbeitete, erklangen aus dem Hintergrund des Hauses die vertrauten Geräusche häuslicher Geschäftigkeit.

Er druckte die Rede aus und murmelte den Text vor sich hin. Seit langer Zeit fühlte er sich wieder einmal ruhig und behaglich.

Alles war am rechten Platz.

Sein Blick fiel in den Garten hinaus.

Teresa Specht mähte den Rasen.

32

So wirst du dann im Paradies empfangen.

Liebe Rosalie,
anbei meine neue Adresse.
Mathias und ich sind zusammengezogen und sehr glücklich. Manchmal denke ich, dass du auch besser daran getan hättest, nicht so überstürzt zu heiraten, vielleicht wäre dir viel Elend erspart geblieben. Die Ehe ist doch eher etwas für die reiferen Jahrgänge. Mathias' erste Frau hatte es auch nicht abwarten können und wird nun im Alter allein sein.
Mathias und ich hoffen sehr, dass du uns einmal besuchen kommst.

Deine Schwester Teresa

Am 1. Mai war Teresa Specht in das Haus *An den Hainbuchen* eingezogen.

Vorübergehend, dachte Mathias, erleichtert darüber, dass sich gewisse Probleme wie der aus den Fugen geratene Haushalt von selbst erledigt hatten.

Er plante für den Herbst eine Vortragsreise (»Der junge Goethe«), zog sich aufatmend in sein Arbeitszimmer zurück und feilte an verschiedenen Vorträgen.

Gegen Mittag ging er wie früher durch die Diele ins Esszimmer und setzte sich auf seinen gewohnten Platz.

Sofort hörte er Schritte, die sich dem Tisch näherten, und gleich darauf erschien der Silberlöffel in seinem Blickfeld, der ihm den Teller füllte.

Die Mahlzeiten fanden in zufriedenem Schweigen statt.

Teresa hatte nie zur Redseligkeit geneigt und vermisste die Tischgespräche nicht.

Mathias seinerseits konnte seine Gedanken weiterhin der Arbeit widmen, ohne durch sinnloses Gequatsche und die Standardfrage »Schmeckt's?« aus dem Takt zu geraten.

Hatte er sich den letzten Bissen in den Mund geschoben, erhob er sich kauend, nickte Teresa kurz zu und verschwand erneut in seinem Arbeitszimmer.

In einer Mischung von Zufriedenheit und Stolz blickte Teresa ihm nach. Das Leben verlief so, wie sie sich ein gelungenes Eheleben immer vorgestellt hatte.

In der zweiten Woche ergriff Teresa das Wort und teilte Mathias in knappen Worten und mit sanfter Stimme mit, dass das Haus reichlich verkommen sei und sie nun mit einer größeren Putzaktion beginnen werde.

»Wenn ich erst mal das Schlimmste geschafft habe, könnte ich die Hilfe engagieren, die dann ein Mal in der Woche käme.«

Mathias nickte zerstreut.

Der Zustand des Hauses war ihm gleichgültig geworden, nachdem er die Verantwortung dafür abgegeben hatte.

Teresa fuhr nach Burghausen, um verschiedene Dinge zu holen, die sie in ihrem neuen Zuhause um sich haben wollte.

Das waren der Gummibaum Benny, *Der große Brockhaus, Cursons Ratgeber-Bibliothek* (vervollständigt durch die Bücher *Die glückliche Ehe* und *Sex im Alter)* und der Kaffeebecher mit ihrem Namenszug, den ihr Chris zum zehnten Dienstjubiläum geschenkt hatte.

Als sie, den letzten Karton auf dem Arm, den Plattenweg entlangkam, lungerte Wolf Schröder am Gartenzaun herum. »Sie ziehen tatsächlich aus!«, stellte er resigniert fest. »Ich habe also keine Chance.«

Teresa warf ihm einen mitleidigen Blick zu.

»Geben Sie es auf«, sagte sie. »Aber wenn Ihnen noch einmal eine passende Kandidatin über den Weg läuft, dann halten Sie sie fest.«

Sie stellte den Karton ab und sah ihn an.

»Die Partnersuche wird mit den Jahren schwieriger, es sei denn« – sie lächelte spöttisch – »Sie hätten Vermögen.«

Wolf Schröder dachte an sein Konto, das seit der Kündigung gefährlich überzogen war, und enthielt sich einer Antwort. Er half Teresa, Benny im Wagen zu verstauen, und stapelte die Bücherkartons auf den Beifahrersitz.

Teresa reichte ihm die Hand.

»Mein Mann und ich würden uns freuen, wenn Sie uns einmal besuchen kämen. Eppenhofen, An den Hainbuchen ...«

Sie klemmte sich hinter das Lenkrad, winkte ihm noch einmal zu und gab Gas.

Im Rückspiegel sah sie Wolf Schröder kleiner werden.

Sie lächelte vor sich hin.

Es tat gut, einen eigenen Mann und überdies einen abgewiesenen Freier zu haben.

Einer, der zu Besuch kommen und traurig das Glück betrachten würde, das er so leichtfertig ausgeschlagen hatte.

Mathias gegenüber würde sie die Geschichte ein wenig korrigieren: »Wir waren mal so gut wie verlobt«, würde sie sagen, »aber letztendlich konnte ich mich nicht entschließen, ihn zu heiraten.«

In der dritten Woche bestellte Teresa einen Container, den sie mit all den Dingen zu füllen gedachte, die ihr im Haus überflüssig erschienen.

»Hast du etwas dagegen, wenn ich diverse Sachen wegwerfe?«, fragte sie Mathias, als er mit gewohnt abwesendem Gesicht am Tisch Platz nahm.

»Natürlich werde ich dich vorher fragen, ob wir den betreffenden Gegenstand noch benötigen.«

Entsetzt sah Mathias seine so glücklich wiederhergestellte Arbeitsruhe gefährdet, indem Teresa im Fünf-Minuten-Takt sein Zimmer betrat, um ihm ausgediente

Kaffeekannen oder einzelne Socken unter die Nase zu halten.

»Darf ich?«, fragte sie.

»Ja, ja«, sagte er. »Wenn es notwendig ist.«

»Ich werde das Haus von Grund auf entrümpeln. Überflüssiges möchte ich wegwerfen, damit Platz entsteht.«

»Ja, ja«, sagte er wieder und überlegte, ob er seinen Vortrag über den jungen Goethe mit einer Passage aus dem *Werther* beginnen solle.

Ich könnte das beste, glücklichste Leben führen, deklamierte er in Gedanken, wenn ich nicht ein Tor wäre. So schöne Umstände vereinigen sich nicht leicht …

»Wir könnten Bea und Ann-Sophie einladen«, unterbrach Teresas Stimme seine Gedanken. »Damit sie sich die aussortierten Sachen ansehen und mitnehmen, falls sie Interesse daran haben.«

Als er die Namen seiner Töchter hörte, tauchte Mathias kurzfristig aus der Goethe-Zeit in die Gegenwart.

Ann-Sophie und Bea.

Augenblicklich sank seine Laune um mehrere Grade.

»Wirf alles weg«, sagte er, »was überflüssig ist und nutzlos herumsteht.«

Teresa pfiff fröhlich vor sich hin, als sie die Schachteln mit den Kinderfotos entsorgte, auf denen Bea und Ann-Sophie zu sehen waren.

Abgesehen davon, dass die Kinder älter wurden, ähnelten sich die Motive. Von diversen Sandkastenbildern abgesehen, waren meist Geburtstagsrunden oder Gartenfeste abgelichtet.

Immer wieder beugte man sich mit aufgeblasenen Backen über flackernde Kerzen, packte Geschenke aus oder flankierte grinsend den Weihnachtsbaum.

Wie eine Archäologin wühlte Teresa in der Vergangenheit der Familie Herrwinkel herum, sortierte, fügte Themen zusammen und zog ihre Schlüsse.

Einer der eindeutigsten Schlüsse war: Im Hause Herrwinkel war übertrieben viel gefeiert worden.

Das würde aufhören!

Teresa wusste sehr wohl, dass sie wenig Talent besaß, Büfetts aufzubauen oder Tische zu dekorieren. Auch ihre Kochkunst hielt sich in Grenzen, gutbürgerlich war das Äußerste, was sie zustande brachte.

Teresa beschloss, anstelle der vielen Feste ein Sport- und Wanderprogramm aufzustellen.

Den Sonntag wandernd im Wald zu verbringen war preiswerter und gesünder, als fremde Leute mit Delikatessen zu verwöhnen.

Abgesehen von den Fotos, die Kunde von diversen Feierlichkeiten gaben, fand Teresa auch Berge abgelichteter Urlaubsfreuden. Die Bilder, auf denen Mathias und Lisa vor imposanten Bergkulissen posierten oder an den Ufern verschiedenster Seen in die Kamera grinsten, ersetzte sie durch eigene Reiseerinnerungen.

Teresa Specht am Ufer des Gardasees anstelle Lisa

Herrwinkel im Paddelboot auf der Donau. Teresa Specht auf der Zugspitze anstelle von Lisa Herrwinkel am Brocken.

Teresa Specht im Eingang der Pension Sonnenschein anstelle von Lisa Herrwinkel im Foyer des Hotels Zum weißen Ross in Berchtesgaden.

Unbemerkt tauschte sie schließlich den Inhalt der Schubladen in den Nachtkonsölchen aus.

In Lisas Schublade hatten sich eine Schachtel Ohropax und eine Schlafbrille gefunden.

In Mathias' Fach lagen Tempotücher und Schachteln mit Medikamenten.

Teresa ersetzte beide durch die Gegenstände, die die Bettelbachs in ihrem Haus zurückgelassen hatten, wobei sie die Schachtel mit den Ohropax nach einigen Wochen zurückholte, denn es gab eine Variante des Ehelebens, mit der sie nicht gerechnet hatte.

Als Letztes nahm sich Teresa den Inhalt der Kleiderschränke vor. Erstaunt stellte sie fest, dass Lisa Herrwinkel eine Anzahl Kleidungsstücke zurückgelassen hatte, die sie entweder nicht mehr brauchte oder einfach vergessen hatte.

Teresa stopfte alles in zwei alte Koffer und deponierte diese auf dem Speicher. Sie hängte ihre eigenen Kleider auf die leeren Bügel und stapelte ihre Wäsche in die Fächer. Zärtlich streichelte sie den seidenen Unterrock, mit dem ihr Liebesleben begonnen hatte.

Es gab passende Nachthemden mit Spitzeneinsatz, von denen sie sich eines besorgen wollte: als Einstand ins gemeinsame Leben. Während der Zeit, in der sie sich der Entrümpelungsaktion und einem gigantischen Hausputz hingab, hatte sie die Nacht im Wohnzimmer auf dem Sofa verbracht.

In die Rolle der Gattin wollte sie erst schlüpfen, wenn alles vorbereitet war und sie die alte Teresa zusammen mit dem überflüssig gewordenen Putzkittel an den Haken hängen konnte. Dann endlich würde sie den Platz einnehmen, nach dem sie sich so lange gesehnt hatte: den Platz in einem Ehebett.

Teresa Specht hatte immer darauf geachtet, die Dinge nacheinander zu erledigen, nichts durcheinander zu bringen und nichts zu vermischen.

Und sie war gut damit gefahren.

Am letzten Tag ihrer Putzaktion füllte Teresa einen Blumenkasten mit Erde, drückte die Kerne einer Apfelsine hinein und stellte ihn auf die Fensterbank in der Küche.

Vor vielen Jahren hatte ihr der Hausmeister der Stadtverwaltung die keimenden Bäumchen zerstört. Diese hier würden ihre Chance bekommen und wachsen.

Teresa wischte die Hände ab und ging noch einmal durch das Haus. Strahlend frisch, von viel unnützem Ballast befreit, lächelte es sie an.

Teresa lächelte zurück.

Dann band sie die Schürze ab und hängte sie für immer an den Haken.

Am Abend dieses Tages ging Mathias nichts ahnend ins Schlafzimmer und stutzte.

Auf Lisas verwaistem Bett lag ein fleischfarbenes Etwas. Er rückte die Brille zurecht und trat näher heran. Das Etwas entpuppte sich als ein seidenes Nachthemd, die Taille grazil zusammengeschoben, der Rock wie zum Tanzen ausgebreitet.

»Na?«, sagte eine Stimme hinter ihm.

Seufzend ließ er sich von den Armen umfangen, die ihn schon einmal getröstet hatten.

Ich bin Goethe, dachte er, als er sich dem erotischen Tanz hingab. Sie ist Christiane Vulpius, das einfache Blumenmädchen. Jedem Genie seine Mätresse. Ohne zu fordern, erleichtern sie das Leben.

Zufriedenheit macht dick!

Teresa entwarf ein Diät- und Sportprogramm: Müsli, Früchtetee und Obst. Eine Hafermühle kam ins Haus.

Einer der leeren Kellerräume wurde zum Fitnessraum. Mathias schwitzte auf dem Heimtrainer, Teresa stemmte die Hanteln.

Das optimale Gewicht, hatte Teresa von Curson gelernt, war wichtig, wenn man bis ins hohe Alter hinein sexuell aktiv sein wollte.

Und das wollte sie unbedingt. Zweiundfünfzig Jahre waren diesbezüglich nachzuholen.

Außerdem hielt Sex fit und stärkte das Immunsystem, musste aber, wie alles, regelmäßig praktiziert werden.

Es dauerte nicht lange, und beide joggten durch den Park. Um gut fünf Kilo erleichtert, hechelte Mathias mit angelegten Ellbogen um den Ententeich, begleitet von Teresa Specht, die mit vorgerecktem Hals Schritt hielt.

Am 6. August, Mathias' Geburtstag, erschien als einziger Gast Bea.

Dass ihr Vater ein Sittenstrolch war, hatte sie als Einzige nicht glauben wollen, auch wenn ihr Ann-Sophie demonstrativ die Fotos vorgelegt hatte.

Wie immer sie auch zustande gekommen waren – dass Mathias einem Pornozirkel angehörte, der seine Treffen in einem drittklassigen Hotel abhielt, war unglaubwürdig.

Andererseits war nicht zu leugnen, dass Frau Specht von allen angeblich infrage kommenden Damen das Rennen gemacht hatte. Sie war nicht nur nassforsch in den Hainbuchen eingezogen, sie hatte sich auch einen Platz im Herrwinkelschen Schlafzimmer erobert, wie sie ein kundiger Blick durch die offen stehende Tür belehrt hatte.

Da lagen auf den Steppdecken, wie ein Pärchen nebeneinander, sein gestreifter Pyjama und ihr Seidenhemd.

Im Haus erfüllte Frau Specht offenbar eine Doppelrolle. Nachts die emsige Geliebte, am Tag der nicht minder emsige Hausgeist, der dienstbeflissen hin und her lief, nach Wünschen fragte und bestrebt war, sie so schnell wie möglich zu erfüllen. Versonnen sah Bea ihr nach, als sie mit der Kaffeekanne durch den Raum eilte.

Auch Mathias' Blicke folgten ihr.

Dann sah er in den Garten hinaus, der nach tagelangem Regen erschlafft und wenig ansehnlich dalag.

»So ein Garten macht viel Arbeit«, sagte er. »Und das große Haus …«

Bea lächelte ihn an.

»Verstehe«, sagte sie dann.

Glücklich, die Klippe dieses Besuches einigermaßen umsegelt zu haben, erhob sich Mathias aus seinem Sessel.

»Ich habe leider noch zu arbeiten«, sagte er.

Gezwungenermaßen erhob sich auch Bea.

»Ich ebenso«, sagte sie. »Mach es gut.«

Zum Abschied reichte sie ihm die Hand.

Am Abend servierte Teresa ein Kräuteromelett und öffnete zur Feier des Tages eine Flasche Wein.

Sie hob das Glas und lächelte ihm zu.

»Was ich so sehr an dir schätze«, sagte sie, »ist deine Redlichkeit. Du spinnst nicht rum wie andere Männer, für die die Liebe eine Spielerei ist. In deiner Liebe fühlt man sich geborgen. Ich wusste sofort, als ich dich sah: Wenn dieser Mann etwas anfängt, dann meint er es ernst. Schließlich ist es keine Kleinigkeit, wenn man für eine neue Liebe seine ganze Familie aufgeben muss.«

»Der Preis war hoch«, sagte Mathias, aber Teresa ignorierte den Anflug von Bitterkeit in seiner Stimme.

Sie lächelte vor sich hin, denn sie hatte bereits die nächste Stufe ins Auge gefasst.

Nach der Familie würde Mathias auch Eppenhofen aufgeben.

Er würde zu ihr ziehen.

Im nächsten Frühjahr, spätestens im Sommer.

Claudia Keller
bei BLANVALET

Unter Damen

Roman. 352 Seiten

Wenn der richtige Mann im falschen Alter ist – eine köstlich boshafte Komödie über die sogenannten besten Jahre!

Konstanze Vogelsang, Anfang fünfzig, elegant, kultiviert und im Gesellschaftsleben fest verankert, trifft es wie ein Erdbeben, als sie sich in den zwanzig Jahre jüngeren Per Lennert verliebt. Und zu allem Überfluß ist er auch noch der Sohn ihrer Jugendliebe ...

»Claudia Keller schreibt Bestseller mit Witz und Wut.«
(Brigitte)

Maeve Haran
bei BLANVALET

Der Stoff, aus dem die Männer sind

Roman. 416 Seiten

**Der Stoff, aus dem die Männer sind?
Eine Frage, die jede Frau bewegt …
»Bestsellerautorin Maeve Haran erweist sich immer wieder als Spezialistin für locker-amüsante Geschichten mit Tiefgang!«
*(Freundin)***

Nach sechzehn Ehejahren mit einem charmanten Nichtsnutz hat Amanda Wells ihre Ehelektion gelernt und kümmert sich lieber nur noch um ihre zwei Kinder, ihre chaotischen Familienfinanzen und ihre kleine Galerie. Doch die Liebe lässt sich nicht so leicht beiseite schieben – und ein beherzter Schotte schon gar nicht. Zum Schluss weiß Amanda Wells jedenfalls das Eine: aus welchem Stoff die guten *Ehe*männer sind!